回眸（二）
——校友散文选集

HUIMOU（2）
——XIAOYOU SANWEN XUANJI

主　编◎刘建平
副主编◎孙明辉　张俐明

纪念湘潭大学复校五十周年系列丛书

湘潭大學出版社
XIANGTAN UNIVERSITY PRESS

图书在版编目（CIP）数据

回眸．二．校友散文选集 / 刘建平主编 ; 孙明辉，张俐明副主编．-- 湘潭 : 湘潭大学出版社，2024. 9.
ISBN 978-7-5687-1506-5

Ⅰ．I217.1

中国国家版本馆 CIP 数据核字第 2024NS6963 号

回眸·二·校友散文选集

HUIMOU · ER · XIAOYOU SANWEN XUANJI

刘建平 主编 孙明辉 张俐明 副主编

责任编辑： 李馨童
封面设计： 李 平
出版发行： 湘潭大学出版社
社　　址： 湖南省湘潭大学工程训练大楼
电　　话： 0731-58298960 0731-58298966（传真）
邮　　编： 411105
网　　址： http://press.xtu.edu.cn/
印　　刷： 长沙超峰印刷有限公司
经　　销： 湖南省新华书店
开　　本： 710 mm×1000 mm 1/16
印　　张： 22.5
字　　数： 309 千字
版　　次： 2024 年 9 月第 1 版
印　　次： 2024 年 9 月第 1 次印刷
书　　号： ISBN 978-7-5687-1506-5
定　　价： 132.00 元

《回眸（二）——校友散文选集》编委会

主　　编： 刘建平

副 主 编： 孙明辉　张俐明

编　　委： 王成奇　丁德凤　向润源

李雯雯　李采薇　饶麦淇

钟业天　张文斓　戴也诗

叶　彤　吴　巍　王雅雯

姚茜洋　李贺妍

纪念湘潭大学复校五十周年系列丛书——

我们的湘大，每一帧都精彩

“一位伟人，一纸校名，一句嘱托”，高度凝练并生动诠释了湘潭大学的创办历史。1958年，毛泽东主席亲自倡办、亲笔题写校名并亲切嘱托“一定要把湘潭大学办好”。1959年学校因故停办，1974年恢复建校。虽创业维艰，然历久弥坚。湘大人始终弘扬“牢记嘱托、艰苦创业、追求卓越”的湘大精神，潜心科学研究，精心教书育人。经过几代湘大人矢志不渝的奋斗，学校发生了翻天覆地的变化。特别是2018年习近平总书记对学校作出重要批示以来，学校全力推动“双一流”建设，取得了丰硕的成果成绩，2022年成功入选国家“双一流”建设高校。

教育是国之大计、党之大计。习近平总书记在党的二十大报告中，首次将“实施科教兴国战略，强化现代化建设人才支撑”作为一个单独部分阐述，充分体现了教育的基础性、战略性地位和作用。2024年，湘潭大学迎来了复校50周年华诞。复校以来，学校始终坚守为党育人、为国育才的初心使命，扎根伟人故里办中国特色社会主义大学，为国家建设和社会进步作出了重要贡献。回望过去，我们心潮澎湃；展望未来，我们激情满怀。在学校复校50周年之际，组织出版《湘潭大学“扎根精神”思与行》《湘大人口述》《回眸（二）——校友散文选集》《回眸（二）——校友诗歌选集》系列丛书，意义非凡，既为记录历史、启迪智慧，更为鼓舞信心、砥砺前行。

《湘潭大学“扎根精神”思与行》集纳了师生校友以及部分学者关于“扎根”的学习心得体会，回顾了一代代湘大人怀着“一定要把湘潭大学办好”的初心和科教兴国的满腔热情，扎根伟人故里，弘扬优良传统，努力把学校办得更好更有特色的心路历程。“根源不深，枝叶难茂。”繁花似锦，大树参天，唯有向下扎根，方能汲取源源不断的养分向着高处生长。回想复校初期，学校荒山一片、楼无一栋、房无一间。一声号召，来自清华大学、北京大学等 92 所高校、科研院所的 622 名教师奔赴湘大，宿农舍，点油灯，边劳动建校边教学科研，在贫瘠的荒山土坡上建起了一所高水平大学。2023 年 9 月 1 日，习近平总书记给复校初期来校工作的老教师代表们回信，高度肯定了老一辈湘大人扎根三湘大地教书育人所作出的突出贡献。岁月流转，年轮不息。无论身处何地，我们都应时刻牢记唯有向下深深扎根，方能向上蓬勃生长。

《湘大人口述》是由湘潭大学校友、光明日报社驻湖南记者站原站长、高级记者唐湘岳老师带领湘大学子以口述史方式，记录的精彩湘大人故事。这是一本洋溢着激情的书、一本充满着热情的书、一本流淌着温情的书。书里的湘大人讲述了自己学习、生活、工作的点滴故事，既有不负少年的精彩激扬、人到中年的成熟理性、活出暮年的豁达洒脱，也有对自己成长的反思、同学好友的细腻情感、治学从教的深刻感悟。可以说，摆在我们面前的这本口述，道出了全体湘大人为什么如此热爱湘大，凝聚着满满的正能量，充盈着息息不止的奋斗精神。如果你对湘大还不那么了解，读读这本书中的故事，你就会明白湘大人为什么会对湘大爱得如此深沉。

《回眸（二）——校友散文选集》《回眸（二）——校友诗歌选集》辑选了校报 2000 年至 2020 年文艺副刊中部分校友发表的散文、诗歌。对每一位湘大校友而言，湘大是一片从来不缺少浪漫和梦想的原野。走进三道拱门的湘大学子，谁没有把最清洁、最蓬勃的青春挥洒在这片广袤的原野上？谁没有将拏云的少年心事托付给这片阔大的原野呢？捧读校友们的散文、诗歌，仿佛聆听一个个娓娓道来的青春故事，让我们再次回到了那紧张而火热的大学生活。一篇篇情感细腻的散文、一首首灵性唯美的诗歌，深深地凝聚着校友们对母校的深厚情怀与眷恋，对老师们的崇敬和感恩之心，以及同学之间亲密无间的友谊。无疑，这是一部诠释湘大精神的生动教材。

一代代湘大人，在最美好的年华来到这片纯粹而浪漫的原野，有的人留下来扎了根，有的人被命运抛向了梦想的远方，但无论身处何地，每一个湘大人都如三拱门后那郁郁葱葱的水杉树，生生不息，向阳生长。有人说，一所伟大的大学总是蕴含着一个个独特的感人故事，湘大亦是如此。我们由衷地期望这样的故事延绵不断、一代又一代地续写下去。

我们的湘大，每一帧都精彩！

湘潭大学 **党委书记　刘起军**
校　　长　潘碧灵

目　录

回望湘大

黄洁龙 | "作家"琐忆 / 3

蒋建梅 | 湘大之春 / 5

宋银桂 | 追忆廖公海廷先生 / 7

林莽雪原 | 三道拱门——心中永远的激励 / 9

谭水阳 | 好大一棵树 / 11

刘云庆 | 我与湘大 / 13

陆　红 | 图书馆的灵韵 / 17

周红泉 | 经历成长 / 20

潘信林 | 第一堂课 / 22

喻几凡 | 重聚首 / 25

绛　雪 | 湘大心中永恒的眷恋 / 26

蔡芳芳 | 通向理想和智慧的天梯 / 28

异　解 | 游子 / 31

文　豪 | 风行湘大 / 34

吕宗澄 | 寻梦，在湘大 / 36

蒋力馀 | 情牵故里 心系湘大
——品读油画《一定要把湘潭大学办好》/ 39

周忠和 | 难以忘怀的燃情岁月 / 43

肖文斌 | 品读泉山 / 46
刘建平 | 我爱湘大山和水 / 49
瑟　锦 | 色彩与建筑的光影重叠——我的大学生活 / 51
刘　聪 | 毕业，开学 / 55
赵　勇 | 当梦想驻足湘大 / 58
张　雷 | 秀山论山水 / 60
杨明伟 | 外人眼中的“湘大人”
——我和“湘大人”“水乳交融”的故事 / 62
杨小凯 | 四季如湘大 后会亦有期 / 67
安　子 | 青春回放 / 69
毛远涛 | 博得声名尽楚才——忆我和父亲毛禹居老人在湘大会面 / 72
刘小莉 | 南阳村的回忆 / 77
邓任娟 | 湘大，给你一张过去的 CD / 82

人生哲思

萧雨尘 | 北望湘江 / 87
周雪平 | 感受汨罗 / 89
巢进文 | 山冈上的麦子 / 91
修　远 | 面对粮食 / 93
谭志敏 | 隧道 / 95
李凌云 | 灯 / 97
杨翔燕 | 韶山行思 / 99
付　艳 | 履痕处处 / 101
王　静 | 禅化人生 / 104
廖永红 | 穿越时空的追忆——纪念一二·九运动 / 106
刘智远 | 世人都有“桃花源” / 109

聂辛东 ｜ 党，我敬爱的母亲 / 111
王振东 ｜ 金陵之殇——观《金陵十三钗》有感 / 114
丁红莲 ｜ 棋局人生 / 116
青　雨 ｜ 韶山纪行 / 118
刘宇谦 ｜ 过往匆匆 / 121
华　进 ｜ 我为什么要和你谈美 / 123
严曼华 ｜ 老山路 / 126
何云波 ｜ 在黑白世界与你相遇 / 128

文艺随笔

胡显兵 ｜ 侠之大者 / 133
吕　婵 ｜ 青春无悔——关于青烽的记忆 / 135
戴　峰 ｜ 感触《德伯家的苔丝》/ 137
华济时 ｜ 怀念沈从文——写在沈从文先生一百周年诞辰之际 / 139
谭水阳 ｜ 彻底摆脱“奴隶”的命运——我读鲁迅先生 / 141
黄望中 ｜ 品读诗人 / 143
吴　金，等 ｜ 流韵壮东风——读毛泽东诗词有感 / 145
彭燕郊 ｜ 诗与人 / 148
孟　泽 ｜ 诗心情语言 / 153
阳　询 ｜ 在路上的人生——《血色浪漫》之观后感 / 157
杨向荣 ｜ 生命挣扎与艺术回归——读毛姆的《月亮与六便士》/ 160
张铁夫 ｜ 致不朽的灵魂——普希金 / 163
孙立坤 ｜ 小城故事 / 166
贾　鑫 ｜ 在路上——观《北京青年》有感 / 168
蒋海文 ｜ 找寻文字的远方 / 170
吕宪峰 ｜ 生活理想的诗意重构——观《钢的琴》有感 / 174

蒲德德 | 如此老生 / 177
徐媛媛 | 桃花难画 / 179
刘　威 | 繁华散尽——读金宇澄《繁花》/ 181
雪　璃 | 诗心不老 / 183
郭　婷 | 我们不必平静，尽管去创造——读《平凡的世界》有感 / 186
程晓璇 | 美人如花隔云端 / 190
张淑惠 | 但求真性情 / 193
杨进娴 | 回归——读《千年一叹》有感 / 196

生活百味

黎春香 | 中秋夜，不归家 / 201
申　凤 | 豆蔻年华里那一簇萤火 / 203
杨翔燕 | 每月十号 / 205
雷红燕 | 我的大学时光 / 207
何云波 | 多年师徒成父子 / 210
野　原 | 麦香 / 216
张金平 | 十月，绿色如潮 / 218
卢　布 | 海棠依旧 / 221
李政葳 | 静看角落花开 / 224
肖　佩 | 雨夜话别 / 226
丁德凤 | 穿过记忆 / 228
张　慧 | 母亲的炉子 / 230
郝海林 | 忆冬岁 / 233
向　赛 | 动物视界 / 235
徐小宸 | 剪一缕春光 / 237
宋德发 | 篮球与人生 / 240

王雪艳 | 只叹时光不再来 / 244
孙　烨 | 劝君莫进一杯酒 / 246
秦　璐 | 夏日杂记 / 249

故土乡情

陈爱民 | 山野号子 / 255
周善斌 | 乡村情结 / 257
王志华 | 故乡琐忆 / 259
王　芳 | 湘地话秦腔 / 261
杨丽莎 | 守望那片梯田 / 264
王简兮 | 野菊花你何时开 / 266
张　蓉 | 农家寄语 / 268
何美霖 | 乡间月 / 270
吴　金 | 纸上的故乡 / 273
陈书扬 | 南音 / 277
何文双 | 故乡没有秋 / 279
王治欢 | 摇桂花 / 281

心灵感韵

谢美航 | 观花不语 / 285
刘　臻 | 三月的樱花 / 287
刘　峰 | 聆听长白 / 289
谭彦博 | 虚掩的门 / 291
于　杰 | 农村娃子 / 293
汤　浩 | 诗性的精神栖居地 / 295

黄立志 | 心灯 / 297
宋德发 | 听白先勇讲昆曲 / 299
关红儒 | 我的脚步 / 302
齐　虹 | 我的校园民谣时代 / 304
行　浪 | 与清晨一同开启阳光 / 307
陈湘杰 | 空谷幽兰 / 310
何云波　李　松 | 棋禅一味 / 312
冯芳芳 | 松韵荡长空 / 315
康　煊 | 九月九的酒 / 317
方　仪 | 神奇的西宁 / 319
雪　词 | 与“书信”有关的日子 / 321
黄雪姣 | 最美的风景 / 324
罗艳青 | 那一抹色彩 / 327
曹运波 | 静心 / 330
张胜航 | 春隙碎笔 / 333
林　敏 | 满地翻黄银杏叶 / 335
刘文华 | 潇湘居里潇湘客 / 337
郝俊涛 | 我心中的嘎玛日吉 / 340
罗　娜 | 跟秋天撞个满怀 / 342

后　记 / 344

回眸（二）——校友散文选集

回望湘大

“作家”琐忆

黄洁龙

我想和你讲讲有关“作家”的故事。作家并不是某类人或某种职业，他是我大学时的室友，是当时班上最会写文章的同学。他经常伏在寝室的桌子上，不停地写。你那时如果到我们寝室玩，一定可以看见他。别人在午睡、打牌、逗女孩笑时，他一声不吭地伏在那儿写。这种意志坚定的人已经不多了。他还有个习惯：每天清晨，无论刮风下雨，他都要跑步，下雨就打着他那把黑色的自动伞跑，现在这种年轻人也已经不多了。因此，那时我们特别佩服他，这种发自内心的佩服如今也不多了。我们称他为“作家”。那时候，我们对作家都比较仰慕，发表文章是我们的梦想。我们尤其钦佩那些出身苦寒，但呕心沥血写作的人。我们虽然糊涂但还是知道，他们活得充实快乐。

好了，不说这些了，我先告诉你做家长的样子吧。他很瘦，白色衬衫显得空空荡荡，颧骨高耸，脸色不好，头发卷曲，反正你见到他就会有一种异样的感觉：太像个作家了。反正作家有一副与作家一模一样的外形。

作家和我们另外 9 人住在一起。作家只是理论上和我们是室友，实际上他基本上不属于我们9 人这个圈子，他是我迄今为止见过的最孤僻的人。起初我们背着他说他的坏话：“老虎独来独往。”后来，我们工作了，也就逐渐明白了“独自来去”的艰难和乐趣。

那时我们经常在寝室里打牌，偶尔喝喝酒，醉醺醺地伤感一阵子，雄心一阵子然后又继续循环，毕业时我们厌倦透了，越厌倦我们就越佩服作家的高明，他持久地沉默，稳如磐石，而我们转如纸片。

作家是从农村来的，我们趁他不在翻看过他的作品（令人奇怪的是，他虽然发表了近百篇作品却从不公开给人看），大多是写乡村生活题材的。我们弄不明白的是，作家在这些本应轻松的作品里贯穿着沉重的情绪。但是我们一直缺乏与作家畅谈文学的机会，这个疑问至今没有答案。

大三时，一天中午，我们9个人围在一起一边吸烟一边吹牛，作家推门进来，我们发现他的脸上生了个瘤子，刚到医院割了。第二天，我们买了些水果送给作家，并说了许多感人的话。作家很感动，他让我们一起吃，于是我们吃光了他的水果。一星期之后作家在晚报上发表一篇文章叫《同学情深》，我们相互传阅，纷纷猜测文章的字里行间里究竟提到了谁。

后来，作家也会在我们吹牛时插上几句。有一天晚上，我们躺在各自床上谈爱情，并吐槽学校食堂伙食差劲。这时作家不知从哪里弄来些油条，一张床一张床地塞，叫我们拿着，拿着，吃嘛。我们9个人很吃惊，连忙接过油条缩在被窝里吃，吃完后就把满手的油揩在蚊帐上，揩完后我们就开始和作家谈心。作家那天夜里很兴奋，他的乡音混浊而快速，他说我们班的女生太粗心了，他要找一个长头发大眼睛的演员。作家说，“我要出本书，让她演女主角”。

可是，作家说他要娶一个演员的时候，我们9个人都拼命捂着嘴，我们生怕笑出声会伤害他。

作家那一晚似乎把三年的话都讲完了，第二天，我们吃饭时热情地邀他一块儿去，他竟然不理我们，在路上见了面，还是和往常一样，不打招呼，以至于我们都怀疑那晚谈心是否真实，可是蚊帐上的油污还在啊！

最后那年，作家继续伏在他那一方专区里不停地写，不停地投稿。如今我们9人也都是天各一方，互不想念，但我肯定我们会想起寝室里曾经有个作家，而且我肯定我们都企图用拙劣的文字写写他，虽然我们知道自己什么也写不清楚，写不好。

——刊发于2000年5月20日（第499期）

湘大之春

蒋建梅

在湘大人的眼里，湘大是美丽的。湘大的四季，景色各异，又各有韵致，其中最美的季节要数春天了。

春天的湘大，落叶翻成了一树新叶，常青树正乘着春光将陈旧的叶片抖落，萌出鲜明生动的嫩叶，这是怎样的新陈代谢！

走在校园里，如果眼里只有绿色，那自然是单调了，春天的湘大是多彩的，是姹紫嫣红的小世界。

沿着湘大的任何一条大道或曲径走下去，你都会有移步换景的感觉。红叶埘会恰到好处地缀在浓淡不一的绿叶丛里，红绿相间，高高低低，错落有致。单是看树，已能让你目不暇接，但既然是春天，怎能不看花？山茶花有红有白，在同一棵树上各竞芳姿；迎春花从冬末开到春初，开得独领风骚又稍嫌寂寞，这时也正迎着春风春雨吐芳展蕊；紫色的花开满树，密密簇簇地缀满了所有的枝条，树上有花没有叶；桃花也是如此，湘大的桃树是小巧的，没有占尽芳菲的霸气，它的枝干盘根错节，它的花蕾美得如二八佳人。因此，它鲜艳得有点儿沧桑，又沧桑得如此美丽。假如只有这些花争芳吐艳，湘大的校园跟别的校园相比就别无二致了。湘大的校园里竟然还有着泥土的气息和芬芳，春雨霏霏或者淅淅沥沥，这一分尘土、二分流水就滋养出许多别致清新的野花：黄的、紫的、红的、白的，在路边的野草丛里羞羞答答却又热烈奔放，让你的眼睛为之一亮。

“一枝一叶总关情”，但枝叶间又别有洞天。岳麓公园里除了“鸟语林”之外，在其他地方的树丛里难得听到几声鸟语，而“鸟语林”里的鸟儿是美丽的囚徒，它们与天空被一张巨网隔离。湘大校园是鸟儿的天堂，每个角落的树丛都有鸟儿的部落，鸟儿在这里喧喧嚷嚷或者浅吟低唱。它们有的停在你头顶上的枝头冲你大叫，而当你向它发出“嗨”的问候时，它却“忽”地飞走了，真是多情反被无情恼！小小的鸟儿成群停落在路上，叽叽喳喳，你小心地不惊动它们，它们在离你几步远的地方嬉戏，而当你满怀着与它亲近的喜悦再走近一步时，它们却展开轻灵的小翅膀如天使一般飞走了，留下一片清脆的叫声，像一群想接近陌生人却又害羞的可爱的小姑娘。

春光中校园里的女孩，比任何一个季节都美丽，五颜六色的裙衫衬着她们青春的脸，如花又胜花。课余时，走过运动场，几十个健康清新的女孩正在练球，带球、顶球、射门！在她们身上，娇柔与刚健融合得如此完美，正如一曲《铿锵玫瑰》。让路过那一排长长的水泥栅栏的我忍不住驻足观赏，为她们喝彩。当铃声响起，当夜幕降临，室外的空间便人迹阑珊，青春的男孩与女孩在图书馆、教室、机房里遨游于知识的海洋。

春在湘大，湘大也如春。湘大的春天是美丽的，如树，如花，如鸟，如人。

——刊发于2001年4月20日（第522期）

追忆廖公海廷先生

宋银桂

廖公海廷先生辞世整整十五年了。那个时候，我刚刚完成大学本科的学业、留校任教才两年多，是一个初涉世故的小青年。当时，我对廖老师的突然离世深感惊愕，因为在我们印象中，廖老师是非常健壮的：中等身材、皮肤黝黑、步履刚健、目光如炬。

廖老师去世的时候，虽然已是古稀之年，但是，对于从事人文社会科学教学和研究的人，特别是从事“国学”研究的人来说，正是出成果的年龄。更何况廖老师在“文革”中历尽劫难，满腹经纶不得宣泄，平反复职之后来湘大执教，恰如蛟龙入海，大鹏当空。记得当年的校园中，廖老师反背着双手，或携师母漫步林荫下，倚望阁楼边，腿欲静而唇翕动；或邀上一二学术知己，辨名析理、一论短长。那时，我们80级历史班有几个对文字学感兴趣的同学，常去找廖老师讨教，或是在廖老师家中，或是在课堂的间隙，每一次交流，大家必定有所收获。廖老师留给我们的印象是：朴素平易却凛然不可冒犯，博闻强识却不事虚陈夸张。

他虽然带有浓重的宁乡口音，但对中国传统的诗、词、歌、赋却能倒背如流，有时会兴奋得手舞足蹈起来。

廖老师学贯古今，尤以“小学”见长，在文字、音韵、训诂方面颇有建树，其所著《转语》一书，堪称绝业。而正是这五卷《转语》，足见廖老师扎实的国学功底，同时也映衬出他崇高的精神境界。

但凡在学术上拥有真正属于自己的领地，能够成一家之言的文化人，注定要有这样一些先决条件：一曰探索的勇气，二曰求真的精神，三曰务实的态度，四曰超然的心境。此四者，对于每一个从事科学研究的人都意味着道道关隘，而且一关更比一关难。尤其是第四项，对于一般的研究者来说是很难习得的，因为，它不仅要求挥斥名利，而且还必须摒弃虚伪和骄傲，抛却各种私心和杂念，否则，终将修不成“正果”。当廖老师病情日笃的时候，某日，夫人刘老师趋前探询其对整理出版《转语》的意见。廖老师回答说：我写《转语》是兴趣所至，并不是为了出版，更不是为了出名，能出则出，不出也罢。短短数言，风骨自见，与时下那些沽名钓誉的“半桶水”相较，相去何止数千万里！也许，正是因为“正果”之难求，须以一生的精力付之，否则，我们的廖老师怎么会在撰成《转语》的同时就撒手向西呢？

斯人远逝，斯德永存！廖老师留给我们的不光是艰涩的《转语》，更有剔透的灵魂，我们祈愿老师千古。其实，老师的德业时刻在鼓励着我们，鞭策着我们，唯有奋力前行，才能无愧于浩荡师恩，才能使老师的在天之灵得到安息。

——刊发于 2002 年 4 月 20 日（第 546 期）

三道拱门

——心中永远的激励

林莽雪原

A君要走了，我想我或许应该写下点什么。当时光滔滔不再复返的时候，唯有纸上的文字能在人的心里激起阵阵微澜。

现在A君已经大四了，认识他的时候我大一，我们的相识纯属偶然。

那一天，我上完自习回宿舍，在跨过高高的三道拱门后又突然转身，跑到正中间的那个大拱下，站直了，仰起头，从那道未完全合拢的拱口看上面蓝蓝的天空，高兴地举起了双臂。

那时他正站在离三道拱门不远的地方，手里拿着一本书，静静地微笑。他过来和我搭话，问我是不是大一新生，是不是喜欢这三道拱门。我道是的。他便告诉我当他第一次看到这三道拱门的时候，也是站在那个正中的大拱下，做了一个和我同样的动作，我于是笑了。正当我要离开的时候，他问我："你说为什么这三个拱不完全合拢呢？"

我疑惑地看了他一眼，摇摇头笑着说："不知道，或许是为了让人们站在拱下，从那个口子去仰望蓝天吧，我刚才就看到了那幽蓝空旷的天空呢。"

他同样笑了起来，接着说："我想这是比喻求知没有尽头，你看那些拱，它们都斜斜地向上延伸，可终究未能完全合拢，这是在启示着每一个跨过它的人：攀登永无止境。"

我的心深深地为之颤动，暖暖的夕阳中我慢慢地转身，三道拱门兀自立着，阳光在它面前洒了一地，我隐隐觉得这三道拱门或许是一个伟大的象征。

后来，我和A君一直保持联系。

A君来自一个偏远的小山村，家里条件不是很好，为了减轻家庭经济负担，他同时兼任了两份家教，辅导两位高二学生的数理化，每个周末都要往返于市区与学校之间。可即使是这样，A君仍然学好了他的专业课程，成绩优秀，并且还广泛涉猎文学、政治、哲学等多种学科知识。

我不知道他是怎样安排时间的，我想A君于我或许真的是一个只能仰望的榜样。

当我把这种想法告诉A君时，他笑了，说："其实，无论干什么，只要你有信心，你就一定能做到。每一次当我走过三道拱门的时候，我的这种信念便会无由地增长，我想三道拱门于我已是一种象征了吧，总是令我在想懈怠的时候又紧紧地加快脚步。时间如流水，可我们要学的东西又是那么多，我有时真的很害怕，害怕自己有一天会两手空空地走出这三道拱门。"

我无言。记忆中，流逝的日子，平淡而空落的生活，如同那深邃的夜色一样虚无缥缈。再一次走过三道拱门时，我都要在它面前长久地静立。

国庆节到来了，A君送了我一本夏目漱石的书，书的首页用楷体字写了一首他自创的诗，诗的末尾是这样几句话："三道拱门/擎在我灵魂最高处的一尊器皿/每天/我守护着，仰望着/直到有一天/岁月之树终于老去/我再也擎不起那不竭的信念"淡淡的书香中，我把它们一读再读……

现在A君已经提前完成了他的学业，并在深圳一家公司找到了自己的工作。他说他先参加工作，等以后自己有了钱，便回来考研，他仍没有忘记自己的理想是做一名高级设计工程师。跟我说这些的时候，A君满怀激情，目光炯炯，活泼而生动。我想那时他的眼中一定有那三道拱门吧，因为在这物欲横流的社会里，唯有那三道拱门能给他永远的激励。

——刊发于2003年4月20日（第572期）

好大一棵树

谭水阳

曾经有一首歌，在我心灵深处埋下了深刻的记忆。

《好大一棵树》——这首歌伴我走过中学时代直到进入大学。而每当听到它，我就禁不住想起我那可敬可爱的老师。我知道，在我迷茫时，一直有一盏希望之灯照亮我的前程，让我知所趋赴，尔后坚毅前行。

我常常以为，您就是一棵树，就像外语楼前面那棵挺拔高大的青杉，笔直的树干与茂密的枝叶想呵护脚下整片的草地，这就是您正直高尚的人格和宽广博大的胸怀。

您给予我的第一印象就是富有敬业精神。大一军训时，第一次见到您，您那严厉认真而朴实负责的态度在我心中留下了非常深刻的印象。但是您也有亲切和蔼的一面。在课堂上，您用朴实无华通俗生动的语言教我们学会做人，学会求知。您经常勉励我们，我们湘大人就是要有一种自强不息的精神来认认真真做学问，老老实实学做人，扎扎实实做工作，您说这就是您对我们最大的期望。

您的为人、为学对于我们是一种潜移默化的熏陶。很多同学在私底下更愿意视您为父母。起初，我并不理解。但后来当我亲身感受了您对我学习工作与成长进步无微不至的关怀和爱护，我才明白其中的真正含义。我清楚记得，有一次，我走进您的办公室，您语重心长地对我说："你们是未来的希望，学习是你们的根本，专业决不可放松；工作也要认真负责、脚踏实地；更不要忘记博览群书，要注意修身养性，丰富自己的精神世界，提高自己的道德修养，做一个品学兼优的学生。"您的话语至今言犹在耳。

同学们都说，您是一位富有爱心和责任心的人生导师。对事业的忠诚、对理想的孜孜以求、对学生的关怀备至，无不昭显着您高尚而伟岸的人格。您以母亲般的关爱呵护着每一个追求知识、渴望成才的游子；您又以父亲般的胸怀关心着每一个力争上游、负笈追梦的青年；您更以师长的事业心与责任心不断勉励我们去追求人生理想，去实现人生价值！

您就是一棵树，顶天立地挺立于湘大这片不失野性却敦厚朴实的原野。我敬您、爱您，不仅仅因为您是我们的学习导师，更因为您的人格魅力！

走进湘大，让我最感动的是在这片土地上拥有一大片由像您一样的大树构成的森林。

——刊发于2003年9月10日（第580期）

我与湘大

刘云庆

人人都喜欢回忆，人人都有回忆，在“我与湘大”的关系中，就有许多令人回味，令人会心微笑的故事。

我与湘大的因缘

“你真傻！为什么要从广州那么好的地方跑到这穷山沟来？你们又不存在两地分居的困难。”好多人都对我提出这样一个令人难以理解的问题。

广州，是华南的一颗明珠，那里有宜人的气候，有漂亮的公园，有热闹的街道，有令人陶醉的冠盖如云、浓荫匝地的榕树，还有共事多年、风雨同舟的老朋友。是的，这真是一个难以回答的问题。

1975 年下半年，那还是全国学朝农的高潮时期，我的一位老同学来湘大联系工作，这里的负责人问她是否认得我，她说：“怎么不认识，还是同学哩！”“你写信问问她，愿不愿来这里任教。”不久我接到了这位同学的来信。我不知道湘大究竟是什么样子，1976 年春趁工作之便来了一趟湘大。一看，这里除了几座茅草棚外，几乎一无所有。远处矗立着几座黄土高山，这是一片不毛之地哩！唯有周围没有下种的水田在太阳下闪着耀眼的光亮，那散布在村落的农舍偶尔传来几声鸡啼。但我还是下了决心：“来！”这决心是怎么下的，自己也说不清，是故乡情的牵系，还是一股创业的冲动在内心升腾？是对新闻工作的厌烦，还是由于“文革”派性的阴影惹起的不快使我决心换一换环境？好像都有一点，又好像说不确切。回到羊城，开展了一场我要来、他要留的拉锯战，但最后他还是在我的决心面前妥协了，不过时常有“妇唱夫随”的感叹。

我与湘大的创业

1976年冬，我把家搬到了湘大。那时的湘大真和草创时期的大庆差不多，黄土坡上正矗立起两栋楼房。楼房尚未竣工，即使竣工，也轮不上我来住。于是我住进了离学校2.5公里远的一家农舍，于是我的生活中有了许许多多不曾有过的“第一次”。

我第一次跑到5公里以外的粮店买米；

我第一次用一个简单的器具学做藕煤；

我第一次在我住的农舍床铺的帐顶上，发现夜晚飘进屋里的一层雪花；

我第一次踏着坚冰去井里挑水，第一次品尝到在冰冻的斜坡下挑水上不来的艰辛滋味；

我第一次骑着自行车在崎岖的山路上奔驰，第一次感受到扛着自行车跳过一米宽壕沟的惊险；我第一次在油灯下备课，第一次在凌晨三、四点趁着有电时爬起来看书。

我第一次……

我不记得我有过什么埋怨，但在当时觉得生活好像本来就是如此。

我与湘大的发展

第二年春夏之交，湘大又要砌新房了，我和一群老师从周围的农村赶到学校挑砖，从坡下往坡上挑。好在有干校劳动的功底，干事挺利索、欢快。干这种活的机会并不多，但现在回忆起来，倒也可以自豪地说：“我曾为湘大的建设增添过一砖一石!”

在西山坡上我曾栽过樟树，现在已是枝叶扶疏了；在东坡山下，我曾植过女贞，现在长成茂密紧箍的篱笆了；在南苑，我曾栽过云杉，如今出落得亭亭玉立了。看着这片绿色，对着这片浓荫，可以无愧地说：“我也曾为你挥洒过辛勤的汗水!”

在会议室里，我曾向全校文科教师传递过来自武汉的全国文科会议的信息、昆明全国文科科研会议的规划；在课堂里，我曾向学生传授过我拥有的有限的知识；在学生宿舍的走道上，我迎来了一批又一批满脸稚气的新生，又送走了一批又一批开始成熟的毕业生。我至少可以说："在湘大的发展中我没有袖手旁观。"

我与湘大的文艺舞台

湘大的舞台从严格的意义上讲，是1989年俱乐部建成之后才有的。但我说的舞台是广义的，它可以是食堂的一角，也可以是教室窄小的讲坛，凡可以表演文艺节目的地方，都可称之为舞台。

"娜良我生来爱唱歌，一唱就是几大箩。"这是一首歌中的两句歌词，似乎也是我的写照。因此虽到不惑之年、耳顺之年，兴致依然不减当年。每遇节日或什么晚会之类，往往粉墨登场，那与他人和谐的两重唱，似乎也曾使某些人为之倾倒。

最不能忘怀的是几次"三八"妇女节的演出，我曾参与我们系女同胞表演节目的创作，那"十八扯"式的滑稽表演，演唱《霍元甲》主题歌时西洋、古典拳术的结合，曾令全场观众笑得前仰后合，那情景如今想来，仍令人忍俊不禁。

我酷爱古典诗词，所以希望我的学生也能喜爱。我第一次在这块被称为"文化沙漠"的地方组织了一次古典诗词演唱会。一开始我很担心阳春白雪、曲高和寡、听众不多，还怪出海报的同学字写得太不醒目。谁知到演唱时，竟然人山人海。在阶梯教室里，有坐着的，有站着的，里三层，外三层，没有喧闹，没有交头接耳，"这里晚会静悄悄"，他们听得那么专注，那么入神。这不就意味着成功吗？这不就是对我劳动的最高奖赏吗？这意外的成功曾让我陶醉了好些时候。

我与湘大的体育

我不是体育明星，也不是体育尖子，最多算一名活跃分子。我没有为湘大体育史写下什么光辉的篇章，但在体育场上却有许多令我回味的乐事。

我篮球、排球、羽毛球、乒乓球都可以来两下子，当然水准是半瓶子醋以下。湘大的篮球场上曾留下我的身影。我一般打右前锋，如果没有人阻拦，投篮命中率在90%左右。我曾与几位50年代的巾帼英雄配合，为我们系在全校争得了好名次，有时比赛得分达到70分以上，令观众瞠目结舌。至于在排球场上，我的长处是可以当一个好二传手，只可惜能扣球者寡，但至少有用武之地。虽然如此，我与我们系的一批老巾帼，也曾在湘大排坛上风光一时，被某些老师视为劲敌。湘大女教工的羽毛球赛似乎只举行过一次，那次比赛的冠亚军均由中文系夺得，我也分享了一份光荣。

我最不擅长田径，可有时在人数不够时，也被拉去参加4×100m或4×400m的接力赛，因此在那弯弯的跑道上也曾留下我的足迹。最有趣的是一次冬运会，文体委员说我的腿长，适合跳高，要我发挥优势，参加中年组的跳高比赛。这是我生平的第二次跳高，第一次是1958年实行劳卫制时曾跳过1米1几，时过近三十年，该如何助跑，如何才有爆发力，右脚如何跨，左脚如何跟，已茫然无所知。于是我在文体委员的启蒙下参赛，居然跳过1米零几，获得银牌，大感意外。现在想来，亦一乐事耳。

来到湘大二十多年，赏心乐事何其多也。这些赏心乐事连缀成了一根纽带，默默地把我和湘大的感情紧紧地扭结在一起，再也没法分离了。

——刊发于2003年11月10日（第585期）

图书馆的灵韵

陆　红

印象

来的时候，正值黄昏，淡淡的金黄洒下，恰好掩盖了一个山村男孩初到陌生地的羞涩与恐慌。一路上，我拖着箱子，尽量跟着父亲与姨父的脚步，忐忑不安地走着。紧张、惊慌、兴奋，情绪交叉在一起，压紧了我的每一根脑神经，感觉身子徒然重了许多。于是，湘大的风景，在我的眼中几乎就只是灰白的水泥路面，但偶尔几次快速地抬头，校园风景在我的脑海中增加了一幢朦胧的楼。

晚饭后，姨伯父领着我和姨父、父亲在迷宫似的校园里溜达，校园里流光溢彩的景观流进我的心田，幻化成一个快乐天堂。当一座似曾相识的楼伫立在我面前时，震撼把所有的幻想与感受都打碎了。我只是静静地看，一动不动，任震撼在心间涌荡。必须承认，来自穷乡僻壤的我或许是孤陋寡闻，一泓彩色喷泉，一座乳白的四方楼，数盏倒刺夜空的彩灯就令我如临仙境。但必须承认的是，简单的景物扎根在文化的土壤上，便是一种炽热的魅力。

慢慢地，我对校园熟悉了，也开始渐渐了解那幢楼——图书馆。但我总不敢真正地走进它，一部分是羞涩，一部分是对文化的敬畏，一部分则是因为时间。

感悟

日历被时间的清风吹到 10 月 20 日。天蓝蓝，云淡淡，爽朗的秋风吹来还是冰凉冰凉的。

今天参观图书馆，是既定行程。一路上我们轻松地谈笑着，但在馆前台阶处便戛然而止——或许是因为对书本、对文化的虔诚、敬畏。

拾阶，进馆，我放轻脚步，害怕一点琐碎的声音打破那份宁静、安谧，玷污了文化的圣洁。转身看其他同学，肃穆都写在每张脸上。

从一层到七层，绕着方形的走廊旋转而止，在每个角落都可感到一份素朴与典雅。

第一次进学术报告厅，弧形的座，淡雅的装潢，静谧的氛围，让人想起渊博而又淡泊致远的学术大师，想起那句“大学之大在大师也”。

第一次进电子阅览室，整洁、明净的大厅内，电脑屏幕在不断跳闪，空中飘浮着手指在键盘劲舞的声音。在这微尘都沾有现代气息的大厅里，我年轻的心更活跃了。

第一次进历史文献书库，在门厅口上一望，我感觉到历史的厚重，好像散去的时光凝聚成形了，就静静地躺在亮洁的书架上；仿佛轻轻触手，我们就可以感知历史的冷暖；轻轻呼吸，我们就可以嗅到逝去的时光的清香。

当我的脚步停留在六层回廊，渐渐感觉窗外的风越来越冷了。我承认高处不胜寒，但我更承认我那不丰富的心在包罗万象的文化层的顶部，颤抖了。

下到图书馆前阶，心渐渐趋于平静，但表情依然肃穆，心底还有一种渴望。

飞翔

当心渐渐地不再感到敬畏，我便亲近图书馆了。

但每一次，我依旧担心自己扰乱那清纯的文化世界。每一次，我都是尽情地享受书香、触摸文化，去领略图书馆独有的灵韵。

有些时候，当思维活跃得如同地下的岩浆般要喷涌而出时，我会做一些梦，而最近，梦得最多的是：把那个乳白的四方楼装进胸里，而后，带着微笑去流浪，一路上，载着我的喜悦，带着文化的芬芳。虽然，它是只是个梦，但我懂得，这梦，有一天，会能凝固成形。

每每徜徉于湘大美丽的校园，每每走近庄严博大的图书馆，心中便有莫名的冲动。我要真正走进她的心房，让图书馆的阶梯成为我未来进步的台阶，让博大的知识为我插上腾飞的翅膀。

仰望苍穹，我感到自己的渺小。放眼世界，我叹惜自己才疏学浅。想到校训“博学笃行，盛德日新”，似乎又获得了无穷动力。还有什么疑问，为何还迷惘不前？我知道有她的引领，我会逐步实现我的梦想，终有一天自由翱翔。

——刊发于 2003 年 11 月 20 日（第 586 期）

经历成长

周红泉

每到校报发行的时日，我的目光就会极力搜索校园里发报同学的身影，有时还会守候在出版大楼下面，只为能分享第一时间看报的喜悦与幸福。其实，那时我只是在校报中缝发几行短讯，却依然能让我欢喜半日。许多朋友对我的欣喜深感困惑，在他们眼里，短讯是算不上文章，没有太多前途的。这时，我心里也不由感到羞愧——什么时候，我也能有一篇自己真正的“铅字文章”呢？

大学的第一个暑假，我留在学校做家教。家教市场竞争的激烈与无序以及同学们找家教的普遍艰难深深触动了我。经过一个暑假的调查整理，一篇三千字的大学生暑假家教调查报告在笔下诞生了。站在老师面前，我的心跳到了嗓口，或许是亲身经历的缘故，文章出乎意料地得到了老师一句“写得还可以”的评语，不过仍未达到刊发的标准。于是我沿着老师提示的思路又一次联系同学进行采访，也不忘向有经验的师兄请教，最后经老师的删节润色，一篇两千字的调查终于凝结成漂亮的铅字。拿到校报的那一刻，感到阳光有些眩目，我终于相信了朋友父亲说的那句简单的话——“不管你现在写得怎么样，只要你坚持不懈，总有一天你会写好的”。这篇调查，让我意外地敲开了校报编辑部的门，成为一名学生记者。

接下来，便有了第一次与老师一起进行迎新采访的任务。开始时往往是一边提着新生行李，一边询问他们与家长的感受及其他情况。随着学校迎新工作全面铺开，各迎新点上都有通宵值勤的学生，我也有了第一次通宵采访的经历与感受。几天的采访中，一幕幕感动的场面，让我心中荡起浓浓的温情。而当我揉着酸痛的手臂将那些用美丽的词句修饰的草稿交到老师的手里时，得到的却是摇头与叹息。虽然老师并未严词批评，可路灯下听着老师逐一指正，心里比受到任何严厉批评都难受。

也是这一次；让我明白自己知识的匮乏。于是，图书馆新闻写作的书架前、报刊阅览厅里，一个捧着笔记本摘录的身影出现得愈加频繁。平时对报纸上不感兴趣的新闻，现在我也看得津津有味。这些知识的获取在某种程度上提升了我，虽然现在我的写作仍有很多的缺点被老师一再地批评，但也真正体会到契诃夫所说的“写作的技巧是筛掉写得不好的地方的技巧”与洗尽铅华、挤掉水分的重要，明白写典型事例遵循“场大不如坡大，坡大不如仓大”的准则，文章要尽力求曲、求质、求简、求精……

今日，仍然期盼第一个读报的喜悦，入夜的梦里，朦胧中感到手中的笔在璀璨的星空下遍地生花。

——刊发于 2004 年 4 月 30 日（第 600 期）

第一堂课

潘信林

都大四了，课是上过无数的，还有没有资格说“第一堂课”？我认为还是有的，这便是大四的第一堂课。生命的诞生只有一个起点，然而灵魂的升华却有无数个新的起点。正是这些无数新的起点，使灵魂得以不断地升华。升华的进程未必是一帆风顺的，暂时的倒退或许不可避免，然而螺旋式的上升、前进总是必然的出路，生命也因此而变得有价值、有意义。

关于课堂我们都有一些颇能让自己感动的记忆，比如都德的《最后一课》、鲁迅先生的《三味书屋》。然而我并无专属自己的经历，这是一种残缺，也是一种悲哀。但是2004年8月30日，在法律楼302室我有了自己期待已久的经历。命运之神总喜欢在不经意间跟我们开一些不大不小的玩笑：在极尽希望之中倍感失落，伤心绝望之时又予以意外的生机和愉悦。

第一堂课是陈琮瑜老师上的，课程是《行政学经典著作选读》。陈老师的开场白很特别：自赞为很守“规矩”——学校规定第一堂课提前五分钟到，结果他恰好提前了五分钟，分秒不差。之后，他似乎引用了列宁的话：“同样的故事，同样的内容，七十岁的人和十七岁的人讲来却大不一样。”其时，他恰好七十岁，满头银发中散发的微白的光如在黑暗中细微的灯火，为黑暗中赶路的人们照亮前行的道路。

“我今年七十岁了。本来早该退休，只不过应学校的要求——我是党员，服从组织安排是我应尽的义务——所以又出来了，站在现在的讲台上，站到了你们的面前。”

“我今天给大家先讲一下为什么要学习原著，学习原著的意义。这几天，嗓子哑了——前几天，我的哥哥走了，七十年的兄弟啊。”陈老不禁动了情，不过随之他又抑制住了，只是颤巍巍地想哭却又笑住了。哭了九天，嗓子哑了。

“我给你们选了两本书《共产党宣言》和《家庭、私有制和国家的起源》。这两本教材现在很难找到，我把两本教材找来合订在了一起……”

陈老讲述了他怎样四方寻找教材，然后又是怎样地“合二为一”，之后又是怎样地到处寻找印刷商，又是怎样地讨价还价：

“10 块，现在大家都是这个价。”

“那不行，我的学生承担不起。”

“那就再降一些，8 块不能再降了。”

“好，我再去别的地方看一下。”

一家，二家，三家，“6 块 5 一本，这是最低的了。”陈老还是不放心，几番比较之后，终于发现确实再无便宜之处就只好犹豫着定了下来。

“你们如果有借到了教材的，可以不要。”他又担心他的学生误以为要“强迫”了。课就这样开始了。

这就是陈老，一个七十岁的老人，用他嘶哑的声音和平和的语调给我们上了第一堂课，一切是那么平淡、那么朴素、那么真实。既没有新异的知识满足我们的猎奇心，也没有精彩的演讲使我们为之喝彩，却有别样的感动。因为刚看过奥运的我们确实有了太多的感动，尤其在女排夺冠之夜，我们曾经彻夜难眠，泪满衣襟。但是，在这秋高气爽的季节，坐在明亮的教室里，一个苍老而略带沙哑的声音在耳旁响起，似远而近，似从遥远的地方传来的天籁之音，却更似发自内心深处的灵魂颤动，突然间我有了一种莫名的心灵悸动！

陈老以古稀之年，年迈之躯，赤子之诚，给我们上了一堂生动的课，我想这是一次心灵与心灵的对话，思想与思想的碰撞，灵魂与灵魂的交融，生命与生命的慰藉。因为它如此地闪耀着桑榆之辉，倾注着汤谷之恩，流淌着先生之风！

下课铃响了，第一堂课随着一个苍老背影的离去而永远地定格在我们灵魂的深处，我们知道那是一种不曾有过的感动和震撼，它将鞭策我们在坎坷的人生路上永远昂首阔步！

——刊发于2004年9月20日（第607期）

重聚首

喻几凡

时当春暮，适逢五一，同学邀约，共话当年，师生座谈，畅叙阔别，抚今追昔，感慨固多，其乐也融，因以志之。

忆昔日，恰同学少年，抚凌云壮志，常逞书生之意气；值情窦初开，偶借眉目以传情。想成大业者，豪言壮语犹在耳；欲结连理者，海誓山盟定终身。更有那，打赌争胜失算者，常怨偏心骂裁判；明追暗恋未得者，长抱相思到如今。忘不了，教室寝室，时常发高谈阔论；仍记得，溪边田畔，偶尔捉黄鳝泥鳅。留下的是笑谈，体味的是真趣。

看今朝，虽风华尚茂，或头顶稀疏，缘忧民生之疾苦；或两鬓斑白，但为事业之有成。任职机关者，为政清廉勤公务；潜心学术者，每多创获著新篇。尤可喜：传道授业矢志者，甘居淡泊育学子；弃文从商有成者，乐将儒雅竞风流。虽达矣，不骄不躁，志存于兼济天下；偶蹇焉，无怨无悔，心寄于独善其身。非矜夸乎得意，且纵情于自然。

怎能忘，尊师之训导督责，耳提面命；学友之砥砺切磋，小吵大争。也曾怨矣，也曾恨矣，终无损于师生谊，同窗情，反平添了几分念，几分想。自漫道，如沐春风，胜饮甘泉，至今回味无穷。

共祝愿，学校之教学科研，声名日显；院系之硬件软件，不断提升。有可庆矣，有可贺矣，已构就了巨擘林，桃李蹊，更培育出非凡器，命世才。尤赢得：名师向往，彦士倾心，来日辉煌更盛。

——刊发于2005年5月30日（第624期）

湘大心中永恒的眷恋

绛　雪

这里是湘大校门口。

就像北大有个未名湖，清华有个清华园，剑桥有个难别的康桥，湘大也有标志性的建筑——三道拱门。此刻的我正站在它的前面，如一个虔诚的膜拜者，目光从那道未完全合拢的拱门直通幽蓝而空旷的天际。我常常喜欢一个人独自徜徉于湘大，追寻王小波笔下那只特立独行的“猪”。

迈进三道拱门，踏上文中路，金灿灿的“数风流人物，还看今朝”赫然入目，“指点江山，激扬文字”的壮阔情怀于胸间起伏。驻足于此，三条大道延伸至校园的每一个角落。湘大若是一枚树叶，那么文中路，盛德路，博学路，学林路便是这枚叶片上蜿蜒密布的叶脉。要是你在阳光下仔细观察这片树叶，就会发现它是多么晶莹透亮，因为博学笃行的湘大人就在叶脉里穿行，成为这座大学城里的汁液，使得这座精神的象牙塔肌理清明，充满着旺健丰沛的生命力。

朝正北方向，一条笔直的林荫大道直通文科楼，中途在图书馆前坪迂回了一下。和所有的建筑思路一样，这是湘大的门面路。沿途而上，看过足球场那群活力四射男孩的球技大比拼，在呐喊助威声中不知不觉就到了一教。教学楼前面的几株雪杉笔直挺拔，无论季节，永远笼着一片浓密的树荫。初春时节，窗前的一排白玉兰盛开，如浪如云，如海市蜃楼般亦虚亦幻。思绪追随脚步，行至博学路，目光跟随着太阳的万道金光聚焦在那如巨人般日夜俯瞰校园的图书馆，这里藏书百万，古今中外，文理兼容，任君取之。

沿着第二田径场，越过图书馆便是泉山。它不高峻，更不是“横看成岭侧成峰”的那类，但倘若说泰山以石引人入胜，黄山以树令人神往，那么秀山则以风让人留恋。山上几条交错迂回的小路、一座小桥、一座小亭，傍晚的一抹霞光、一束花草、一缕清风常常让我激动不已。我喜欢在此进行恬淡静谧的沉思，洗涤颓废消沉的思想，慰藉心灵的惆怅情愫。在泉山的前方便是一方草坪，中午无人，草坪便成了边上一排香樟的世界，片片淡黄色新叶，阳光一照，一树的明亮。偶尔一群踢球的男生打从这里经过，不经意地一踢，遥远处便有被砸的观众尖叫起来，若是一个漂亮的女生，这球就有可能附带绣球的功能，故事便会转到夜幕下上演。

在文科楼和泉山之间，是俱乐部门前的雕塑，泛着古铜色的光芒。奇特的造型让人恍恍惚惚中发现它的组合——“1”“9”“5”“8”四个数字，对于湘大，有着丰富的内涵：那一年，一位伟大的拓荒者为它镌刻了浓墨重彩的一笔，从此“筚路蓝缕，以启山林”的第一代湘大人在这片洪荒的原野开始耕耘，从这里走出了袁亚湘，许进超……

转眼间，四十多年的岁月渐行渐远。四十多年的时间无法让沧海变成桑田，但足以让许多事物老去，包括一个人，一颗心。可是关于湘大的点点滴滴竟像是有了生命的芽，穿过生活一层层覆盖的尘埃，顽强地生长。希腊神话中的塞浦路斯国王皮格马利翁，爱上自己雕出的一尊少女像，爱神感其诚挚，便使少女像有了生命，与他结为连理，朝夕相处。湘大不是我的塑像，可我这般爱她，诸神啊！能否让我在她的生命里鲜活一生？

从校门口到文科楼，这段湘大的主干道，像一段循环播放的录像，在我生命中演播不息，成为我生命中永恒的眷恋。希腊哲学家罗多德对于心爱但泯灭的克里特岛曾说：“我没有记录的责任，却没有相信的义务”，而我对于湘大未来却要说：“我没有记录的责任，却有相信的义务。”

——刊发于2005年9月20日（第629期）

通向理想和智慧的天梯

蔡芳芳

有人说，湘大有两处景点令人感奋、值得深思：一是校门口的三道拱门，其次就是通向秀山的139级台阶。

三道拱门矗立在湘大校门口，时刻受到众人的注视，而139级台阶却始终默默地横跨在秀山脚下，供人们上山游玩；三道拱门似乎姿态傲然地展现它的壮美，而139级台阶总是静静地躺在人们脚下供人们踩踏；三道拱门如同三位巨人富有朝气，而139级台阶更像文静的少女展现着她的朴实和灵秀。

因而，比起三道拱门来，我更喜欢这139级台阶。

每每走在139级台阶上时，我便不由自主地激动起来。从第一级台阶向上望去，那层层叠叠的台阶就犹如通向理想和智慧的天梯。顺着这个天梯，便开始我的大学征途，也开始了我对理想的思索和向往。这个台阶不仅承载着我热爱湘大、热爱生活的激情，更给予了我行走在这块土地上思维活动的空间。秀山上空谷幽静的氛围引发了我太多的遐想，那不仅是我心灵憩息的空间，更是我生命的客体得以延伸的载体。因此我思索着这个139级台阶更深的寓意，思索着湘大这片热土何以让如此众多的湘大人喟叹不已！

我常常在139级台阶上漫步，常常会在温静的秀山上思考，滤去脑海中躁动的成分，保存起点滴真实的感悟。在深蓝色的夜空下，偌大的秀山分外静谧，如一位智者在静静地深思。一阵风吹过，说不出的惬意。这座钟毓灵秀的山上所特有的空气中仿佛弥漫着思想的元素，随着呼吸进入人的身体，深入灵魂。这是一种默契的感觉，这种感觉时时萦绕在我的周围，自我进湘大的那天起，我便被它包围着和熏陶着。

每当想起湘大的缔造者和开拓者们赋予湘大这块热土所特有的奋发向上、追求卓越的精神时，我就常常为之振奋。在这里我常常能体会到一种力量，一种气象，一种不可测其深邃的底蕴，唯大海才能比拟；还有一种历史的深沉、因现实关怀而得的感动；在这里我学到的不仅仅是科学、文化知识，更重要的是懂得了做人的道理。教授们精辟的话语，浸透到你的血液里，让你有一种听过才知酒浓的感觉；那些脱尽俗气与浮华的湘大学者身上所体现出的那种从容与高雅，那种独立的、深沉的人格精神，就像团团浓浓的烟雾，在不经意间熏陶着你，将“路漫漫其修远兮”的感受渗透到你的脾性；老师们涓涓细流般的授课，在潜移默化间，将“吾将上下而求索”的精神注入你的心田。浓厚的文化氛围感染着我，熏陶着我，洗涤着我身上某些怯懦的、狭隘的情愫，使我变得更加勇敢、宽容。

一直以来我都深信湘大的老树是有灵性的，树叶轻轻地随风摇摆，带来无限的温柔。前不久，校友胡敏老师来湘大讲学，他说秀山上的树是他们那几届学生栽的。而现在，这些树木已经有近二十年的历史了，见证了湘大发展的足迹，刻满了湘大的沧桑与辉煌。

大学像一本书，正如生命史册中的一部，它的开头已预知了中间部分的精彩，同时也暗示了结局的厚重。带着一颗好奇心，我迫切而又细细地品味着每一页所带给我的欣喜和充实，从容而坚定地等待着阅完最后一页的收获。

大学生活，是我人生中最壮丽的篇章。不知不觉中我感到我已经深深地融入了湘大特有的氛围中，我的身上已打上了湘大人的烙印，生命中也已注入了湘大精神的血液。“博学笃行，盛德日新”的校训时时激励着我，催我上进。

不久，我就要告别湘大，离开那千千万万湘大学子所走过的通向理想和智慧的 139 级台阶。《沙恭达罗》里面有一首著名的诗：你无论走得多么远也不会走出我的心，黄昏时刻的树影拖得再长也离不开树根。就像诗中所说的那样，无论以后我走到哪里，湘大名字、湘大精神都将铭刻在我的心里，一直到永远、永远……

——刊发于 2005 年 9 月 30 日（第 630 期）

游子

异　解

暑假里，我十分幸运地来到了央视实习！我从来没想过会到长沙以北的城市生活，更不曾奢望过能到中央级媒体实习。

很多次睡觉醒来，我都还以为在长沙或者窝在学校的床上。睁开眼，看到租来的杂乱地下室，我知道这是在北京，我该起床了，该挤公交车上班了，该钻进央视那哨兵严守的高大楼层了。

北京的天气好怪。我刚去北京，手上皮肤很乖巧地拱起，手一搓，白色皮屑像雪花一样飘落。指导老师要我多喝水，说刚来北方的南方人都是这样。于是我每天只要没事，就是喝水。两周后，手上皮肤终于好了。

中午从台里编完片子，出来刚好是一两点钟，太阳照脸劈下，我能够很明显地听到身上发出野外篝火的“呼呼”燃烧声，然后汗毛很不情愿地被一股热浪冲着往上扬。那一刻，我感觉自己是一块干柴。老师问我对北方天气的感觉，我开玩笑说：给我一根火柴，我可以燃烧整个城市！

到了晚上，当霓虹灯睁开朦胧睡眼开始散发光辉时，我便挎着我的黑包，穿越街道下班。身边是川流不息的车流，头上是黑色的夜空，目之所及尽是鳞次栉比的高楼大厦。红绿灯像是一个人轮流地睁只眼闭只眼，车子滑过安静的马路，像是在窃窃私语。我靠在栏杆上等车，感觉城市好大，自己好小。闭上眼，等候地铁驶过，轰隆隆地，并不很响，却可以恰到好处地摇动身体，触动心灵。那是城市心脏跳动的节奏，是内心深处悸动的音符。

我开始怀念三道拱门的雄姿、图书馆自习室的宁静、画眉潭的幽雅……走过北京各大名校，比较之后才发现：其实湘大的校园比北京很多名校都要好得多。在其他地方实习的同学纷纷在网上留言：怀念湘大，怀念校园的日子。

组里的实习生越来越多，今天来两个人大的，明儿又分来几个北师大的。我作为实习生“元老”，每次都负责向新来的实习生介绍每日工作情况。一天，又来了三个人大的。毕业于人大的制片人顾及母校的情面，特别给他们开了个会，并有意提到了我，说我是湘潭大学的，人家专业知识扎实，干得不错，你们来了别给人大丢脸！这是后来有位实习生在不经意间说的。听到这，我特别高兴，我不只是为自己得到领导的肯定而高兴，更为湘潭大学而自豪。事实证明：在北京，我们湘大人的表现是很不错的！有些同学在网上的留言簿上也说到，和他们一起实习的一些名校的实习生都被他们比了下去。

而接下来的那个下午，更是让我有了空前的激动。三个人大中的一个过来找我，首先做了自我介绍。然后她突然问我一句：“你是湘大的?”我心头莫名一热，点头说：“是啊!”“我也是湘大的，湘大本科毕业的！我们还是校友呢。”她一连说了三个“湘大”，我心头也随着她三次的叫唤而三次感动。在北京这么久了，还从来没有人在我面前说过“湘大”二字，别人问我，我也向来回答“我是湖南湘潭大学的”。在湘潭与同学们向来都是“湘大”“湘大”的叫，谁要是叫了全名都觉得啰唆。可到了北京，我不得不把那个简称封存在心底，免得别人一时听不明白。那天，那位师姐把我内心深处的记忆唤醒了。那三声久违的称呼，像是在人头攒动的外地火车站突然听到了亲切的乡音，像是在天寒地冻中突然喝到一杯热茶，更像是听到了远方母亲的声声呼唤声。当时我鼻子有点酸，眼睛里好像有什么东西掉了下来。我终于明白了在紧张的实习中我有时会感到这么的无聊，在繁华的北京城我有时会感到如此的孤寂，原来都是我魂牵梦绕的湘大“惹的祸”。

一切我都明白了，在那三声“湘大”的叫唤中我明白了。我知道那是我们心中的根，是我们内心深处的温馨归宿。或许如同在家里子女有时没有感受到母亲的关爱，出门在外就开始特别想念母亲一样，在湘大我们有时也不会觉得她是那么的温馨可爱，到了外面，我们才会在同学录、电话里和同学们一起述说自己内心深处的记忆和怀恋。

实习期满后，经过10多个小时的旅途颠簸，我终于回到了学校。一下车，我第一眼就看到了亲切而又熟悉的三道拱门，它好像母亲的手，时刻敞开着，拥抱远方归来的游子。

——刊发于2005年10月30日（第632期）

风行湘大

文　豪

初次来湘大时，便从接我的学长口中得知：湘大的风刮得频繁且急而烈。作为一个久居湘楚之地的老湖南，当然没有太多地在意，心想：同属一地，能有如此大的差别？然而就在入学的当晚，我平生第一次见识了急风过隙的呼啸声，有如《白毛女》场景中的音效。从那时起，我对湘大有了几分敬畏——湘大似乎真的有一种异样的灵性存在。

湘大的冬日是感受这里风的真正季节。风有太多的不确定，那呼啸的风声，不知道什么时候就会钻进你的耳朵。一股陡然的凉意，让你的身体产生一种无意识的颤抖。然而一旦风起，你又无法琢磨它到底什么时候会停，一天？两天？你只能猜测或祈祷它早点离去。也许第二天早晨你还是会被风所吹醒，当然也可能在你不经意的言语中，它已悄然而去。

风让校园的一切变得肃然。走出寝室，那凛冽的冷风如利刃般，急速朝脸上扑打过来，冷气通过衣服的一切缝隙往体内钻。一股突然的刺痛感让人的大脑立即产生了逃避的意识，但现实又不容许你逃避。既然不能躲避就得迎接挑战，时常见一些男生在路上行走时把外套的拉链拉开，然后模仿高尔基的语句："让狂风来得更猛烈些吧。"曾经感觉这只是从女生身旁走过时的作秀之举，然而心中一想其中似乎确有几分真意。

浅薄的人生阅历，使我不敢说读透了多少那风中的哲学，但我确实从风声中听到了湘大人的精神所在。从泽园熙攘的晨读人群中，从图书馆自习室那堆满了书的课桌上，似乎能够领略其中一二。

许多就读于其他高校（其中不乏名校）的高中同学来湘大后都有一个共同感慨——你们这泽园里怎么有这么多人晨读呀！每当晨曦微露，这里就被晨读者所占据。琅琅的读书声让人想起大学之前早读的情形，伴着清晨的第一缕阳光，这里总是风光无限。

图书馆是湘大考研族的“府邸”，自习室的位子从未空过，一年又一年，走了一批又有一批。那桌上的书也从未少过，虽然这种占桌的方式不为提倡，但是他们那份强烈的求知欲，着实令人敬佩不已。以至于每次去图书馆的电子阅览室，我手里要拿个本子或者兜里揣张盘（以示学习），否则空手从自习的人群间走过真的很不协调，感觉自惭形秽。

无论是晨读还是自习，一天两天没什么，难得的是天天如此，月月如此。这样的一种“博学笃行”的湘大精神从何而来，我想应该去风中寻找答案。正是那风的不确定性，使湘大人不敢懈怠，赋予了湘大人坚持不懈的精神品格；而在与风的挑战中则塑造了湘大人那种勤奋、刻苦和坚韧不拔的思想品质，以及敢于向权威挑战的学术个性。

记得有位朋友说过：“我爱湘大就是因为她不入俗。”我国著名的法学家徐国栋先生在我校做演讲的时候说：“上次来湘大演讲，经湘大学生凌厉的提问后我瘦了三斤。”其语虽有夸张，但湘大人勇于挑战的个性可见一斑。

时间就如湘大的风一样，急速而逝，恍然间在湘大的两年大学生活已悄然而去。一路走来对这里的风已成习惯，同时也越来越感觉到湘大的风已不再是单纯的物理概念了。它已是一种精神因子，渗入了湘大人的神经和血液里，与三道拱门一样成了湘大的精神标杆。

湘大是片磨砺人的土地，风则是这里人性教育的杰出导师。当然，这里也有浑浑而过，精神萎靡的懦弱之辈。但我坚信浴风之地只属于勇者，那些不畏艰苦，勇于挑战的风之子，终有一天他们会像狂风历练下的勇士一样练就“狭路相逢，勇者必胜”的亮剑精神。

风行湘大，勇者无畏。

——刊发于 2006 年 3 月 20 日（第 641 期）

寻梦，在湘大

吕宗澄

十八岁的我，踏进了湘大的校门，成为一名光荣的国防生。

一切都是那么自然，一切都是如此流畅，九月艳阳高照的校园，多了那么一大批新鲜的面庞，带着几分稚气，几份懵懂，几多欢喜，几多新奇。激情与豪情，热情和梦想，幻想跟憧憬，这一切都在火热的阳光下奏起一曲最酣畅淋漓的交响曲。

总觉得冥冥中自己与湘大之间仿佛有一根无形的线牵着。记得很小的时候，母亲有一次称赞邻家的哥哥成绩很棒，考取了湘大。于是“湘大”这个词头一次进入我的脑海，“妈妈，长大后我也要读湘大！”那清亮稚气的童音至今还是那么清晰，而印象中当时母亲会心的微笑，似乎还在昨日。高考过后，当我接过那张鲜红的湘大录取通知书时，猛然忆起若干年前的豪言，感慨之余更多了一份庆幸，一点骄傲，的确，自己没有食言！

上天注定，今生有缘，梦在湘大，君自寻觅。

十分清楚地记得，开学那阵子的兴奋与激动，自己将校园前前后后逛了好几遍，虽腿脚发麻，但兴致丝毫不减。图书馆转了又转，逸夫楼看了还想看，将校园中每个商店都闲游了一遍，到每个食堂都吃上了几顿。犹如葛朗台打开金库，望着那满地闪闪的黄金与无比绚丽的瑰宝，恨不得每一样都抓在手中，藏在怀中，看个够，摸个遍。

而最难忘的则是那个月明星稀的周末夜晚。那时我正从经管楼旁路过，耳边忽然传来热烈的掌声，其中夹杂着阵阵笑声。哪位高人的讲座如此精彩？在好奇心的驱使下我循声而去，找到了声源产生的那间教室——501。透过门缝可见里面黑压压的一片人头。隔着门仔细听了一下，一个个新颖的语句涌入耳畔：“鹰立如睡”“宏观调控，微观搞活”“思想有多远，人生的舞台就有多大”“一百次心动不如一次行动”……于是我再也忍不住，推门而入。由于早已没有了座位，教室也不是很大，我和一部分人站在了离讲台很近的地方听那位戴着眼镜，教授模样的中年人讲课。

此时他正提出一些古怪的问题。“这位同学，我问你，你是喜欢古典式的大的花瓶还是现代版的小的花瓶?”我脑袋一麻。难道是我？不会吧?！我有点不敢相信。但那位教授正微笑着看着我，分明是在示意着我回答。“嗯……我选择古典式的大的花瓶!”我犹豫了会儿，鼓足勇气说了出来。“好，研究表明，你更倾向于古典式的纯洁浪漫的爱情。”在教授生动地讲述中精彩在继续，很快我就发现那位教授的茶杯里好像没有水了。于是我轻轻地端起杯子，走到教室门边的饮水机旁加好了水，再递给了他。“谢谢!”他点了点头。顿时我心头一热……这就是记忆里最深刻的一次经历，那一阵子，我感觉自己好像要飞起来了，连走路都带着风，犹如自己又获得了一份新生奖学金。精神上的鼓励，物质上的奖励，这欢喜与感激怎一个“谢”字了得?

当最初的疯狂渐渐退去，我开始细细地打量起湘大：同学间温馨的问候，学长们热情的接待，谈吐中闪烁着的智慧，举止里流露着的气质，一种似曾相识的感觉随之而生。湘大，我好像在哪见过你，在哪儿呢？在冥冥中的期待里，在儿时的想象里，还是在那个至今未醒的美梦中?

“才一举头，已觉目酣神醉，仿佛东阿王梦中初遇洛神时也。”的确，在风景如画的校园，在青草茵茵的绿地，在杨柳依依的池边，在灵感交织、理念丛生的报告厅，我醉了，醉得很深，很深……

穿上笔挺的军服，我感到湘大给我的最隆重的馈赠：闪亮的帽徽，鲜红的肩章，光亮的皮鞋，还有永远高昂的号角，振奋人心的军歌，整齐划一的队列和那稳重有力的步伐……这不是我儿时一直所向往、所期待的生活吗？训练场上喊声震天，流动的绿色，跳跃的绿色，飞舞的绿色，希望的绿色！而如今，我是其中的一分子，那种无上的光荣与自豪是难以言表的！每天与太阳一同出发，迎着怡人的晨风，伴着有点清凉的夜色，列成整齐的纵队，踏着有节奏的步子，开始了新的征程。在体能训练时忍着全身上下的酸痛，吼着《团结就是力量》，一种无比的凝重萦绕在周身：是承受，是坚韧，是磨砺，是锤炼？这一切尽在那回荡在天际的调子中，那一片撑着的绿色里和那一串串晶莹的汗珠中……

时间飞逝，转眼间我在湘大已有半年了。泽园清晨声势浩大的百人早读，图书馆座无虚席的火热氛围，自习室一张张堆着厚厚书本的课桌，名家论坛人头攒动的热烈场面……这些仿佛已成为我生活的不可或缺的背景。难怪曾有一位颇负盛名的教授说道："我每次来湘大讲学都会老好几岁，同学们的问题让我冷汗直冒！"湘大——卧虎藏龙之地也！

习惯了在夜色依旧朦胧，群星还在眨眼的清晨中在图书馆前集合晨跑，见证新一轮红日的诞生；习惯了早操后奔向寝室再冲进食堂最后嚼着刚塞入口中的包子闪入教室的匆忙；习惯了在雨中列队正步行进时风的伴奏，在风中全力奔跑时雨的喝彩。也许自己太渺小，太稚嫩，但湘大用她母亲般的胸怀给了我最温暖最热烈的拥抱，我犹如一股清泉，千里迢迢汇聚到湘大这片无尽的大海，而湘大像母亲孕育孩子般将我化作一滴滴水珠，融入她的体内，吸取其不竭的灵气与不尽的精华。人生如花的青春时节能在这里度过，我如沐春风，如逢甘霖！

天赐良缘，梦圆湘大。

此刻，我想对湘大说：

我不去想能否获得成功，既然选择了你，便只顾风雨兼程；我不去想身后是否袭来狂风冷雨，既然有你的关爱与支持，就必须向前，向前，再向前；我不去想未来是坎坷还是泥泞，既然与你有缘，就应该倍加珍惜在湘大的每一天。

——刊发于2007年3月30日（第666期）

情牵故里 心系湘大

——品读油画《一定要把湘潭大学办好》

蒋力馀

油画《一定要把湘潭大学办好》为我校艺术学院周小愚、黎青、尹晓燕等近期推出的力作。2007年春，周小愚先生应邀赴法国巴黎举办画展，载誉归来之后为了向校庆50周年献礼，与同仁历时数月精心创作了这幅油画。该油画艺术地再现了主席当年为湘大题写校名时的情景，含蓄而深刻地表达了伟大领袖对家乡的依依深情。画作立意深远，技艺精湛，堪称油画精品。

构图凝练立意深远

宏观把握对绘画艺术而言至为重要，而油画《一定要把湘潭大学办好》的构图可谓匠心独运。周先生的油画是中国式的油画，画家的创作能充分采用西画技法之优长，汲收国画艺术之营养，以此来强化作品的视觉效果，体现中西文化融合的强劲优势。油画的构图表现出国画艺术中写意人物简洁凝练的美感特征。我们常说的国画有工笔和写意两大流派，工笔用加法作画，以缜密华滋为高；写意以减法作画，以简练飘逸为上。宋元以来，写意在中国画坛占主导地位，因为它的艺术结构、美感特征更接近精致高雅的古典诗章。周先生是具有浓郁诗人气质的画家，他的艺术创作更多地接近国画的水墨写意。写意作品重在凝练蕴藉，言有尽而意无穷。油画的选材对生活进行了艺术的浓缩，画幅以主席的菊香书屋为背景，那高耸的书架，密匝的典籍，衬托出人民领袖胸藏万卷的风流神采和禹居先生学富五车的儒雅风度，同时也为人物的出场营构了诗的情调。书房的陈设颇为简陋、随意，线装书已打开并不规则地放置，让人仿佛闻到阵阵书香，这自然使人景仰起主席手不释卷的求知精神；文房四宝的陈列又含蓄地点出主席为湘大题写校名精心准备的深远题旨。从构图来看，画家的语言惜墨如金，既言简意赅，又立意深远。

人物表情生动传神

绘画艺术于题材而言，人物最难。顾恺之说："凡画：人最难，次山水……长短、刚软、深浅、广狭与点睛之节、上下、大小、浓薄，有一小失则神气与之俱变矣。"古希腊美学家亚里士多德也说："画家笔下的人物应该比原型更美。"因为画人物，形似不易，神似更难，而要表达人物在特定的时间、空间所传递的丰富情感尤难。洛水仙姝的顾盼神飞，蒙娜丽莎的诡秘微笑，中外艺术家的神工鬼斧，将人物画的生动传神近乎推向极致。油画《一定要把湘潭大学办好》在人物的"传神"二字上可谓苦心孤诣。人物的活动以毛泽东同志为重心。毛泽东同志身材伟岸，面带微笑，向左微侧。禹居先生鬓发如银，左手执卷，笑容可掬，右手指点题签。作者绘形绘神地描写了领袖和塾师的会心微笑，而这种微笑的度又把握得恰到好处。毛泽东同志的微笑通过眼神和脸部表情来准确表达，显得谦和自然，发自肺腑。眼睛是心灵的窗户，顾恺之说："传神写照，正在阿堵中。"艺术的美贵在含蓄，贵在能引发读者丰富的想象和联想。从毛泽东同志微笑的眼神中，我们可以读出人民领袖对亲人的热爱，对师长的尊重，对故园的眷念，对未来的期望。在画家的笔下，毛泽东同志既是伟人又是凡人，既是领袖又是学生。禹居先生的微笑主要通过眼神的描写来充分表达。从禹居先生的微笑中，我们可以读出亲人团聚的喜悦，青胜于蓝的自豪，高山仰止的崇敬，眷恋桑梓的情愫。画家对人物情感的度的把握，有如轮扁运斤，神妙莫测！

色彩语言独具个性

色彩是画家的语言，南北朝时绘画理论家宗炳指出："身所盘桓，目所绸缪。以形写形，以色貌色。”法国印象派画家塞尚也说：“有丰富的色彩，就有完美的形式。”油画艺术是尚色的艺术。西画特别强调光与影在绘画中的妙用，达·芬奇大量运用空气透视法，使画面中的空间感从二维转入三维，拉斐尔等人更是推波助澜，画幅中光影对比的明暗、色彩层次的变化更为丰富。中国画坛对油画的引进，时间不是太长，艺术家的创作受西画和俄罗斯绘画风格的影响甚深，因而对光感的把握，对色彩的运用甚为重视。“文革”时期的艺术创作，在色彩处理上，强调画作的“红光亮”效果，尤其是领袖人物的肖像画，色彩绚丽有如图片，这为当年的造神运动起了推进作用。其实色彩语言的表达，中西方是有较大差别的。宋元以来崛起的水墨写意，对光感的效果不是十分强调。因为写意画以老庄的道、释家的禅为其思想内核，故往往用视之不见、感之可得的黑白原色来表现自然界的五色交辉。周先生的艺术创作能有重大突破，笔者认为贵在独辟蹊径，深深扎根于本民族的文化沃土，用油画的语言表达写意的用色效果。油画《一定要把湘潭大学办好》以暖褐色为底色，巧妙而交替地运用颜色的冷暖变化在底色层上拉开色彩层次，使人物造型臻至即兴相生、相发、气贯脉联的艺术境界。画家这种独具个性的色彩语言，既传递出领袖与人民、学生与师长灵犀相通的情感信息，又表达出两位特殊人物的诗人气质。诗是无形画，画是有形诗，该画由于运用了独特的色彩语言，使有形之画化为无形之诗。

细节处理精到圆融

细节的处理最能体现画家的渊深学养和精湛技法。绘画艺术源于生活，但绝不是对生活的简单模仿，它必须是画家理想美的艺术表达。绘画艺术摄取生活的某一精彩瞬间来反映事物的某些本质规律，这一瞬间无疑是对生活的高度提炼。然而胸中之竹化为手中之竹又谈何容易，这有赖于画家的功力与学养。艺术追求一种整体的和谐，若细节处理有一毫之失，这种和谐可能荡然无存。油画《一定要把湘潭大学办好》的细节处理当然表现在人物的脸部表情和环境烘托，但最突出的应为肢体语言的表达。人物画中作为肢体语言的手，最能表达出无穷的艺术魅力。维纳斯的手虽已残缺，但在人们的想象中可谓风情万种。油画中手的造型、手指活动的形状颇具艺术匠心。毛泽东同志的两只手不在一个平面，显得轻松自然，而抽烟的姿势尤为随意。从这些细节中，我们可以读出人民领袖谦和平易的崇高风范，超然潇洒的非凡气度。而禹居先生的手苍老丰筋，灵动多变，紧握书卷的左手虽有力度之感而无钝拙之态。右手食指微曲，指向校名题签，委婉含蓄地传达出人物怡然、欣慰、自豪等极为丰富的情感。主席的袖口依稀可见，颜色的对比度较为模糊。总之，这些细节的处理使人物心理活动的表达与画面整体氛围的营构趋于和谐统一。

油画凝练洒脱，气韵生动，是人物画中难得一见的艺术珍品。品读此作品我们不禁浮想联翩，神思飞越，那激情燃烧的岁月仿佛历历如昨，同时对伟大领袖的景仰之情、怀念之思油然而生，一种时代的使命感沛然而至。读罢该作，我们的耳畔仿佛回荡起毛泽东同志洪钟般的嘱咐："一定要把湘潭大学办好!"

建校以来，全体湘大人牢记毛泽东同志嘱托，沐浴着党的阳光，开拓进取，成就辉煌，瞩目未来，灿如锦绣，忠魂有知，当可笑慰。"长江后浪推前浪，江水江花处处妍。"我们深信，勇敢而进取的湘大人将无愧于嘱托，无愧于时代，无愧于历史!

——刊发 2007 年 12 月 30 日（第 686 期）

难以忘怀的燃情岁月

周忠和

时间如逝水，从1974年4月我从大学毕业分配到湘大工作，转眼之间三十五年过去了。作为第一批来到湘大这片原野上的人，我不仅把我的人生奉献给了湘大，也亲眼见证了她的成长和发展。抚今追昔、感慨万千，在校庆五十周年即将到来之际，谨将这些已日渐褪色的记忆用文字记录下来，既感怀、追念那段激情燃烧的艰难岁月，也用作永久的纪念。

1974年3月14日，国务院批准恢复湘潭大学。同时，我和彭扬辉、江迪辉、陈书开、黄水球等5人也从清华大学毕业分配到刚刚准备恢复建校的湘潭大学工作。当时正处于“文革”后期，全国各高校尚在搞“批林批孔”“斗批改”。而在毛泽东同志的家乡却要恢复（实际上是重建）他老人家亲自题写的校名“湘潭大学”，这对我们来说是特大的喜讯。广大人民怀着对孙中山先生的深厚感情，创办了中山大学，我们在伟人故里办湘潭大学，无论在国内还是国际上都有十分重大的政治意义和深远的历史意义。一想到即将把自己的花样年华贡献给这一极不平凡的教育事业，我们都感到无比的欢欣鼓舞！

4月5日，我兴高采烈地到湘大报到。当时校址还未选定，湘大筹备处设在省政府（长沙）第一招待所，我们5名大学毕业生报到时，只有左维、王占宗、马绍湖、赵和娣、张庆明等5位领导干部共计10人。左维、王占宗于1984年从校领导岗位退下来，其余同志于20世纪80年代先后调出湘大，我却至今留在湘大这片热土上，亲身经历湘大从一片荒山野岭发展成为高楼林立、绿树成荫、道路纵横、桃李芬芳的国内外知名大学城的全过程，目睹她为国家输送10多万优秀人才、拥有硕士、博士点、博士后流动站、国家级重点学科、重点课程，一大批国家级科研项目和科研成果的光辉业绩而感到无比光荣与自豪。

国务院要求争取1975年开始招生，任务十分紧迫。筹建期间，条件也十分艰苦，办公和住宿都是游击式的。校址选定之前，首先在长沙第一招待所临时办公。5月28日，筹备处全体人员分成三组：第一组留在长沙市第一招待所；第二组迁湖南大学麓山门办事处，借用该校房子办公；第三组迁湘潭市板塘铺肉食站。我于7月9日也迁居到这里。1975年5月从板塘铺迁入新校址。这里荒无人烟，一片广袤的黄土地上看不到几棵小树，连茅草都不多。草创时期，百废待兴，只能在周围农民家里租房住。从全国各地支援恢复湘大建设的教职工和领导干部一批批陆续调入湘大，大家都机会均等，一律住农民家里。许多老师是大城市名牌大学、研究院所或大企业来的。他们明知湘大创业的艰苦，不为寻找优越的工作和生活条件，而是怀着对伟人毛泽东的无比崇敬，怀着对建设湘大的雄心壮志来展现身手。大家面对这艰苦的环境，毫无怨言，一家一家地住农民家里，涉及羊牯塘在茅草房或平房的有8个生产大队38个生产队。没有一条水泥路，上下班绝大多数走田间小路。遇雨天，往往都是一身泥。农村没有电，每家发一盏煤油灯，发两斤煤油。夏天蚊蝇叮咬，冬天寒风凛冽，大家都在煤油灯下工作。每个教职工都经历这样的生活两到三年。

条件虽然艰难，然而同志们之间团结协作精神却特别强，都是发自内心地互相给予帮助。当时每天都有新职工调入，首先是搬家。一听到搬家卸车，立刻就从各农家涌出许多教职工，搬的搬、抬的抬，直到把新同志的家安好。有时一天搬家达十多次，汗流浃背，连一口水都喝不上（条件有限），却心甘情愿。新老同志虽素不相识，但一见面就感到十分亲切，心情舒畅，非常融洽。

开始没有食堂，各家各户用小煤炉烧水做饭。煤炭需自己购买。教职工互相帮助，三五成群到羊牯煤店、砂子岭煤店购买。由于煤炭供应紧张，不得不拖着翻斗车步行20多里去火车站煤店排队，有时一排就是一整天，大家仍乐以忘忧。

1975 年 5 月份，筹备处调进一批木料，开始搭建工棚，先是在原湘大家具厂（即兴湘学院的西南侧）砌了工棚食堂，食堂旁边放了许多木材。晚上派人轮流看守，我常和胡心同两人一组，通宵达旦看守木材。没有夜宵，也没有加班费，但每个值班的人都十分认真，从不马虎。有一次我和胡心同守夜值班时，突然听到响声，两人迅速跑过去，同时大喊“抓贼”！结果却发现是一只猫，才松了一口气。晚上看守一夜，白天照常上班。

尽管艰难，但我们还是满怀着建设主席故里大学城的热情努力完成组织交给的各项任务，从无怨言。70 年代初，从湘潭到长沙还没有汽车，我和陈书开、黄水球等同志就经常骑自行车去长沙开会，领取文件，然后又骑车返校。虽然劳累，但心情愉快。

1975 年首批学员进校，当时开设有化工机械类和政治类专业。没有现成教材，学校就分配老师编写教材。在资料匮乏的情况下我们通过到附近工厂进行实地考察、调研等形式，联系实际编写出了湘潭大学 75 级学生用的第一批教材。

搬到湘大之后，一个最响亮的口号是“荒山起家，劳动建校”。学校领导带领教职工和学生参加建校的义务劳动，建南阳村的一二栋家属宿舍。我们都挑过砖和水泥，一整天的体力活，晚上全身酸痛，第二天却精神饱满，继续工作。

正是复校初期这样艰苦的工作环境和生活条件，形成了湘大人自强不息，顽强拼搏，团结奋进，无私奉献，以苦为乐，同甘共苦的精神和“团结、勤奋、求实、创新”的优良校风。这种独特的湘大精神，也经过代代传承，使湘大由荒山野岭，变成了省部共建、声名远扬的高等学府，也从这里走出了一批批青年才俊。五湖四海，桃李芬菲。数十年来，我一想到湘大的变化和飞跃发展，心里就美滋滋，甜蜜蜜的，感到此生无憾！我坚信湘潭大学明天会更美好！

——刊发于 2008 年 4 月 10 日（第 691 期）

品读泉山

肖文斌

邂逅

邂逅泉山是在三年前的九月。那时我背着沉甸甸的背包，和一位同系的女同学，一同跟在一位学长后面，准备去一个听说是叫“俱乐部前坪”的地方办理入学手续。

行至图书馆前，天上开始稀稀疏疏地翻落花生米大小的雨滴，我们开始奔跑，年轻的心随之兴奋。跑到图书馆端头长着几丛竹子的地方，倾盆大雨劈头盖脸而来。学长跳上泉山的台阶——山脚杜鹃花树组成的泉山字样让我知道此山名“泉山”。我们也轻快地蹦上台阶朝山上奔去。

大雨噼噼啪啪地击打着树叶，就像儿时父亲拿着扫帚噼里啪啦打我屁股一样，那时候我不哭，现在这声响也让我兴奋。我们在林间小路上飞快地奔跑，年轻的心跳随着山形的凹凸而起伏。脚踏林地的声音多么响亮，多么清脆！

跑进俱乐部前坪的太阳伞底下时，头发、鞋子、裤脚全湿透了。但我不怨天不恨时，相反我感谢这场猛雨。这是上天给我上的大学第一课：激情，速度，奔跑，跨越，征服。大雨浇灌了我的激情，促使我快速地奔跑，勇敢地跨越，大胆地去征服小道上的崎岖和坎坷。雨水稀释了汗水，但我见到了光明和海阔天空。风雨中泛白的树叶潮涌般起伏沸腾，多么生动多么活泼多么有力量多么震撼的自然表演！

风雨中的奔跑，是我个人的入学典礼；风雨中的狂想，是我对天地的崇拜；风雨中的邂逅，是我对泉山一见钟情的红娘。从此，我迷上泉山。

流连

泉山之谓，大抵源于山之西侧小谷有清泉汩汩，不舍昼夜春秋。泉水清凉，滋补了山脚博学路边小水塘的水草和鲫鱼。它们为泉山增添了灵动和鲜活。

听一位20世纪70年代入校参与湘大复校新建的前辈说，泉山上的树都是他们一棵一棵栽植出来的。看山上阶梯状的林地，树木间规律的行距和间距，我们不能复制前辈们挥锄舞锹挖山掘土的火热场面，只有皲裂的树皮承载着他们激情燃烧的岁月，刻录着他们对湘大的奉献和挚爱。

前辈们培育的不仅仅是一座森林，一块绿地，他们简直创造了一处生命的天堂。这里有花草树木，有虫鱼鸟兽，这里宁静又平和，这是一块诗意的土地。我不知多少次走进泉山而不肯走出，不知多少次绕道泉山去南苑、图书馆或者校门口，不知多少次颇为自豪地提议同学、朋友、学弟、学妹去听听泉山，看看泉山，陪陪泉山。

为何我如此眷恋泉山?

或许只是为了去听听泉山的鸟鸣和虫啼：这里春天早莺争暖树，夏季玄蝉嘶鸣，秋天候鸟南徙集结，冬季留守麻雀欢声鸣叫。它们的呢喃吟唱发乎情，传呼声，它们不要金属配乐，它们从不假唱做作，聆听它们就是享受自然。

或许只是为了去沐浴夹杂泉山马尾松油脂的清风：从太平洋带来的暖暖东风，从西伯利亚黄土高原南下的猎猎北风，从韶山拂来的雄杰英灵之风，从岳麓山吹来的书卷墨香之风。这些风汇聚于此，一旦带上泉山的松脂香和黄壤味，它们就是泉山的风，湘大的风。

品读

泉山是一座山，它有七个进（出）口，东南西北相通。泉山是个晨读的宝地，晨光熹微，晓雾迷蒙，携一卷书，呼吸泉山的新鲜空气，独自放声朗诵，不失为快事。

泉山有过美丽的童话和忧伤的诗歌，林荫道上，石桌旁边，多少人信誓旦旦，多少人壮言豪情。当承诺遭遇背弃，生活遭遇挫折，理想遭遇重创，泪水曾打湿泉山的黄土尘埃，愁、恨曾让泉山难以安心。不论怎样，你可以怨天尤人，但你不能怨一座山。

泉山，背靠轻舞飞扬的俱乐部，东临童声清扬的幼儿园，南依知识殿堂图书馆。泉山集清灵与博大于一身，泉山是伟大的，博爱的，仁义的；是感性的，也是理性的。

泉山，你到底有多大，有多深，有多厚？我要用一生去品读。

曾经，送一位毕业离校的学长，他在三道拱门底下驻足回望，凝望中恨不得把视线打包。

“我也在看泉山，没有什么镜像比这个时候的泉山更清晰明朗的了。”他说。

其实那里根本看不到泉山，与其说他在用眼观望，倒不如说他在用心铭记和回忆。

——刊发于2008年10月20日（第704期）

我爱湘大山和水

刘建平

自校史展览馆开放以来，我已参观了三次。面对熟悉而又亲切的画面，每次参观都有新的感动，而让我感触颇深的是，湘大校园风光的巨变——山更绿了，水更清了。

湘大校园周边山环水抱，有藏风聚气之妙，山有秀山、泉山、慧山，水有琴湖、画眉塘，园有沁园、泽园等。这里的一山一水、一草一木都能够勾起我美好的回忆……秀山上树木葱郁，这里曾是我们种过树的地方。一百三十九级台阶侧的柏树，是我带历史系84级的同学栽种的。今年他们20年后聚会来此寻访旧迹，现在的柏树已是郁郁青青，修长挺拔。秀山上的游息亭周边的几棵松树，是我们历史系80级毕业时栽下的，已是亭亭玉立、树影婆娑。游息亭上有著名文史专家姜书阁先生题写的对联：“漫天花雨传心法，镇日松风伴读书”，含义隽永，意境深远。秀山上植被丰富，春天的栀子花沁人心脾，是大家读书游赏的好去处。

慧山曾是我们80级历史班栽种梧桐树的地方。记得那天下着小雨，我们将梧桐树种下，一身淋得透湿。后来，学校因推山搞建设将我们种的梧桐树全推掉了，变成了现在的田径场。而田径场旁一棵梧桐树得以幸存下来，现在已是枝繁叶茂。每年春天，蓝白色的梧桐花开时，特别的艳丽。每次经过田径场，我都要给它投去深情的一眸。这毕竟是我们曾流下汗水的地方，看到自己曾经辛劳栽培的大树，心中特别欣慰。

琴湖位于学校的边缘，又叫红旗水库——我们一直把她看成湘大的一部分。琴湖旁的小溪水流潺潺，溪水清澈。依稀记得20世纪80年代，我们在这里捉泥鳅，抓小鱼，偶尔还捉到甲鱼。现在想来，情趣依旧。

我住过南阳村，以躬耕南阳自勉；也住过东坡村，家门口有口水塘叫梦冲塘，这是一个美丽的名字，周边有密密的梧桐、香樟。现在这里已成一方荷塘，每到盛夏，荷叶田田，荷花盛开，别具风情，一点也不逊于清华园的荷塘。她与琴湖及附近的山能构成优美的景致。

经过一代代湘大人的艰辛努力和精心营造，学校几乎一年一个变化。过去是一片黄土地，现在已是林木繁茂，鸟语花香。这一丛丛的树林使我想起几代湘大人为祖国、社会培养了近20万的人才，更体会到十年树木、百年树人的价值意义。

湘大山水是美丽的，空气是新鲜的，在这里生活、学习、工作是一种享受，更是一种幸运。

我可以深情地说：我爱湘大山和水。

——刊发于2008年10月30日（第705期）

色彩与建筑的光影重叠

——我的大学生活

瑟 锦

热爱色彩，因为总认为眼睛所感知的美是最直接的，色彩的变化总让我沉醉。白的星光烁烁，红的桃之夭夭，蓝的深邃似海，黑的沉寂如夜。一个地方，在当时当地的阳光下，当眼睛所观看到的颜色与视网膜重叠契合之时，一切关于那种颜色的景象便从记忆的墙上如浮雕一般地凸现出来。

热爱建筑，因为那是人们对安全居所，对生之归宿所向往的最高表现，无论是哥特式建筑，还是巴洛克建筑，抑或中国古典园林的亭阁楼榭，建筑的美强烈得直抵人心，我总习惯于用建筑来铭记地点，铭记那些发生在彼时彼刻的一切。

色彩之于建筑，如同光之于影。

红色——俱乐部

红幕缓缓拉开，音乐流淌，灯光闪耀。

在这里，一场场演出浓情上演，一颗颗校园新星冉冉升起，青春的光芒可以在这里尽情绽放，没有人可以让你怯懦，没有人可以阻挡你梦想之花的盛开。

舞台的魔力就在于此，它可以让人为了最美好的盛开而甘愿承受长久的奋斗与磨炼之苦。厚积薄发的力量最为震撼，厚积薄发的美丽也最为耀眼。

红色，是炽烈的颜色，血液的颜色，充满着激情、活力以及无与伦比的青春气息。

俱乐部，绚丽的舞台，精彩的演出，彰显湘大学子的闪耀激情以及青春活力。

俱乐部与红色的连接，光与影的重叠，在我湘大记忆中定格成永不褪色的画面。

黄色——逸夫楼

云朵悠然飘浮的天空，淡雅橘红色的楼体，捧着书匆匆而过的学生或老师，这些元素在我的心中勾勒出一幅逸夫楼的简笔画。

几乎每一个清晨或者傍晚，我都会踏着熹微的晨光或是斑斓的霞色走过琴湖，路过沁园，越过秀山，穿过泽园，来到沉稳但不矫饰，庄严而不轻浮的逸夫楼或上课或自习。

很多人都看过图书馆门前的喷泉，但鲜有人了解逸夫楼前的喷泉之美。校庆期间，这座小小的环绕型喷泉显得更加耀眼，缤纷的色彩随着音乐的起伏与旋律的变换而变幻着，流水潺潺，乐声袅袅，在暗色的夜里格外有韵致，好一个彩虹天堂！

这里，每一间教室的讲台上都晃动着指点江山、激昂文字的老师的身影。每一间教室里也都呈现出同学们或奋笔疾书或热烈讨论的情景。

黄色，麦穗的颜色、土地的颜色、向日葵的颜色，它是丰收的、沉稳的、充满希望的象征。在逸夫楼里，我们以沉稳而不轻浮的心态学习着、奋斗着，莘莘学子在这里收获知识、收获思想。在逸夫楼里，我们在收获着、奋斗着的时候，总会依稀看到希望正穿透层层迷雾，以丰沛的阳光的姿态，照进我们的生活。

蓝色——图书馆

路过主席铜像，穿过三道拱门，远远地便看到一栋建筑——高大、严整，如智者一般矗立着的图书馆。

拾级而上，每一步都如此神圣，好像是在向着庄严神圣的知识殿堂走去。

但凡热爱读书、有强烈求知欲的人都会爱上这么一个地方，爱她冷静的外表、爱她博大的胸怀。

我常常醉心于所爱的书籍之中。沿着借阅厅中一排排的书架，用眼神轻轻地抚摸着书脊，看着那些熟悉的书名以及令人敬仰的作者，内心如同冬日里温柔覆盖大地的雪花一般，充满了淡定与安详。游走其中，仿佛一尾畅游在蔚蓝的大海中的鱼，凝结着人类最高智慧结晶的书籍就好比海洋中供我呼吸的氧气，源源不断地输送着我生命的必需。

在图书馆自习，疲倦了的时候，将目光移至窗外，看看天上风起风涌云卷云舒，淡蓝的天空总会赐予我坚持下去的力量。有时，喜欢支着下巴，小心翼翼地观察着正在潜心自习的同学们。有的在奋笔疾书，有的在冥思苦想，有的悠闲地边品茶边看书。无论是怎样的面孔、有着怎样的表情，我总会感受到他们强大的求知欲望以及在他们头顶上熠熠发光的希冀之光。

蓝色是大海的颜色，冷静、深沉，像一位智者赋予我们智慧；蓝色是天空的颜色，遥远、纯清，像一位希望使者给我们送来希望，赐予我们神奇动力去实现梦想。在蓝色的海洋里，我们畅游；在蓝色天空中，我们翱翔，直至梦想之花盛放。这便是图书馆的颜色。

绿色——田径场

二田，是每个湘大人记忆中最鲜艳的那一抹绿。

开学典礼、军训动员大会、阅兵仪式、运动会……几乎每一场盛大的仪式都绽放在二田这一片跳跃的绿色之中。

四百米红色塑胶跑道圈住的这片绿色平整却不安分。足球健儿们在这里挥洒激情、张扬青春，田径高手们在这里刻苦训练、追寻梦想，汗水浇灌了脚下的青草，泪水铸就了成功的辉煌。

记得大一的一天，太多的思念和太过繁忙的学习、工作纷纷来袭，一直强装坚强的我在彼时彼刻显得无比脆弱。好友见我这样，拉起我就往二田走。“我们一起跑步吧，将烦恼和抑郁丢开。”不擅运动的我跟着他沿着红色跑道奔跑，加速、加速，拼尽全力。当脚步越来越轻盈，风呼啸着从耳边掠过之时，眼前的一切似乎都渐渐开阔了，心情也一点一点地舒畅起来。天还是那样的蔚蓝，云还是那样的洁白，忽然之间，一切的压力、不快与郁闷都消散在空气之中了，笑意一点点地由嘴角蔓延至眉梢。

绿色渗透着希望的灵魂，如初春里树梢上的一苞新芽，也如孤独荒漠中的一棵古杨，传递着新生的讯息，散发着迷人的魅力。绿色代表着生机和纯净，宛如一望无垠的大草原，能够涤净世间的忧愁和烦恼；又似盛夏葱茏的大槐树，抚慰人们迷乱的心灵。

二田的绿，自然却又别样。自然的葱绿镌刻着别样的回忆。

有哲人说，人生是一张画布，只有我们自己能为它着色上彩。

铺下“大学”这张画纸，拿起画笔，运笔疾挥，一缕红、一抹黄、一缕蓝、一分绿，简单的四种颜色勾勒出了我多彩的大学生活、我深沉的湘大情结。

——刊发于2008年12月30日（第711期）

毕业，开学

刘　聪

本想在那期有着毕业专版的校报上留下文字，算是一个结束。然而终究未能实现，说起来没别的，只因我没有勇气去画上那个深刻的句号。

这是我毕业后的第一个夏天，第一个没有暑假的夏天。我留念这样的季节，怀念这样的岁月，思念这样的年华。离开湘大已有两月有余，手头上还保存着那期有着毕业专版的校报。记得离开湘大的那天，我在回家的车上，一边看着校报，一边不时地望着窗外熟悉的校园和城市，一边默默流泪。从未有过的一种悲怆和失落的感觉时不时涌上心头。17 岁那年来到了湘大，七年啊，就这么走了，很多情感是割舍不下的，难以释怀，只有用这炎热的夏日去慢慢融化，慢慢将一些事情忘却。

家里的衣柜中认真地摆放着校庆当志愿者时的文化衫，上面总是留着我抚摸过的痕迹。有时候也会打开湘大的网页看一看，看看那些熟悉的地名人名，再体会由这些名字勾起的绵延不绝的回忆，这时候自己的心就会在母校的花木树林间展翅飞翔。

九月已至，想必图书馆前的栀子花谢了吧，要开学了，一教前面的桂花要开了吧，可是我已没有机会用鼻子去嗅一嗅了，只能枕着秋夜思念着它们慢慢睡去。曾经湘大的风啊，云啊，树啊，草地啊，课桌啊，好像真的离我渐渐远去了。第二田径场的塑胶跑道上不会再有我奔跑的身影，图书馆四楼墙上默默绽放的梅花也不会再看见我……毕业后回了家。这一切也许就是一种缘，一种与学校分不开的缘。上班的路上，会经过自己读过的小学、初中、高中。有时候独自漫步在城市的街道上，一种对学校朴素而真诚的情感会牵引着我徜徉在这个城市的大学校园，偶尔也会进图书馆看看书，然后离开，一点一点载入回忆。大学，是一份弥足珍贵的记忆，是一种割舍不掉的情愫，是一段挥之不去的经历。

这个季节给人太多需要回味的故事，生命总是由激越归于平静，由幼稚走向成熟。秋风乍起，才知往事已成为回忆。

毕业后，我去办了户口迁移手续，发现自己竟然可以是一个人一个户。勇敢地面对生活，面对新的人生课堂，也许这就是这个红色的小本本给予人的真正含义吧。

闲下来时，偶尔会打开那本属于青春的相册，看看在湘大拍摄的一些照片，蓝天绿水，欢声笑语，仿佛一切就在眼前。同学发来短信，说感觉我们还没有毕业。我说是啊，我们其实都未曾离开。时间的流沙总是在指尖悄悄滑落，无奈光阴如水不可逆流。时钟似前行的车轮不会倒转，只能把学生时代的思念放在心头，让回忆带来几丝轻轻的恬淡。当有空闲的时候，时常会想起他们，然后笑笑，然后摇摇头，也许算是一种简单的幸福。

工作很忙，毕业的那个月我还是申请到了论文答辩和毕业典礼的假，在一个离别的日子里，一边准备答辩一边静静地度过屈指可数的那些最后的时光。七年的生活让我成长了很多，也蜕变了很多。

离开湘大，但湘大人从未离开过我。工作的时候碰到一些校友，我会跟他们讲述湘大这几年的变化。因为虽已迈出校门，但忘不了“学习力是唯一持久的竞争力”的谆谆教诲，忘不了“公为天下”的院训，更忘不了“博学笃行，盛德日新”的校训。蓦然回首，那些尘封已久的片段又断断续续地浮出水面。在湘大的这几年，我们是学校发展的见证人，见证了省部共建平台的搭建，见证了教育部本科教学水平评估两次获得优秀等级，见证了出版社的成立，见证了50周年校庆，见证了奥运火炬神圣传递，见证了毛主席铜像巍峨矗立……桩桩件件，令人感佩，令人铭记。几年来，我们和老师结下了深厚的情谊，同学间也形成了难以割舍的同窗友谊，这些都将成为我们人生中珍贵的记忆和无价的财富。

不经意间，一些熟悉的面庞，一些铭心的话语，一些渐渐模糊的场景，又交织闪现，仿佛一睁眼，一伸手，一转身又可以回到那段岁月里去。然而，我又那么清晰地醒着，知道不可能，又因为这不可能，更加沉陷于回忆。“洞庭湖的杨柳，倒插也能长”，我们会做洞庭湖的杨柳，百折不挠，奋力向上，心怀感恩，勇往直前。

开学了，留下这些文字，以作纪念，并与新生共勉。祝福湘大，祝福新生。

——刊发于2010年9月10日（第753期）

当梦想驻足湘大

赵　勇

似乎还没有习惯北苑这样的风，每次匆匆地从狭长的风口穿过，心情就像一把柔韧的伞，在呼啸的北风中扭曲变形。猛然间，瞥见空中纷乱飞舞的雪，惊喜之余好像听见了 2011 年的脚步声……第一次跨入大学校门，心里还隐隐有些说不清的慌乱。或古朴或现代的楼群于青山碧水间透出一股庄重，林荫大道上莘莘学子步履匆匆——这一切不再是车窗外一闪而过的风景，也不再是魂牵梦萦的幻觉。当它们活生生地呈现在我眼前，一切是那样充满质感。那一天，我见到了来自天南海北的室友，入夜，他们都因旅途疲惫而早睡，我却久久不能平静。

曾经听过太多父母老师对我们描绘大学生活的壮丽之词，自己也主观地以为对大学生活很了解。然而，新生见面会上面红耳赤的自我介绍，社团招新时紧张的面试，才艺秀中不尽如人意的表现……这些像一只只贪婪的蚕，啃食着我原本鲜活的信心和梦想。我感到有种巨大的失意和落寞将我紧紧裹住，一时手足无措。为了弥补自己的欠缺，我更加积极地投入各种社团活动，仿佛那样才能证明自己的存在。渐渐地，我和以前的朋友联系少了，和父母的交谈更是冷淡。朋友来短信说“我感觉你每天都很忙!”，我却不知如何回答，于是，我又问自己：这就是你想要的大学生活吗?

那日，我读到李开复《给中国大学生的信》，他恳切地说：“大学是我们人生中最为宝贵的时间，也是我们最后一次接受全面教育的机会，一定要好好把握!”可是，当迷茫在大学泛滥成灾，空虚与无聊排挤了我们最初的梦想，作为大一的新生，我又该如何拨开这层模糊了方向的迷雾呢?

新年伊始，一切又该从何处起航？

或许，我们每个人都需要在必要的时候停下来，扪心自问“这是否就是我要的生活”。大学是宁静的，她卓然屹立于物欲横流的社会中，走近她，打开心灵之窗，便会找到理想生活的归所。

你可以每天早晨伴着南苑悠扬的钟声，迎接第一道霞光，沐浴着香樟的青涩味道，体会林荫小道的静谧；你也可以披着晨露，在三田自由自在地奔跑，激动之余，长啸一声，听自己的呐喊在泉山久久回荡。你还可以在闲暇之余，约三五好友去橘子洲头，看湘江北去赏层林尽染；也可以选个大晴天踢一场球，骑一次车，让心中的不快在运动中释放，或者只消在冬日的午后，静坐在泽园的草地上，在澄碧的天空下写书生意气，挥斥方遒。当发觉自己玩乐得有些找不着北，不妨翻开自己的专业课本，或者去图书馆，找回那个原本沉静认真的你。

我突然意识到，为什么我一直这么渴望着上大学，因为她是社会洪流中的避风港，更是我理想的中转站。我们在这个“小社会”中摸索大社会的道理，最大限度地汲取她的营养，以此不断丰富自己和原本贫瘠的生活。

当2010的晚霞在西山淡褪，2011年第一缕朝阳从秀山升起，我欣喜于新的一天，新的一年，新的开始。我终于习惯了北苑的寒风，过去的辛酸与迷茫也都化作节日的礼花，点亮夜空，照亮我在湘大的希望和理想！

——刊发于2011年1月5日（第763期）

秀山论山水

张 雷

秀山，是学校的一座小土山，我经常去那里读书。山上满是人工种植的樟树，一排一排，整整齐齐，为建校初期，全校师生自力更生艰苦创业之成果，泽被后世，荫蔽后生！想象着当年，从五湖四海而来的老师和学生们，在“黄土高坡”抡起锄头挖坑种树的场景，该是怎样一种激情燃烧热火朝天的动人景象呢？

彭燕郊先生说这是“最浪漫的创业精神”。

如今，树木葱茏，风景秀丽，故名秀山。山上少有杂树，偶有几丛竹子，林间有石头小道蜿蜒而行。

因为山小，所以根本不存在登此山而小彼山的优越感，孔子登东山小鲁，登泰山而小天下，假如他登上珠穆朗玛峰，自然希腊美国俄罗斯都不放在眼里。因为秀山太小，登高怀远，兴尽悲秋的感喟自然也是没有的。

古人讲，仁者乐山，智者乐水，山水是道，目击道存。因为它小，一眼可望尽头，尽头还可以看见农民的房屋和一片稻田。经常去看，熟悉了，里面根本藏不住什么东西，自然也看不出道在哪里。

诗人中“诗仙”李白最会品酒，“且就洞庭赊月色，将船买酒白云边。”清秋佳节，月照南湖，月色皎洁凝白，湖面澄净如画。和一二故友，泛舟湖上，深抿固然痛快，浅酌亦显潇洒；东坡最会品茶，“戏作小诗君勿笑，从来佳茗似佳人。”把好茶比作佳人，如同把西湖比作西子，东坡先生了解茶，了解女人，更了解人生；隐逸诗人陶靖节最会品山：“采菊东篱下，悠然见南山。”那份自得自在，圆融无碍，实在是让人羡慕不已。秀山虽然没有菊花可采，但身在其中，也是自由的，低头漫步小石桥，悠然看见蚂蚁跳。举目远眺，还可见袅袅兮炊烟，原野寥廓兮夕阳下。

英国浪漫主义诗人华兹华斯实在厉害，他看见山，可以看到“雄健力量”“沉沉的雄伟”，看到山的“住处为落日，为海洋，为大气，为蓝天，为人类的智心”，他真的看见了吗？谁也不知道。不过这倒是他一贯的语气，带着“桂冠”，为贵族写赞美诗，赞美起人来，要赞美得富丽堂皇，赞美得气势磅礴，当然大部分赞美显得无中生有、莫名其妙。所以评论家常说他的诗是形而上学，有神秘主义气息。

在秀山，一眼看去，只有树和草。实在品不出诗歌，哲学与人生，我在林子里面背英语单词，可以应付即将来临的考试，但大多数时候是杂书。大热天里，在石凳上坐一会儿，凉意从下窜到上，身心便可以静下来。乡下人见山只是山，诗人见山不是山，一位老僧看见山，说——“而今得个休歇处”，秀山——也是我的一个休歇处。

——刊发于2016年10月15日（第897期）

外人眼中的“湘大人”

——我和“湘大人”“水乳交融”的故事

杨明伟

“湘潭大学”“湘大人”，响当当的名词，于我心焉！

湘潭大学广东肇庆校友联谊会于今年3月25日成立，该联谊会约我写一篇文章，作为和“湘大人”“水乳交融”而又非“湘大人”的我，不敢班门弄斧！因为——此群，强手如林！论文笔文凭，论阅历资历，论才学才情，论人脉人气，我只是“潇湘一粟”，不敢贸然下笔！然而，盛情难却，“桃花潭水深千尺，不及湘大送我情”，便作此文。

湘潭大学，我少小时代，就心生仰慕。读书时期，老师常激励我们，若考上湘潭大学可以大大地“光宗耀祖”！因此，对湘潭大学的了解也随之增多。诸如三园、三泉、三拱门等很有特色的校园景点，诸如校徽、校歌、校训等富有内涵的人文精神。

遗憾的是，“天不遂人愿”，高考那年，我与湘潭大学失之交臂！

但是，我对“湘潭大学”“湘大人”的那种情结、情怀一直融注于我生命的长河中。

德庆之缘 方便无限

邓公南方谈话的第二年，即1993年的8月，我怀揣着吉首大学一纸毕业证书孤身南下广东闯荡，来到西江之畔的山区德庆县武垄中学。

刚来德庆，电话机是“摇把子”，打电话需通过德庆县邮电局电话机房转线。有一次，在机房转线的工作人员肖军听我满口“湘音”，便与我攀谈，肖军告诉我，他是邵阳人，1993年毕业于湘潭大学……

来到陌生的异乡，第一个认识的“湘大人”肖军就这样悄悄地融入了我的生活。

后来，通过他，认识了在德庆县政府办公室任副主任、新闻秘书，现为肇庆市人社局法规科科长，1992年湘大中文系毕业的李春荣，和他谈国学、谈政治、谈社会，真有“与君一席谈，胜读十年书”的感受。随之，我又认识了陈宏光、唐云、刘显宣、王斌、童益南、李文辉等一个个“湘大人”。

点滴往事，历历在目。当年，作为单身汉的我又身处偏僻乡镇工作，寂寞、乡愁可想而知！幸好喜欢舞文弄墨的我常利用周末的时间外出采访、闲游，所以，也时常到县城这些“湘大人”那里“蹭蹭饭”或者“借宿”，既可以消除我远离家乡的寂寞，还可以带来无限的生活便利。

1994年10月16日，我参加广东省委组织部、人事局、教育厅组织的公办教师选拔考试，那时，我没有在酒店开房，而是在肖军、唐云这两个“湘大人”那里住宿、吃饭，他们给我提供安静舒适的环境，方便复习应考。结果，我以笔试44. 9分（笔试满分是50分）全县第一名的成绩转为公办教师。感激之情，尽在不言中。

破格入社 主席力推

后来，我结婚安家到肇庆市区，与“湘大人”的交往与日俱增。2005年，我结识了湘潭大学法学院毕业的陈华、林海燕夫妇。他们法律功底深厚，堪称“湘大人”中的才子、才女。他俩利用法律特长，我就利用新闻资源优势，对小区的乱收费誓死维权，并肩战斗，终于促使了省物价局下文于2006年12月26日零时起在广东省全面取消燃气初装费。这一事件引起了中央电视台、中国日报等国内众多媒体的强烈关注，该事件入选“2006年广东省十大法律新闻事件”。

一系列的维权斗争，一系列的媒体曝光，也许，触动了某些人太多的利益。2006年8月18日上午，我遭到了几个不明身份的人暴打昏迷而入院。我血淋淋地躺在医院，此时，省城主流媒体的记者来了，小区业主们来了，认识、不认识的老乡来了，特别是肇庆市中级人民法院原法官、湘潭大学法学院硕士研究生毕业的易劲松律师，湘潭大学外语系原教师、现为肇庆市湖南商会副会长兼秘书长的李明先生等“湘大人”前往医院来看望我。

我的故事经省内外主流媒体报道后，肇庆市政协原副主席、九三学社肇庆原主委、湘潭大学机械系原教师陈玉斌先生获悉后，甚为感动，觉得我很有正义感，很有“湖湘精神”。于是，我借此“契机”向陈主席提出申请加入九三学社这一民主党派。

但是，加入九三学社是有严格要求的，需要具备高文凭、高职称、高级别的就职单位，而我没有这“三高”。时任九三学社肇庆主委的“湘大人”陈主席为此专门向九三学社广东省委领导汇报，向领导力推我的正义事迹，希望能得到特殊批准。2007 年底，九三学社广东省委经过充分考虑终于审批我加入了九三学社。

自此，我是肇庆市唯一的一个远离市区在乡镇单位工作、没有高文凭、高职称的九三学社社员。破格入社，“湘大人”陈主席鼎力助我，终生铭记！

常与“湘大人”在一起，相交甚欢，受益匪浅。“湘大人”陈玉斌主席、李明秘书长等等经常向老乡、外界“宣传”我的事迹，“宣传”我的正能量，让我提高了“知名度”。这里，有个“小插曲”。2015 年端午节前夕，肇庆市湖南商会聚会，我到领导嘉宾席敬酒，走到我们商会会长、天龙油墨上市公司董事长冯毅先生面前，陈主席、李秘书长马上介绍，这就是“我们湖南人杨明伟”！冯会长一听，高兴地说：“哦，你就是杨明伟！湖南人的骄傲！早就经常听陈主席、李明秘书长说起过你的事迹……”然后，冯会长交代了身边工作人员，说专门奖励我 5 万元人民币，鼓励我多做正能量的事。

“饮水不忘‘掘井人’，快乐永记‘湘大人’”！

成人之美 乐此不疲

多年来，我和无数个“湘大人”打过交道，有个不得不提的人，有些不得不说的事。那就是西江日报编委、民生社会新闻部主任的郭巍先生，他是湘潭大学 1994 年中文系毕业的。他到西江日报工作，兢兢业业，很能写，借用西江日报一位副总编辑说的一句话“郭主任，是我们西江日报的‘新闻大哥’”，而且，他幽默诙谐、有情趣，人缘好、口碑好！能与他交往甚深，也算是荣幸。

我从事第二职业——搞新闻，郭巍朋友非常“赏识”我。所以，他做民生社会新闻编辑，时常关照我的稿子，尽管有人“眼红”，尽管有人“非议”，但他很有是非善恶之分，“对事不对人”！只要新闻真实有价值，他就力挺风险，力排众难。他曾主编的《星期天刊》，有一期就刊登了我 5 篇稿件；我状告肇庆市农业农村局《农业农村局征集广告语不了了之，吃了官司赔钱又赔礼》的敏感新闻，他照样安排记者采写发表。

2008 年的冬天，一个寒风凛冽的夜晚，我父亲坐车迷路到高要区白诸镇，深更半夜了，有人突然打来电话说发现了我父亲，郭巍朋友听到消息后，惊喜万分，立马安排一辆车和一个姓周的年轻记者，和我一同去接我父亲回家。

“善因有善果”

2011 年 10 月初，我受广州日报的指派，和“湘大人”肖军回老家邵东采访一个案子。返程中，在邵东火车站候车，邂逅一个气质非凡、美丽优雅的 20 岁小姑娘，姓罗，是邵东县一名小学音乐教师，未婚，她和她母亲南下广州探亲，在车上，我们谈笑融融。

回到肇庆后，“肥水不流外人田”的一种朴素想法驱使着我，撮合离异的“湘大人”郭巍朋友吧！结果，他们“一拍即合”。结婚、生子、买房、调动，一系列的完美动作，让不惑之年的郭巍“美不胜收”，特别是郭巍的老父亲在弥留之际看到可爱的孙子显得一片安详，没有一丝遗憾。

“豆角开花藤牵藤，朋友相处心连心”，看到“湘大人”郭巍有了一个安稳幸福的家，我亦很欣喜。

光阴似箭，岁月如梭。我和“湘大人”来到广东工作、生活不知不觉快24个春秋，我和“湘大人”“水乳交融”的故事也像西江之水一样涌流不止。这些点点滴滴的故事能让人深切地感受到“湘大人”的那种友善、那种团结、那种精神、那种质朴。湘潭大学“博学笃行，盛德日新”的校训在我和“湘大人”“水乳交融”的朴实故事中可以得到更生动、更全面的诠释和体现。

韶峰高，湘水长，跨“粤”岭南气昂昂，传承“湖湘”永不忘！明年是湘潭大学创办的60周年，在该校花甲贺岁前夕，见证“湘潭大学广东肇庆校友联谊会”的成立实乃我人生幸事。在此，我更希望和“湘大人”、湖南人一道“撸起袖子加油干，续写湘史谱新章”！

——刊发于2017年3月25日（第908期）

四季如湘大 后会亦有期

杨小凯

听说，六月是离别的季节。

六月，全城开满了红灿灿的凤凰花，而此去经年，时间也不知疲倦地奔走相告，值得怀念的时光，也渐行渐远。倘若这四年时光抵不过天南海北的距离，那春夏秋冬温暖的回忆必将交织成最美的情话。

你说，被春天第一缕阳光叫醒的湘大，最可爱。

那投射过三道拱门的第一缕阳光，从南至北，温暖着湘大。觅着春光，仿佛能够与梦想谈个不休。所以你说，你记着湘大春天的样子，你说那早春的天气脆弱得像得了重感冒，时而热得发烧，时而春寒料峭，到了大四才终于习惯这般气候，却又要告辞别离，辗转他乡。你说你还记得湘大春天的味道，北苑呼啸的风一吹，整个湘大由北至南都弥漫着春天的味道了。

若是下个季节，身在异乡，必定还能想起那个春天的湘大，天“麻麻亮”，太阳颤巍巍地冒出来，酿一把春光，肆意洒在毛主席铜像旁的草坪上，亦如风，吹拂着湘大的每一寸肌肤。

你说：“那年夏天，我无比憧憬大学，今年夏天，我无比憧憬那年。”

时光挚爱这炙热的盛夏，而谁又不怀念那年夏天提着行李箱穿过三道拱门擦汗的瞬间。只是记不清那过往的过往从一田到三田，光阴到底转了几个圈，也记不得那炎热的夏天军姿站了几个钟头，只能清晰地记得那湿透了的衬衫。怪就怪别离，四年光景已逝，才发现，那些相互陪伴、勤勉共读的光景才是生命中珍贵的画面。

炎热的季节，你抹掉额头的汗珠，说夏天是个遗憾的季节。因为，拍毕业照那天激动得忘了做鬼脸，班级聚餐那晚紧张得不敢表白，毕业晚会伤心得舍不得多写几句深埋的语言，而送友别离的那天，一不小心，转身就红了眼。

你说，湘大的四年像南方的秋天，短了时间，满了思念。

四年光阴，最爱湘大的秋天，就像那微凉的秋风吹走了夏天，秋霜作为最出色的染匠，一个早晨的时间就让湘大秋意弥漫了。若是遇到鱼肚白的天，下过迟来的秋雨，往日泽园灰色也一洗而净了。

只是，南方的秋天太短了，就像那夕阳落在三田边，看不见边的天，走过不远处，蓦然回首，回忆里的路，铺满了风吹落的叶。

你说："寒气冻人不冻物。"

记得每年立冬后就开始走心般寒冷，这份寒冷倒也让湘大平添几分宁静，少了喧闹，多了清醒。犹记四年光景里，泽园的早晨从不寂寞，风声雨声淅淅沥沥，读书声却此起彼伏，我们都是见过湘大五点钟太阳的人，若说江湖遥远，泽园故事却永远铭记。都知道寒气刺骨，可湘大冬天的可爱之处冻物不冻人，每一刻钟的温暖回忆都足够动人。

有人说："湘大下过雪。"我也曾幻想过，却不曾亲眼见过。

你说，如果时间有声音，那春夏秋冬都在念：四季如湘大，后会亦有期。

——刊发于 2017 年 6 月 15 日（第 916 期）

青春回放

安　子

一

最近一段时间，我在校报帮忙，把自创刊以来所有副刊上发表的文章，包括标题、体裁、作者名字编辑整理。这些文字几乎都来自18-22岁的大学生，这一篇篇青橄榄似的作品，把我也带回了那段远逝的校园时光！

那个时候我们学校也有投稿箱，我也曾满怀信心和希望把自己的文字投放进去。

我也曾经历那些飘雨飘叶飘雪的日子，那都是用诗打造的日子。也曾心心念念在传达室苦等远方的来信。也曾“为赋新诗强说愁”，把一颗思念的种子撒成一片森林，把一滴痛苦的泪水溢成大海。

爱做梦，又常在梦中笑醒；

渴望表达，又唯恐词不达意。

不畏惧风雨，却在意别人的评价；

不害怕孤独，却忌惮孤独时的不被理解。

青春，就是这般酸涩；

青春，就是这么迷茫。

青春，那真是一段难忘的时光，虽不完美，但人人歌唱！

二

沿琴湖，登百步梯，是我去校报办公室最近的一条路。只要不下雨，我就选择走这条路。

在登梯时，前后总是有很多学生，前面的，倏忽就不见了；后面的，也飞快超我过去。他们登梯一般都不是“走”，而是一蹦一跳，甚至一步两个台阶，身轻如燕，健步如飞，真让我这个走走停停歇一歇的人羡慕不已。

也是这些同年龄的学生，也是这群朝气蓬勃的孩子，他们像燕子一样，每年飞走一批，又飞来一批。可他们留在校报上的文章，无一不打上这个年龄的烙印。思念亲人和故乡，渴望知识和成长，向往爱情和友谊，成了他们笔下的主题。虽然带些酸涩、带些稚嫩、带些冲动，但焉知这些酸涩、这些稚嫩、这些冲动不是甘甜、成熟、理智的萌芽呢？

年轻真好！

可以随时携带着自己的万丈豪情奔跑；

可以随手抓一把斜阳裹住悲伤；

可以随时从牧童那里偷几个梦在寝室里高谈阔论；

可以任性地在雨巷流连一整天，只为等待一位丁香般的姑娘出现；

可以为赢取心仪的女孩一瞥，一次又一次出卖自己；

可以为心上人的离去，在黎明的林荫下与月诀别；

可以渴饮淡风，可以饥品暗香，可以随心，可以随性，可以可以……

年轻真好，年轻真的真的很好！

感谢校报的朋友们给了我这么好的一个任务，在不经意的阅读中，好像自己又重走了一回青春之路，又回放了一遍青春之歌！

三

校报编辑部有三十多位学生记者，他们都是大一到大三的学生。每天除了上课，总是看他们忙着采访和赶稿。有一点空闲，他们就主动过来帮我打字。看到他们脸上洋溢着自信和执着，目光流露出坚毅和果敢，浑身上下充满了青春的活力，我每天被他们感染，就好像潜回自己的青春岁月，做着短暂的快乐的逗留。

他们想去哪儿，扛起青春就可以出发。

无需携带红景天，就可以登上高原；

无需借助骆驼和马，就可以徒步沙漠和草地。

他们想说什么，张嘴就可以呐喊；

想写什么，提笔就可以酣畅淋漓。

他们和他们这一代人的青春远比我们潇洒，他们的理想和理念也远比我们高端，而他们的心，则如一艘巨轮，稍稍给一点风力，就可以“直挂云帆济沧海”！

四年的大学时光，在漫长的人生中只是一瞬，每年一批人来，一批人走，小小的一份校报，我不知道在这些学生记者和他们所有的同学心目中，究竟扮演着怎样的角色，或是创作的摇篮？或是励志的“鸡汤”？或是情感的依托？无论怎样，对于湘大学生，这份校刊，就是他们人生底板上最精彩的画面，是人生舞台上最美妙的青春乐章，是一生里触碰最多、回放最多的动人片段，而每一次的回放，剪辑出来的都是快乐和幸福的影像。

青春的容颜终有一天会老去，

青春的活力终有一天会衰退。

而青春的心态，只要你不离不弃，它会一直陪在你身边，永远不会老！

——刊发于 2017 年 6 月 15 日（第 916 期）

博得声名尽楚才

——忆我和父亲毛禹居老人在湘大会面

毛远涛

一九五九年春，我在株洲三三一厂组织昌航学生的毕业设计和分配工作。适时我堂兄远翔同志告知我家父住在杨嘉桥湘潭大学，听到这个信息，我喜上心来，下决心要去看看老人家。当学生分配完后，有三天空闲时间，便抽一天去湘大。

时下三月，日暖风和。春花烂漫，农事正忙，勾勒出一幅柔和绚丽的风景画，真是天知我心，地知我乐。只是车速较慢、路况不好，七点出发，到达杨嘉桥快十点了。好在站头离学校不远，下车后很快到了目的地。

当时看到的学校就像一个偌大的四合院，没有楼房，听说这里原是湘江煤矿办公地和居住地。我穿过一扇铁栏杆大门，一直往前就找到了我父亲的房子。

这间房子在教导处办公室的右侧，约二十平方米大小。房内窗台明亮，有挂着蚊帐的木头床铺，书桌及几把高靠背凳子，砚台、毛笔、热水瓶等，一应俱全。父亲穿着蓝色的衣服，胸前戴着红底白字毛主席题写的“湘潭大学”校徽，特别让我注目。

进得门来，老人家感到很惊讶，他笑着说：“你怎么知道我住在这里呢?”我说：“是满哥告诉我的，我在株洲三三一的工作已结束，今天特意来看看您。”

父子俩是第一次在异地他乡相会，兴奋之情，溢于言表。我泡了两杯茶，茶叶是本地熏制的土茶，具有浓厚的乡土味道，清香扑鼻。

坐定后，我问道："您又怎么住到这里来的呢？"

父亲说："去年八月，湘潭县政府托我到北京，向毛主席汇报要办大学的情况，并请他题写'校牌'。主席写好后，我从北京回来，就把主席题写的校牌送到了湘潭大学，他们开了一个隆重的欢迎会，我也向他们介绍了进京的情况，但当时这里条件较差，没有适合的住处。今年校方特地从韶山接我到这里，住个把月，以表感谢之情。"

老人家继续说："去年到北京，可说是冒昧而行，只是行前给主席发了个电报，说明要去见他。到达北京，等了好些天我接到通知，叫我去菊香书屋见主席。两人相见，笑逐颜开、和蔼可亲，他握着我手说：'禹居兄，什么秋风把您送过来了？'我把湘潭县要办大学的事向他作了详细汇报，并说又要借他的墨宝写个校牌，毛主席听了，十分高兴。我想请主席派些教授来，主席说：'世界上办第一所大学时，连大学生都没有，哪里又有什么教授呢？还不是能者为师么。要解放思想，破除迷信，工人农民有实践经验的可以担任教师，边教边学。'并说：'我们要有一支又红又专的知识人才队伍，但这方面十分缺乏，只得我们自己来培养，湘潭要办大学，很好，一定要把湘潭大学办好。'毛主席答应写校牌，但没有马上题写，过了几天，才由他的秘书把题字及信函送到我的住处和平宾馆。"

他说："毛主席很忙，我们直接见面的机会不多，但他安排了秘书陪我看了十三陵水库，参观了工厂以及农村建设，使我大开眼界，受益匪浅。九月底就回到了湘潭。"

我又翻了他的垫被和盖被，都很厚实，比我住招待所还好，非常放心，也深为感激。

大约谈了个把小时，我提议去看看校区，老人家欣然答应，带我走了一圈。

当时我看到教室不多，也比较小，课桌是长条形，两人共桌；上课的也不多，劳动的多，也没有看到什么教学实验设备。但同学的热情很高，干得满头大汗，穿着很朴素，觉得农村子弟居多。

我顺便问过一个同学，问他学什么专业，怎么上课和劳动，他满腔热情地答道，是学机械专业，刚入校不久，现在是上基础课，专业课是什么样子，还一无所知。但参加劳动较多，因原来这里不是学校，是一个既办公又居家的平房，现在要改成学校，很多地方不适合，国家也没有多少钱投入做大的改造，就只好自己动手，把周围环境改造一下。

我从心里佩服这些老师和同学的干劲，真是白手起家。但也在想这个大学和我所在的学校相比，有点天差地远之感。环境实在太差，设施更为简陋，条件也甚为艰苦。走着走着，便细声问我父亲：“爹，这样的地方能办大学，又能办好大学吗?”老人家不假思索爽快地答道：“凡事都不是一下完成，总是逐步完善，逐步形成的，从无到有，从小到大，从弱到强，草鞋没样，边打边像吧。何况还有毛主席的指示呢!”我佩服老人家这种具有哲理的认识和远见，心中肃然起敬。

时间快到十二点了，父亲说：“我们吃饭去。”走到餐厅时，饭菜已上桌。记得是单独一桌。老师也陆续来了，菜肴丰富，有红烧肉、清蒸鱼和木耳汤等菜蔬，这和当时的社情相比，可算是个特殊，简直和湘潭的“蛋糕席”差不多。

我和同桌领导、老师一一握手，并表示感谢他们对我父亲的关怀。当他们知道我也在学校工作后，很高兴，并询问了我们学校的专业设置，教学设施及学习和实习的情况，我都做了介绍，他们特别对毕业设计和考试问得较多，我一一作答。饭后，大家各自回了办公室。

我和父亲也回到了房间，谈了一些乡情和社情。时间一秒一秒地过去了，太阳逐渐西移，快两点了，我说要走了，但老人家依依不舍，并说：“能不能多住天把呢?”我说：“学校已安排了我的课，要回学校去，不能住了。”老人家毕竟知书达理，就说：“那好吧!”他送了我一程，要开车了，车上车下挥手告别，其离情别绪，尽在不言中。

这年秋天，我终于调到了河南省新乡市，年底父母亲也迁入了该市，全家团聚了。

老人家到新乡市后，谈到毛主席1959年回到韶山的情况，并与他相见。当时有一件流传很广的故事。主席向他敬酒，父亲说："主席敬酒，岂敢！岂敢！"毛主席答道："敬老尊贤，应该！应该！"可见毛主席对他的尊敬，尊师重教的情怀让人感动。这次也谈到了湘潭大学的情况，足见毛主席对教育的关心。父亲到新乡市以后，曾和我谈过湘大停办的问题，父亲深感惋惜。

父亲在一九五九年四月底，离开湘潭大学时，写了四首热情洋溢的绝句，作为临别赠言，如下：

其一：

喜见湘潭建大学，农村畜牧广场开。

群英济济于斯荟，博得声名尽楚材。

其二：

厥初成建复筹谋，文上中央主席投。

乞得一支鸾凤笔，校名恒永耀潭州。

其三：

当世群看革命花，在兹教职信堪夸。

师生结合均劳动，锻炼身心捍国家。

其四：

杨嘉桥畔我流连，感谢群贤未易言。

若得优游荷天禄，再游大学看红专。

这是时隔五十九年，在我堂兄远翔同志的日记中看到的，他抄录的时间是一九五九年四月二十二日。当时我父亲已是七十八岁高龄，老人家依旧思路清晰，文采斐然、韵味流畅。字里行间，显耀着对主席的敬仰，对湘潭大学的厚爱和期望及对学校的留恋之情。

现在湘潭大学，像一颗亮丽的明珠傲立在湘江之滨，越办越好，成了全国重点大学。如老人家在天有灵，定会仰天长笑。他虽不能再游湘大，但他的深情也在祝愿湘潭大学奔上世界一流大学。

——刊发于 2018 年 4 月 15 日（第 931 期）

南阳村的回忆

刘小莉

我们学校迄今共有四片教师宿舍区，均以“村”命名。南阳村、东坡村、北斗村、松涛村，一听乡土气息就那么浓厚。住在村子里的“土著”，像我这种“钉子户”型的，本科毕业后就扎根于此，一待就是三十多年，唯一的变化就是在四个村之间搬来搬去，居然也没有产生厌倦感，一则证明人对旧环境的忍受程度是多么不可思议，二则也说明了“村庄”般的学校人情浓郁，适宜生活。

南阳村是湘大最古老的一片教师宿舍区，挨着田径场（现已改造成为文化广场），一排过去有九栋，西边三栋，靠校医院附近有两栋。我1981年来湘大求学，兴致勃勃地想看看大学的壮丽景象，结果大失所望，那时还没有校门，眼中所见，除了图书馆、教学楼显得威武一点，其余都非常简陋，尤其南边那一片教师宿舍，后来才知道这片宿舍叫南阳村。裸露的红砖、窄小的梯子、豆腐块大的房子，典型的70年代工棚建筑。

南阳村外部简陋，内部逼仄，最初我对它没什么好印象。

有一次我拜访一位老师，他家住的是南阳村带厨卫的小二间，面积加起来不到二十五个平方米，厨房厕所仅容一人行动，还得是瘦子，胖子动起来容易磕着碰着。好在那时老师中胖子罕见，许多人是落实政策后从农村调上来的，一个个拖儿带小，看起来面黄肌瘦。卧室也挤得很，每间不到九平方米，摆一床铺和书桌就将房子占满了。老师家里有三个孩子，一间卧室还要强挤下两张床，至于现代住房必需的餐厅和客厅，那都是些未来名词，会客、吃饭全都在那间只摆了一张床的房子进行。

我的老师谈起此套住房的时候欣欣然有喜色，原因有二：一是房源非常紧张，分房要排队打分，还有许多老师住在没有厨房，共用厕所的单身楼；二是庆幸自己分到了红砖结构而不是板块结构的小二间。板块结构的叫大板房，据说是用水泥块垒起来的，冬凉夏热，春天潮湿，很不透气，我老师下放农村的时候得了严重的关节炎，倘若分到了那种房子，绝对受不了。老师说，南阳村还有面积比这个大的户型，像小三间、大三间，大三间面积最大，有三十多个平方米，想想看，一套房多十来个平方米，该是多么宽敞呀，人心知足，住上这样的房子就不错了。

看到老师的幸福神情，俺不以为然，年轻气盛的我自以为大学毕业后美好生活唾手可得，暗下决心，今后绝不住这样的房子。但历史开了个很大的玩笑，四年后的我服从分配，留在母校任教，搬进了北斗村两人一间的青年楼。当了几年快乐的单身汉后就面临结婚成家要住房的严峻局面，而像我这样的未婚青年学校有成百上千个，正值改革开放初期，国家经济还很困难，大学住房建设严重滞后，几年都看不到一幢新楼，领了结婚证的青年，如果能分到一间房，那就要喊万岁了。虽然房间小，但起码可以摆个床，走廊支个煤炉，小日子就算是那么回事了。至于南阳村的小二间，那是梦中的伊甸园，住在那里的职工有独立的厨房卫生间，可以享受液化气灶，享受电视闭路天线。记得我领到结婚证的那天，忐忑不安地走进房产科，希望那个青年教师们背后称为“慈禧”的 W 科长发善心，分一间单人房，结果被教训一顿后，灰溜溜地出了门。

我千辛万苦分到南阳村小二间的时候是 1992 年 3 月，那时学校在北面（也就是后来的北斗村）建了多幢新宿舍楼，原来住在南阳村的老教师大部分搬到新房里去了，南阳村顿时空下一批旧房，正好分给我们这些结婚生子的青年教师。南阳村的人员结构来了个大变动，年轻指数上升几十个点，一时间，孩子闹，大人叫，笑语欢歌，显得特别阳光有生气。

我女儿当时六个月，住在青年楼的时候整天地吵，奇怪的是搬到南阳村单元楼后安静多了，敢情小家伙心里明白生存空间扩大了呢。从拥有一间房到两间房带厨卫，我感觉自己从地狱到了天堂，生活质量有了明显提高，一是晚上上厕所的时候不需要出门了；二是可以用液化气灶在厨房里方便地做饭，不用担心煤炉子熄火，或者煤炉子晚上被人偷走；三是可以接上单元房的闭路天线看很清楚的电视节目，不用自做天线伸到楼顶还时时被人敲烂；四是我的孩子有伴儿玩了。

住在南阳村优越性还远远不止这些。

南阳村有好几幢的结构是通走廊，孩子们经常在走廊玩耍，大人们也经常在走廊里聊天。冬日阳光下，女人们则围在一块织毛衣，聊家常，有一种过日子的气氛。家家户户都敞开着门，随意进出，吃饭的时候，端着碗出来，互通有无，或者干脆将几家的菜集中到一桌，颇有点原始共产主义的味道。

南阳村的房子面积很小，但很温暖，小夫妻斗了嘴，本想一辈子不理，但房子太挤，隔不了几分钟就撞到一起去了，互相望一望、笑一笑，这仇恨就没了。客人们到南阳村来玩也很随便，不要预约、不要敲门、进门不要脱鞋，茶时喝茶，饭时吃饭。房子面积小的最大好处是容易搞卫生，用不着钟点工，巴掌大的地方，自己动手，几扫把，几拖把就划拉干净了。

南阳村的房子是旧的，但南阳村的人是年轻有朝气的，这种勃勃生机把南阳村的旧房子衬托得熠熠生辉。这儿的男人女人都是二三十岁的年龄，男人脸上刚刚褪去毛头小伙子的神情，年轻干净的面孔有了几分当父亲的沉着和稳重；女人身上脱去了少女的矜持，少妇的风韵、母性的柔和构成了南阳村一道亮丽的风景；孩子们都是上幼儿园的年龄，童言稚语、灿烂的笑容，使没有阳光的日子也充满了阳光。

试描绘几幅南阳村的经典画面：

清晨，孩子们坐在后座装有小竹椅的自行车上，由年轻爸爸们推着上幼儿园，遇到熟人，一路“叔叔、阿姨”地喊过去。

傍晚，孩子们大多由年轻妈妈们从幼儿园接回来，手里大多拿着从服务大楼面包坊买来的零食，一路嘻嘻笑笑，打打闹闹，母亲们则边聊边留意路边的菜摊，顺便带一把小菜回家。

晚饭的时候，大人们或爸爸或妈妈站在南阳村附近田径场的白栅栏前，大声喊着在操场玩耍的孩子快回来吃饭，喊声此起彼伏，颇有点田园交响曲的意境，孩子们开心地、满头大汗地跑回家。

南阳村记忆中还有一件事情值得一写。当时南阳村每栋的治安工作由住户负责，天天轮流值班。值班的住户搬一小凳，戴一红袖章，一记录本坐在楼下观望，严密注视动向。年轻人大多好动不思静，谁也没这个耐心傻坐在楼下一天，多数人要么在家里坐，要么外出干别的事情，填写记录本的时候大笔一挥：正常、平安无事、今日无事、今日天下太平等等，鉴于此种形式主义的做法对家属区安全保卫工作不利，学校特地选了监察人员，天天到每栋检查值班人员是否履行职责。南阳村的监察人员是一教授在下放时娶的农村老婆，这位大婶长得人高马大，嗓门奇粗，天天扯着个嗓子在楼下喊：X栋哪个值班呀，倘若那值班人员不及时从窗户外伸个脑袋出来，她就会没完没了地叫下去。

南阳村的小贩也很有意思，印象中有一个附近农村卖甜酒的中年女子，个子不高，黄昏的时候挑着担子，吆喝的时候悠悠地带点戏剧唱腔：甜——酒，小钵子甜——酒。还有一个清早五六点就从砂子岭骑单车过来卖馒头的河南人，馒头的馒叫成了四声，成了“漫头”。夏天一来，有一位满哥骑摩托车从市区过来卖冰棒，这位满哥为追求效益，不零售，只批发，十支一批，每次我女儿听到“卖批发冰棒”的声音，就吵着要下楼，生怕卖批发冰棒的车子开走了。

南阳村房子很小，南阳村的美好回忆太多了，想细说都不知从哪儿说起。但那时候年轻的我们并不像现在这样看它，我们觉得它破旧、窄小，一个劲地努力，都想离开南阳村，到更好的地方，住上更大的房子。如今我们住上了一百多平方米的房子，有些人还住上了两百来平方米的复式楼甚至别墅，但生活的形式越豪华，生活的内容却越贫乏，幸福的感受力越差，有时候我想，为什么自己努力想摆脱的东西在记忆中是那么美好呢？

我们整天忙忙碌碌，到底要追求一种什么样的生活呢?

现在南阳村的旧房子大部分拆除了，只留下西边的三栋，记得拆房子的那天，我和曾经住过南阳村的一个老朋友跑去观看，几部铲车，几部推土车，将南阳村碾压，那情景令人感伤。我奇怪自己为什么年轻的时候不喜欢南阳村，觉得它破旧、难看，影响校园形象，但一旦拆除了，心里会有一种亲人离去的感觉。原来人和动物不同，人是有记忆的，有历史的，有历史的人生才是真实的人生，人活得越长，历史感就越深，所以年轻人喜欢新的东西，老年人怀念旧的东西，我们都希望保留自己生活过的历史痕迹，虽然这些痕迹在年轻人看来是多么破旧和落伍。

——刊发于 2018 年 6 月 5 日（第 936 期）

湘大，给你一张过去的 CD

邓任娟

“栀子花开，如此可爱，挥挥手告别欢乐和无奈，光阴好像流水飞快，日日夜夜将我们的青春灌溉。”昨日我在山上摘了几朵栀子花，放在书桌上，它们散发出的幽香盈满了一整个房间。今晨睡醒发现，栀子花已经枯萎了，而它的香气还萦绕在鼻尖。这多像我的青春啊，虽然十七八岁的时光已然消逝，但那时候的记忆始终青葱。在那无比澄澈的岁月里，努力的每一天，迷茫的每一天，都是那么鲜活，恍若昨日，触手可及……

四月的某一天，当时我看到南门有很多人穿着学士服在拍毕业照，还在感叹：学长学姐又要毕业了呢。丝毫没有意识到自己就是今年毕业季的主角。时间怎么过得这么快？转眼就轮到我们说再见了。现在窗外正下着雨，我就伴着雨声来回顾一下我的大学生活吧。

好巧，我也住北苑

“能同途偶遇在这星球上，燃亮缥缈人生，我多么幸运。”我相信，北苑九人寝的春夏秋冬是我们2015级毕业生的绝版回忆。

那年，刚入校，宿舍是北苑1栋106，是九人寝。报到那天，一下车，就有热情的学长学姐帮忙提行李，一进寝室，就看到了辅导员灿烂的笑容，寝室里已经有几个室友在铺床了。那个场景让我感觉不像开学报到，而更像是高中返校。不知道是特产带得多的缘故，还是什么别的原因，我们九个，像老早就认识一样，很快就亲密成了一个，不管上课还是吃饭，我们总是形影不离：下课了一起跑去吃东北老家麻辣烫还有妙吉双皮奶；在秋日，沐浴着温暖的阳光，在寝室外的走廊上坐成一排安静地看书；在寒冷的冬天一起去北苑澡堂洗四块五一次的热水澡……在我记忆里，九个人的队伍，总是浩浩荡荡，气势十足的。美娟、静静、柳柳、阿煊、玲玲、佳韵、阳、小静子，我亲爱的室友们，性格各不相同，每个人都像一本长长的好书，令我初读时欣喜，久读入迷，常读常新。我的大学生活也因为有了这八个女孩子而充满活力与欢笑。

良师，恩情不会忘

“春风化雨暖透我的心，一生眷顾无言地送赠，是你多么温馨的目光，教我坚毅望着前路。”“师者，所以传道授业解惑也。”感到困惑迷茫时，能得到老师的指引是一件无比幸运的事。

大学四年，不敢说老师们上课讲的专业知识我都掌握了，但是每个老师的个人魅力和风格都深深地影响了我。仙风道骨的炼哥、博学的春哥、健谈的长天欧巴、幽默的发哥、文雅的何老师、风趣的漆老师、优雅的神仙姐姐、慈祥的军华爷爷、知性的小龙女、狂放的建军大哥、严谨的晓丽姐、率真的童老师、细致的戴老师，我们中文系的老师个个都是宝藏。从老师们身上，我看到了乐观积极的生活态度，学会了严谨细致的处事之道。

在谢师宴上，我看着我可亲可敬的恩师们，滴酒未沾的我，却醉了、哭了，因为不想分别。然而，有相逢就有别离，告别可能也是人生的一门必修课。何老师说：“告别是为了重逢。”或许，再相逢，我们都会变成更好的人。小龙女也鼓励我们勇敢地追逐自己想要的一切，发哥则叮嘱我们要保证每一笔收入都是干净的。我会谨记老师们的教诲，努力去追逐自己的梦想并保持收入的纯洁性。

铭记，一教的模样

“来日纵是千千晚星，亮过今晚月亮，都比不起这宵美丽。”在一教的日日夜夜，都无比静谧，在书海里与学者对话、与自己对话，过得无比充实。

大学四年是一个不断寻找的过程，不断寻找自己想要的东西，慢慢地向隐约浮现的未来靠近。我是一个慢热的人，大三下定决心要继续深造，于是在一教备战考研。我曾发过一条关于一教的朋友圈：“学到眼睛酸，走出一教大门，听到四周小虫子的叫声，抬头看看天上的星星，路过热闹的一田，夏夜很凉爽。”那个时刻我记得很清楚，尽管当时身体疲倦，内心却很踏实。

早晨，买个早餐边走边吃，同行的人们也都往一教走，人群汇入一教的那一刻，我感觉一教和在它上空飘扬的五星红旗一样神圣而庄严，这是湘大学子的学习圣地。一教的走廊有“早高峰”和“晚高峰”，即晨读和晚读，琅琅读书声，也成了我对一教最深刻的印象。在一教，一起晨读晚读的人天天见面，互相也就认识了，目光交汇时就会相视一笑。有一群人跟你在一起并肩奋斗的感觉真的很好。

从 2015 年到 2019 年，从初见时的欢喜到离别时的不舍，四年光阴倏然而逝，我也从青涩懵懂的大一新生变成成熟稳重的大四毕业生。在湘大度过的四年，是我生命中的黄金时代，我想，我会用一生来将它怀念。

出了校门，我就是湘大校友了，我会记得老师的叮嘱：常回家看看。再回来看看三田的野花、秀山的双子塔、神似布达拉宫的三教、学霸聚集的图书馆、容易迷路的南山阶梯教室、一田的跑道、一教的红旗、美食众多的联建、看了四年的三拱门、琴湖的“小红顶”，还有我最爱的老师和同学。

——刊发于 2019 年 6 月 15 日（第 958 期）

回眸（二）——校友散文选集

人生哲思

北望湘江

萧雨尘

湘江是这样一条江，它自南向北流去，河水缓缓，无语奔流……

它的这种意境既不像黄河那般的汹涌，也不如长江那么的雄浑，它的奔流显得有些沉重有些迟缓，使人站在湘江的岸边恍惚有一种历史凝滞般的感觉。

历史总是在一些岁月的河岸上留下记忆——如黄河，黄河是我们五千年文明的见证；像长江，长江是我们一部民族历史的凝缩。但如果说黄河与长江是属于我们整个民族的历史的，那么湘江则是属于我们的现代史了。中国的现代史是从湘江这样一条河中开始萌发出希望，并开拓出一番轰轰烈烈的局面的——这自然也是因为中国现代历史上的一大批风云人物，大都是从湘江的河岸走出来的。像毛泽东、刘少奇、彭德怀，还有蔡和森等等，他们都是湘江的儿女，沐浴于湘江情洒于湘江，生长于湘江魂系于湘江……

湘江是一条我们民族命运的河流，这使我面对着湘江，常常产生出一种不由自主的生命的震动。

半个世纪之前，就在这湘江之滨，毛泽东和蔡和森等一批革命的先驱人物以他们的热血和赤诚，以他们对我们国家和民族命运的忧虑和思考而为我们民族抗争的历史发出了战斗的呐喊，为我们民族的发展和进步的行程擂响了烈烈的战鼓……

半个多世纪过去了，湘江依然默默地奔流。“逝者如斯夫，不舍昼夜”，伟人已逝，但风骨犹存。湘江应该是无悔的，他应该为他所哺育出的那些优秀的儿女而感到自豪，感到满足和骄傲！

当我站在湘江中的一个洲上眺望湘江——茫茫的楚天，开阔的意境；湘江的灵动和壮阔，湘江的博大与深沉，一切都在我生命的意象中展开，这才使我真正领悟到了湘江的风骨……

这条江，给了历史一种深沉而深刻的共鸣！

湘江的平静和平缓使我惊讶于它那厚实的沉默，湘江的沉默却又使我感受出它的博大与深沉，这更使我感觉湘江是一条内涵非常丰富的生命之河。

北望湘江，岁月倥偬，往事如风，昔时的伟人早已经飘然远去了，而江岸的风景在春华秋实中蓬蓬勃勃地生长——那对岸崛起的高楼依依在望，风铃中的呼声里依稀还能感觉出那城市中商旅喧然的繁华；远方的群山映着斜照的阳光，显得有些不可思议的灿然。

面对着湘江，面对着那千古的波涛，面对着一种岁月的风霜的历史！苦难的记忆和辉煌的记忆，追求的历程和奋斗的历程，一起深深地镶嵌在——那一条生我，养我也必将非我的湘江……

——刊发于2000年1月10日（第490期）

感受汨罗

周雪平

大凡河流不管它是大还是小，或多或少都有那么一段渊源，汨罗江当然也如此。

中国南方版图上毫不起眼的淡淡一抹，千百年来，一直这样波澜不惊，舒舒缓缓地流着，白天黑夜，静静悄悄；然而，恰恰也就是这样的一条河，自始至终，引导着中华民族文化的主流，从远古定向未来，历史有多长，她就有多长。她淹没了许多，所有的淹没都成了她的内涵。

正如顿河属于肖洛霍夫，多瑙河属于施特劳斯，汨罗江自然地地道道地属于屈原，这是一条诗人的河，一条文化的河。

“举世皆浊唯我独清，众人皆醉唯我独醒”，不能随波逐流的人是不幸的，难得糊涂的人是痛苦的，如果精疲力竭终于还是无法扭转这衰亡的命运，剩下唯一的选择就只有毁灭自己。

汨罗，五月初五，一个愁云惨淡或许也就是阳光明媚的日子，诗人不再看他故国土地最后一眼，纵身轻轻一跃，清涟的江面，一道闪亮的弧线优美地划过，无声地溶入汤汤的河水，不留一丝痕迹，甚至连浪花也不曾溅起半个；然而，也就是这短暂的一瞬，预言了一个民族永远的心痛，这道伤痕也许直到明天仍然还会在叹息中殷殷滴血。

屈子是不幸的，眼睁睁地看着祖国的大车一步一步，无奈滑向颠覆的悬崖边缘，沉闷的一声巨响，灰飞烟灭了过去所有的辉煌；屈子又是有幸的，去国怀乡，忧馋畏讥，满腹难抑的郁愤终于化作了清清的河水，随流而逝。静静的汨罗抱守着诗人，负荷着悲怆得凝重的苍凉，从此成了泪泡的河。屈子作了汨罗的归人。

汨罗流过，千百年里，一直这样静静悄悄，任身边世界沧海桑田变幻，任人间悲欢离合演绎，一切的一切，似乎都与她远了，淡了。当呼唤的锣鼓敲响，当招魂的云幡升起。当祭祀的粽子飘香，汨罗从此成为传说。涓涓的河水在所有龙子龙孙的血液里恣意奔流，回荡；千年淘沙，万年淘沙，汨罗细细地灌洗着一个东方古国灵魂的尘埃，不动声色地流向遥远。

汨罗是河，一条诗人的河，一条文化的河；汨罗不朽，因为文化不朽，灵魂不朽。

汨罗，又不仅仅是河。

——刊发于2000年6月30日（第503期）

山冈上的麦子

巢进文

写下这个题目让我想起海子的一首诗，“泉水白白流淌／花朵为谁开放／永远这样美丽负伤的麦子／吐着芬芳，站在高高的山冈上”。想起当初入校时那份自信和傲气如那天的阳光般清新明朗，热烈奔放。

我来自一个平凡的村庄。带着泥土的质朴，庄稼的高贵和乡亲们“春种秋收”的期望被移植在“大学”这个山冈上。记得我那天刚下汽车，透过三道拱门看着里面熙攘的人群，满腹豪情：我要在这里实现我的人生抱负，要让这块土地因我而变得辉煌。

然而生活是什么？有那么多的追寻就有那么多的迷茫；有那么多的企盼就有那么多的失望。两年过去了，七百多个日子无声无息，流走的不只生命，还有激情。只留下一些类似思想的硬块突出水面，带着一些零碎的画面在深夜刺入我的梦乡。雍容儒雅谈笑风生的教授，脚步蹒跚风雨无阻的补鞋大娘；披星戴月的清洁工人；网恋的神奇，“香烟瓜子茶叶蛋”的凄惶。有好几次我在黑暗中惊醒，发现外面的工地上依然亮着灯光，民工们在结霜的空气里挑砖和泥。

我喜欢站在寝室的阳台上眺望外面的田野。看黑的土地怎样长出禾苗，看绿的禾苗怎样变成金黄的希望。尤其是水稻抽穗的那些日子，乳白色的穗子直指天空，像一支支饱满的箭。那种迎风而立的姿势很让人感到生命的最初的悸动。我是属于田野的，这时候我常想。然而，田野和我，却隔着一道厚厚的围墙。每到假期我都不太想回家，亲戚们笑容后面的疏远，儿时伙伴客套的寒暄和冷淡的眼神常让我不知所措，有点鲁迅先生笔下的“故乡”的苍凉。

田野不再属于我，我只拥有这个山冈。一群不谙世事的孩子围着一些游戏规则忙忙碌碌却无所收获，大声喧哗却无人唱和。曾在一个六月走访一些毕业生寝室。经过一阵交谈后，那些平时看似轻松的脸孔无不嗟叹感伤，一位仁兄拍着我的肩膀道：“老弟，四年好快，要好好珍惜！”言语中满是失落。他在省城一所高校找了份工作，按理说也还不错。可我知道他是指韶光易逝年岁虚长带来的内心的空虚。然而，我要去怎么“珍惜”呢？

我像每个固执的农夫一样，在情感的荒原上种下一粒粒种子却不敢问收成。歌舞厅太暗，因特网太玄。短暂的放纵只能换来更多的惆怅。也曾约友人几两白酒，一碟花生，把盏驱愁，却发现牢骚过后除了头痛一切依旧。记忆中也曾有人相伴而行过一段时光，然后必是无可奈何的各奔西东—她无法承受其中的生命的厚重。我无意苛求于人，在这个海誓山盟落花流水已成为爱情最高诠释的时候，还有谁眷念着西风古道瘦马长亭。

于是，我只有沉默。揣着一个幼稚的梦想走在学校每条小路上（我没能让这块土地辉煌，她却容纳了我的狂妄与脆弱）。或者在图书馆找个安静的角落，穿越历史的尘雾与那些曾经孤独的灵魂席地而坐，泪眼相望。记得沈从文曾经写道：“我寂寞却不悲伤，因为从默会遐想中感受到生命的智慧和力量”。我自知做不到先生的超晛，也没有那么好的悟性。只愿在寂寞中保持一个独特而真实的身影，等终于有一天淹没于俗世时，也能回头对自己说：“在那个山冈，你曾经美丽过”。这就够了。

——刊发于2001年3月30日（第520期）

面对粮食

修　远

我很小就知道粮食的由来。父亲的农具很齐全，很清洁。镰刀啊锄头啊的光芒里可以照得见翻滚的田野。

父亲天不亮就打落晨星出门。我知道父亲的艰辛。我很小就参与了耕耘、收获的全过程。雨天，身披蓑衣；晴天，头戴斗笠。站在禾苗之间，我像是一棵小小的庄稼。

春日的山庄，夏日的雷雨，秋日沉甸甸的收获。粮食的一生几度穿过了我。我们用镰刀锄头还有汗水结构其一生的粮食啊，面容蒙尘，内心清洁，就像我终日劳作在田间的父老乡亲。

可是我现在却渐渐淡忘了，就像童年一样，粮食成了一个记忆，那首《四个人及远方的粮食》的诗也成了记忆。我感到悲哀。

粮食提供给我们一日三餐我心安理得。一日三餐后我打着饱嗝，站在钢筋水泥的走廊上看到另外一些钢筋水泥的建筑，看到道路被各种钢铁物件占领。我回到寝室，来回踱步，仅仅如此。

粮食给我们的仅仅是一日三餐吗？那些小麦的锋芒，那些水稻的低头安详呢？那些水淋淋的劳动的号子呢？

粮食养育了我们，我们却离粮食很远。

我掬起一捧米，顿时感到了手上的沉重，米粒的晶莹瞬间弥漫了我的双手。我无比羞愧，就像一个窃贼与乞儿：这米的柔和、洁白和清香来自哪里？

在土里埋上一百次，在粪里泡上一百次，雨里淋上一百次，粮食，你从古典而优美的土地上站起来。碾磨了一百次，火蒸了一百次之后，粮食，你要升华成怎样一种不朽？我突然悟到，关于生命，粮食才是最本质的意象。嚼不烂的粮食啊，嚼出的是阳光、土地，还有故乡。

米，你的八条道路通往乡村，带我回家吧！让我回到春日的山庄，面对飞长的雨季；回到夏的烈风里，承受暴雨如注；回到冬日的荒凉，四顾原野茫然；也让我面向秋野，在稻花香里写下醿厚的诗句。祝福乡土。

——刊发于 2001 年 9 月 10 日（第 529 期）

隧道

谭志敏

屏住呼吸，闭上眼睛，双手附于胸前，“嗖”的一下，眼前又是一片光明。

每次过隧道，都会激起内心的一片欢欣，成为坐火车的一大享受。没有什么特殊的原因，就为了这有些独特的感觉，使我每次出行，都选择坐火车，这一次的南下让我过足了“隧道”瘾。

火车往云贵高原走，钻进隧道里，穿梭于山埂之中，隧道总是连接着小盆地，沿窗望去，有临渊的感觉，居高临下。由于气候的原因，七月的云贵高原仍然一片绿色：水稻是一年一熟的，呈梯田形种植，玉米田、烤烟地漫山遍野。想想如今的湖南是双抢的季节，乡下的田地里已经是一片金黄了。

可喜的是许多隧道都有名字，每过一孔隧道，我总是试图探头看一下隧道的名称，总是无济于事，自己纳闷的时候，火车就已经开过了。只能间或地看到旁边的隧道名：石杨隧道——不知为何隧道名这样取，没有细想，只是觉得这样艰难地凿出的隧道应该都有自己的名字。

全长一千五百多公里的旅程，我数了共有四十多孔隧道，最长的要用两分多钟才可以通过，如果以火车 80 公里小时的时速，全长就有 2000 多米。这不禁使我敬佩起隧道工人来：即使再执拗、再顽固的石头，也为人的拼劲所动，要让出一条道来！

人生如路，要经过许许多多的隧道，憋足劲，做一个深呼吸，走进隧道，经历了漫长的黑暗旅途之后，在不经意之间又迎来了光明！每个人的履历不同，生存方式也不一样，但每个人又都为自己的目标而奋斗着。令人欢欣的也就是走出隧道，迎来光明的最后那一刹那！人生之路，如果过于坦荡，就如静物临摹，略显苍白，唯有走过隧道，才会给平白的生活着上亮丽的色彩。

——刊发于2002年8月30日（第556期）

灯

李凌云

如果你要考研，那么你的态度便是你对人生的最好注解——谨以此文与风雨同舟者共勉。

考研是一次义无反顾的奋斗旅程，想起当初我们一行人于日薄西山时踏上小舟，游弋于壮观美丽的湘江激流里，我们肩并肩围成一个圈，手叠手并置于圆心，宣布结盟考研时的豪情，身上总有一股激情在涌动，那是源自为人生奋斗的不竭动力。

我们启航时已是深秋，凛冽的寒风扑面而来，夕阳拉长了我们瘦削的身影，在粼粼波光里摇荡。寒意让我们愈加清醒并大无畏地前行。我们会时刻铭记自己的诺言，我们会凭借年轻人特有的执着、信念和向往破浪前行。即使有过抛锚，有过险滩，有过痛苦，有过失败，有过绝望也绝不放弃，因为经历过的，并不是生活的全部。我们还有未来的辉煌，暂时的迷茫与沉沦应是步入新生的开始。对于曾经给过我们期盼、祝福、向往的美好的一切，我们会一同带着，并转化为力量之源，驱动我们的小船箭一般驶向彼岸。

我们的航行异常平淡，但充实愉悦，心境坦然。我们把每一个今天都当作一生中最美好的时光来度过。平淡不是平庸，平庸是苍白和碌碌无为；而平淡则是一种从容和坦然，是质变前必然的重复和积累。

寒风开始倔强起来，波涛不安分地摇荡。我们轻装上阵，果断刚毅并勇往直前。水面余波未散而我们已轻盈飞过。过重的载荷会让我们的小船减慢、停滞以致湮没于时代的滚滚浪潮里。许多人惊慕到达彼岸时的辉煌，却往往忽略了途中的急流险滩和惊涛骇浪。经历过了，才会真正明白人生的意义，也才会有“绝凌之登，众山为小”的豪迈。夜幕已开始渐渐笼罩宽广的河面，零星闪烁的星光撒落于周遭，在黑暗里召唤着前行的人们，清冷的河风从耳畔飘然而过。我们点燃生命之灯，灯光倾洒于粼粼波涛里，顿时铺就了一条闪亮的通向远方的大道，镶嵌在美丽的地球的肌体里。我们摸索着驶向远方，我们将手掌平放额前眺望闪亮的神秘的星河，余光中发现夜幕里燃着灯日夜兼程的船有千万只，灯光闪烁，与远方的星河连成一片，交相辉映，构成了绝妙美丽的奇观，如同进入了神秘的童话世界。

原来生命之灯一经点燃竟如此美丽……

——刊发于 2003 年 4 月 10 日（第 571 期）

韶山行思

杨翔燕

很小的时候，我从课本里认识了韶山。那里是一片青山绿水，环绕着荷塘良田，农舍人家，太阳每天都从韶山冲毛泽东故居那片后山上升起。

后来，我终于到了韶山。

一到那里，看到那一湾狭长的山谷里的毛泽东故居，看到故居前紧紧相连的两口水塘，看到故居后山那一簇又一簇的树林，我就有一种回归童年的感觉，恍然如梦。韶山确实很美：山，青翠葱郁；水，清澈透明；空气，新鲜纯净。一切给人初生的印象，让你激动，让你畅然，让你心神俱动。

走进故居，迎面是一股凝重的历史气息，让我心头一震。淡淡的阳光下，总感觉有一层细细密密的灰尘，不断翻滚，萦绕着那几间大大小小的房子；耳朵里面，居然能在喧嚣中捕获一些似远似近、似有似无的声音，叙说那遥远的故事。心在这里兀地澄净下来，升腾起的是一份挥之不去的厚重感，一种重温历史的沉重感，还有一点点的忐忑不安。要知道，就是这简陋的屋子，这斑驳的墙体，这陈旧的摆设……却成就了毛泽东同志一生的梦想。

房间里，还陈列着代表那个时代农家富裕意味的一些农具，墙上还挂着毛泽东同志双亲和牺牲了的六位亲人的照片。这些都一度让我唏嘘慨叹，一代伟人就诞生在这样一个朴实无华的农家，就诞生在我此刻驻足的地方。他曾在这里出生，又是在这里蹒跚学步；他曾在这里秉烛夜读，又是在这里学会播种五谷杂粮；他曾在这里熏染出忠厚朴实、勤劳善良；又是在这里树立“数风流人物，还看今朝!”的壮志豪情。

随后，我又到了毛泽东同志的启蒙地——南岸私塾。毛泽东同志的童年也和我们一样顽皮，但又有一种我们所不具备的机灵智慧。百年屹立的老墙上记载着这样的一个故事：一天，毛泽东与几个同学在池塘洗澡，先生发现了是要惩罚的。按规矩是要打手板，但先生却和他们对起对子来了。

先生说："洗澡。"

毛泽东随口答道："修身!"

先生又说："牛皮革。"

毛泽东对道："马齿苋!"

那天先生非常高兴，免除了对毛泽东和他的同学的惩罚。我想，那时候在私塾读书的毛泽东同志，一盏油灯下，他一边假装读着四书五经，一边偷偷读着水浒三国。那些枯燥发黄的四书五经肯定满足不了他的求知欲的，只有水浒三国还能让他想着别人从来没想过的事情。让他心里面涌动起巨大的热情，但这感情郁积于胸，得不到释放，他要尽快地去找一个能奔放热情的地方去。

于是，17 岁的毛泽东走了。一袭灰布长衫，一腔报国热情，他负笈走出泥泞的韶山小路，走向嘉兴南湖的那艘小船，走向那茫茫的草原、莽莽的雪山，走向低矮幽深的破窑洞……一直走向一场庄严的盛典。

盘亘韶山冲，想象着四季太阳在这方隽秀飘逸的群山间升升落落；仰望韶山冲，看着伟人的精魂在多年以后依然在广袤无垠的大地上生生不息。你一定会感动的，感动于这份神圣和高洁。

也许，你不明白，感动的原因其实不仅仅是韶山带给你的，更多的是无数的可歌可泣的英雄故事，是那些平凡普通的百姓人家，也是这眼前平静安乐的生活，更是你心中从未放弃过的所有美丽纯洁的真情，不曾被喧闹奢华、霓虹闪烁的都市侵入的真我。

韶山是一种敬仰，一种神往，更是一种精神!

——刊发于 2004 年 3 月 10 日（第 594 期）

履痕处处

付 艳

一

记得以前一位同学曾调侃道："湘大的风一年刮两次，每次刮半年。"这话有点言过其实。依我看，湘潭没有经常刮风，但每次一刮，却是呼天抢地，声势浩大，这一点年居湘大校园的我深有体会。

湘潭大学因为位于市郊，所以没有群楼环境，商铺林立，而只有附近零散的乡村人家和那不惊不险，俊秀独立的山峦，像是丹青妙手的故意点缀，徒增那么一点恬静与自然。

然而狂风大作时，我们所以看到的感受到的恬静，自然便被一扫而空。风憋足了劲，从地平线起锚，盘旋着腾空而起，然后来一个铺天盖地，狮子大张口；整个世界便开始被："嚼动"起来，那由"呼呼"转而变成"轰轰"的风声，就像雄狮在"咀嚼"整个世界的"啧吧"声，穿梭在风中也就有了宛如行走在狮口边缘的胆怯与畏缩。风的张牙舞爪，肆无忌惮；让我们不敢抬头前望，更无法快步前行，只有缓缓地挪步。往日恬静而又灿烂的校园，真的变成"风声鹤唳"，鬼哭狼嚎的"地狱"了。

这时候盘旋在湘大上空的风就正如歌里所唱：没有方向地吹来，又无从根源地席卷而去，一来一去，稍纵即逝，毫不矫揉造作。婉转流连。它像是带着上天的某种使命而来，吹过即走，不留下一丝一毫的牵挂与羁绊。

二

人类最擅长于向外在的事物学习精神与品质，也经常触景生情，寄物述志，昔日帝王一曲"大风歌豪气贯穿千古"，令人回味无穷，而荆轲：

“风萧萧兮易水寒，壮士一去不复返”的豪言壮语，却又唱出了项雄人生的另一种壮阔与悲怆，记得小时候，何家劲主演的《少年张三丰》中主题曲一开唱便是：“扬一场远远的风，送我，少年的梦，如波涛汹涌……”随即，电视画面便呈现出广袤无垠的黄色大漠，狂风一啸，黄沙漫天。如此的音乐，如此的场景，已是把风的力度，少年的豪气，天地的广阔演绎得淋漓尽致。风无形但有声，于是许多平凡的人们便把风当作了他人演绎或自我演绎的背景音乐。有人喜欢迎风而泣，有人喜欢背风而行，还有人喜欢风中放歌。他们都喜欢风的彻底、干练。希望风能够把人生之中的所有悔恨、痛苦，把世间的烦心琐事把脑中的迷乱欲念，一并刮走，刮得干干净净，只留下自己清清白白，顶天立地的自由之身，和坦坦荡荡的纯正之心如果世间没有人可以相信，蓝天大地总该值得期待，而风就是人与天地传递意念的精灵使者。许多时候，人们用“风雨”来比喻人生路上的艰难险阻，而我坚信，走过风雨历经沧桑的人，无论在精神还是物质上，都会有所超脱，即使不成英豪精英，也非渣滓废物，因为他们已凝聚了风的干脆、坚韧与猛然！

三

然而，实际上，风并不是一贯的强硬、干练，也并不是永远的一啸而过；风也有停留的时候，也有温情脉脉的一面。自古以来，人们创造的许多有关风的奇语妙词，大多有“感情，眷恋”的色彩在里面。什么“风花雪月，风月俏佳人，风流才子。”风含情，水含笑……都不同程度地展现了风“柔性”的一面。古词在先：“人生自古有情痴，此事不关风与月”；但我还是认为，人在千百年来“多情”的秉性与长此相伴的风的催化，助兴，脱不了干系，西方谚语：风可以把蜡烛吹灭，也可以让火燃烧得更旺。人心欲止，无奈风继续吹……

四

我们曾经有过很多的幻想希望乘风上月；又恐琼楼玉宇高处不胜寒；

豪言乘风破浪，直挂云帆济沧海，却又遭遇很多半路角礁，出师未捷身先死的遗憾；梦想风光无限、风华绝代却最后总是落个心比天高，人单力小，时运不济的下场。其实呢？人生在世，不必跟风、追风，你只要细细品味自然之风拿得起，放得下，能屈能伸的品性，不再抱着不切实际的幻想，不再拘泥于陈物、往事、保持正风中特立独行，百折不挠的品质和轻松平淡，宠辱不惊的心态，踏踏实实做事，老老实实做人，你就是一个潇洒的“风之子”，你就是被人欣赏和羡慕的“风景”！

——刊发于 2005 年 4 月 10 日（第 619 期）

禅化人生

王　静

"茶味，禅味，味味一味；诗心，佛心，心心相印。"明朗清幽的小句，如菊般清雅的禅宗思想，从林清玄先生悠闲淡定的语气中似有似无地飘出，让人不禁感到清爽。不仅在此，自古至今，有很多文学作品都蕴含着佛理，流动着禅意，寄予人们以大智慧，大思想，让人们无论时间空间，仿佛都可以轻松穿越，领略那番禅意，体会那份超然。当然，不论是禅学中的青青翠竹，郁郁黄花，还是禅学中的菩提心，婆娑世界，甚或禅学中的四大皆空，拈花微笑，无不让人沉静，深思，真诚地感悟生命的真谛！我很喜欢用这种方式禅化人生，帮自己，帮大家明智、亮眸、清心，希望可以对想要成功的人们以好的建议。

"空"的智慧

佛教所说的"空"，指的是人类的智慧。在我们一般人眼中的"空"，就是什么也没有，而其实并非如此。"空"是对存在的一种智慧诠释，从佛法修行上说，"空"主要是破除"我执"。人最大的特点就是处处以自我为中心，但如果一个人总想着个人得失，必定活得特别痛苦，特别是在今天竞争如此激烈的今天，运用"空"的智慧，扩大我们心性中无限的层面，这未尝不是解决问题、面对世界、面对自己的一个好的方法。

人生的幸福

生命是习惯的累积。每个人来到世界上的时候，生命的起点都不相同，性格品行也大相径庭。俗话说："三岁看一生。"正是因为今生是过去生命的延续，我们还带着以往的种种习性。在我们的生命中，善恶双方在不断争斗，不断发展自身势力，而我们自己就是提供给养的人。到底是希望哪方胜呢？完全在于自己。知道了这些，现在再说幸福的根本，那就一目了然了。没错，那就是良好的心态。如果面对世间的风云变化，始终能保持着坦然淡定、宠辱不惊的心态，那么再大的风浪对你的影响也是微乎其微的。换句话说就是，幸福只是个人的感受，因为人都是活在自己的心态中，这也就是为什么有些人生活清贫，却也怡然自得的原因。可见，幸福无法具体量化，全在自己。

超越自我。

且不论说禅学中的主客体，真我、自我的说法，笛卡尔的一句简单的“我思故我在”足以说明问题。生活中的条条框框，严严实实、紧紧密密地束缚着人们的思想，佛家有云：“天人合一”，首先就是要超然自我，跳出牢笼的禁锢。用现代的词语说就是要有属于自己的想法，要能抛弃自我固有的旧的东西，寻找出建设性的观念，这便达到了佛家所说的禅意了。

我不知道自己的理解是否有误区，或许这也是一种脱俗吧，用禅学诉说人生的点滴，希望可以给自己带来些清凉！

——刊发于 2007 年 5 月 20 日（第 671 期）

穿越时空的追忆

——纪念一二·九运动

廖永红

有一段历史，我们不曾忘记；有一季岁月，我们用心铭记。1935 年 12 月 9 日，寒风凛冽，滴水成冰，一群爱国学生，高呼着“保卫华北，收复失地”等口号，为民族危机空前高涨的华夏九州奔波着、激愤着！当游行队伍前锋到达王府井大街时，大批警察手执大刀、木棍、水龙头，对付手无寸铁的爱国学生……伤痕累累的中华大地，充斥着外敌的侵蚀，内闹的尔虞我诈、争权夺利；然而那一腔腔滚烫的热血，却汇成一个坚强的声音高呼着——还我河山！几十载春秋过后，我们没有理由忘记，更没有资格背叛！纪念那个伟大的日子，我们深深地思索着……

——题记

虎门销烟还未散去，大沽炮鸣依旧警醒，尘封的记忆上，我们分明烙上了旅顺屠刀下的腥风血雨；六朝古都不曾睡去，那三十万呻吟的冤魂苦鬼，有谁看见秦淮河上的金脂美粉，天阴雨湿夜，那是一汪汪殷红的生灵的血迹！

埋葬了，隐去了，我们却感受着，记忆着：荒草野蔓不会藏匿那含泣悲吟的累累白骨，发黄的历史书页上沧桑激荡的字眼还在叩问每一个人的心房。问苍天，苍天无言。五千年惊涛拍岸，一百载浴火重生。疆场上战马嘶鸣，孤笛声声……岁月长河精裱了太多历史沉沦。放开紧锁的双臂，几度眺望，恩恩怨怨，烟波渺渺。甲午海战中沙石装扮的炮弹怎能比上颐和园里歌舞升平，六十大寿欢声震天！你们声嘶力竭地做着各自的贡献，灵魂回首处才发现：蔚蓝的威海卫，火光四溅，鲜血凝固天朝上国的又一道边防线。

“量中华之物力，结与国之欢心”“豪言壮语”，江山多难。今日割琉球，明朝送台湾；璞鼎查的句号还没填满，伊藤博文又发出最后期限。骨分肉离，望中还记：尼布楚，你远去的身影，到底走了多远？

笑谈，这仅仅是历史的笑谈？几万万中华同胞执手相看泪眼，无需言状的辛酸，却又迎来昙花一现的尴尬场面，这一段分明记住了风雨历程的波澜。是家、是国，还是一个贪婪者的狡诈？“洪宪”，一个几十天皇帝的欺骗，埋葬的又何止是生命的极限；“二十一条”，在他，似乎对于我们这博大的国家，舍弃点算不了什么。而上苍再一次将人们捉弄，毕竟多少人痛心疾首、摩拳擦掌，为了使命，为了尊严。自私的慷慨和大度受到了历史公正的评判。他是去了，带着遗憾，带着那份以玩弄祖国河山为代价的抱怨，离开了这满是欲望的舞台。月黑风高之夜，抑或月明星稀之夜，可曾有人听到他的哀叹？也许是有的，只是因为太多的真正的怨叹掩盖了他的呼喊。

大河波涛滚滚，气势滔天，荡洗了多少是非恩怨。是火炮的洗礼，还是鲜血的浸染？数不清的悲欢聚散，看不尽的人世尘烦，历史悲剧在江涛水浪边上演。“千古奇冤，江南一叶，同室操戈，相煎何急？”对外战场上我们抛头颅、洒热血，都是一样的中华儿女，而泾县云岭、茂林地区，却把矛头指向了自家战场，“一网打尽，生擒叶项”，换来了什么？外人的嗤笑，侵略的加深，祖国的创伤。

老翁越墙，老妪惨亡，新妇独守空房；衰草萋萋，白骨累累，万里荒芜，西风萧条；天阴雨湿夜，新鬼烦冤旧鬼哭；落后愚昧，而这些人却把祖国山河当作自己慷慨和大度的筹码；九州飘摇之际，重蹈“本是同根生，相煎何太急”的惨剧……张开珍藏已久的历史图卷，旧迹残破处，煌煌笺卷上，血溅千重关山。空余豪情，孑然奈何？潇潇西风里，百草哀鸣，只听见阎罗殿里啾啾呼喊，冤情难辨。怒发冲冠，丈夫志气难酬，忠孝难全。

悲，怨，声声嗟叹，内忧未解，外患满天，每一个头颅，就是莫大的侮辱，而每一腔热血又是一个崭新的起点。山河含泪，九州难眠，万里长空，淘弃万般幽怨。

逝去了，不是永远的埋葬。过去的一幕幕，谁都没有资格背叛。因为那一隅、那一片土地遭到了残忍的蹂躏。不会忘记，曾经的铁蹄，曾经的血流成河。

是当年，公元一九三五年，再起时，莽莽原野，春潮涌动；激流处，金戈铁马，将军风发；旭日钢枪，冻土残垣，江山多娇，日月换新天——星星之火，点燃一部沉睡已久的历史巨篇！

——刊发于2009年12月10日（第736期）

世人都有“桃花源”

刘智远

行文之前我还想到伏尔泰笔下的《老实人》。老实人一直信奉邦葛罗斯关于“世界是尽善尽美”的哲学，直到他历经了人间几乎所有的灾难，然而终究还是在平凡的劳动的快乐中找到了自己的“桃花源”。

许是世人都有“桃花源”，就在落魄孤寂与遭遇苦难之时来抚慰心灵、安顿生命。“桃花源”里长满了野蔷薇、紫罗兰，女王和仆人可以坐在同一个花园的石凳上品茗，坦诚直率的诗人总是在晨曦中赶来朗读自己热情的诗歌，所有的人都有真实的掌声和微笑，甚至是真实的眼泪。门外再也没有了流浪的乞丐。

那该是怎样的一番景象？

“墙是碧玉造的，城是精金的，如同明净的玻璃。城墙的根基是用各样宝石修饰的……那城内又不用日月光照，因有神的荣耀光照，又有羔羊为城的灯。列国要在城的光里行走，地上的君王必将自己的荣耀归与那城。城门白昼总不关闭，在那里原没有黑夜。”然而这的确又是所谓的天国的光辉，究竟还是照顾不到需要赋予人生以当下存在意义的多难的世人，何况“桃花源”的美又是精金宝石所难以修饰的。一个饱尝了辛酸的世人与一个多难的民族一样，都会把自己的“桃花源”编织得如此朴素而简单。就像一个流浪汉时常会梦见回家，一个饱经战争之苦的民族无时都不在渴望着和平。

“桃花源”是心灵中最纯洁的真理，是对人生真谛热诚的想象。无怪乎陈忠实先生在他的《白鹿原》的结尾处也会给人一个这样的道理，来如此刻画曾经看上去不可一世的满身官瘾的鹿子霖：他在监狱蹲了两年多，对一切国事家事的兴头儿都丧失殆尽了，两个儿子一个死了，一个飞了，连一个后人也没有了，纵有万贯家财又有何益？最后他完全是一副看透世事的平淡神情。或许很多人都走过一段像鹿子霖一样的人生弯路，全然是在于没有对生命的价值和意义做过一次认真的责任性的反思。这让我想起了黄土高原上的母亲，她们时常会在辛苦之余对自己的子女说一句：“能把你们一个个都养活成人，我也算是没白来世上一回”。这个看上去近乎自私和狭隘的生命观念，却正是高原母亲的精魂。因为对于生长在这样一片苦难的土地上的人们而言，“活着”是最高的价值，这也是高原母亲的“桃花源”。她们的确读懂了她们的人生。

“桃花源”不等于理想，“桃花源”是现实与理想、平等与自由、真与善交织着的心灵的幽谷，那里依然还会有苦涩的泪水，泪水在清洗着邪恶与污浊。那里温存着生命的秘密，或者我们匆匆前行的脚步声就是这“桃花源”最真挚动人的音乐。

世人都有“桃花源”。

——刊发于 2009 年 12 月 20 日（第 737 期）

党，我敬爱的母亲

聂辛东

我们都有一位永远敬爱的母亲——中国共产党，我们很幸福，不是吗？

做母亲的儿子，我很幸福；做人民的儿子，我更幸福，而这份幸福是党给予的。谈起光荣的中国共产党，总有一个“敬”字闪耀在我心里。

我小心翼翼地翻开党的光辉历史，那种波澜壮阔让我惊叹！血泪交融，风雨同行，像五岳般巍峨，似江河般汹涌。在那个被历史永远铭记的时刻，我似乎看到了一个鲜活的生命呱呱坠地。它注定将担负起历史的重任，它注定要走上一条坎坷而伟大的道路。它背起行囊，奔波在神州大地之上，呼号于大山沼泽之中。我仿佛能听到它的声音：醒来吧，我的祖国！战斗吧，我的人民！它饥饿、困倦，它跌倒了、流血了，然而它咬着牙站起来了！它把眼泪流在心里，酿成更高亢的呐喊，带领人民继续前进！他们成功了，他们开创了自己的家园，也怀着同样的激情建设自己的家园。虽然有曲折，甚至倒退，但因爱维系，他们爬起来，又一次携手前行。

它们创造了奇迹，一栋栋高楼如雨后春笋般破土而出，一个个现代化工厂在中华大地上扎根，“北斗”环球了，奥运成功了，世博举办了，博鳌开坛了！

我们看到了，中国人民在奋进！

我们听到了，世界人民在赞叹！

其实，我一直在寻找一个机会，寻找一个为我们最敬爱的党、为我们最亲爱的人民说几句话的机会。这个愿望，因一个故事引起。

2007年2月5日下午2点，阴雨霏霏，正如人们的心情。重庆市梁平县虎城镇党委书记邓平寿的灵车从梁平县城开出，缓缓驶往虎城镇。刚进入虎城镇境内，便有一排一排的人，手拿白花伫立在雨中。灵车开过，他们便默默地跟在车后。他们是从四面八方来的，从山上下来的，从河边上来的，最远地走了几十里路。

他们一直默默地跟了3.5公里地，快到邓书记家的时候，忽然有人喊道："邓书记啊，你不守信，你说过不离开的，你怎么就走了！"悲泣的声音痛彻天地。也许大家都在想，是什么让这么多质朴真诚的灵魂痛哭流泪，是什么让这悲声震彻云霄。我想告诉大家，是那双草鞋，它饱尝了农民的痛苦，沾满了家乡的泥土；是那个身影，它活跃在田间地头，与农民同甘共苦；是那个挎包，它装满了无私与呵护，随时为民服务；是那个灵魂，它为了人民的幸福，坚强不屈……死亡对于一个高尚的灵魂是一次新的升华，犹如夜空里划过的流星，为这个世界留下最后的温暖与光芒……邓书记走了，留下了正在富起来的虎城镇，留下了悲伤的90岁高龄的母亲，留下了悲伤的一家人。

邓书记90岁的老母亲始终无法相信儿子已经永远离开了这个事实，她无法相信，那个周五的晚上不管多忙，都会给她把那双长满老茧的脚洗了又洗的好儿子，已经真真切切地离开了她。然而现在，她只能每天扶门期盼，期盼奇迹的出现。从她噙满泪水的双眼里，我似乎感受到了她的呼唤：好儿子，娘亲想你，你就应我一声吧！

这就是邓平寿，这就是共产党员。我知道党的事业呼唤千千万万个"邓平寿"，人民群众需要千千万万个"邓平寿"。我想他已经在我心里扎根，从我为他流泪一整夜开始，我会在每个早晨想他，但我更会用剩下的全部时间实现一个党员的承诺。

伟大的党，您是我们最敬爱的母亲，每一位共产党员都是您最敬爱的孩子！

母亲啊，孩儿知道，孩儿有时会犯错，您可千万要记得批评孩儿，孩儿会努力改正！当你有一天不批评我的时候，我会伤心、难过、不知所措！

母亲啊，孩儿知道，您爱我甚深，所以也会责我太切。但这都是您给我的关怀和督促，都是您为了促我成长，促我走向人生的辉煌！

永远爱您，母亲！

——刊发于 2011 年 6 月 15 日（第 776 期）

金陵之殇

——观《金陵十三钗》有感

王振东

历史的烟云随着时间的流逝慢慢散去，鲜有人再提起那段惨痛的岁月。如果不是因为张艺谋，如果不是因为奥斯卡金像奖获者加盟，或许，我也不会花钱坐进电影院里回顾1937年的南京，更不会花时间去倾听，去感悟来自那个年代的呼喊。

影片内容的叙述很平缓，日军攻破南京城，一群素不相识的人，在充满硝烟的战争中走到了一起。战争中人与人由开始的脆弱、自私、不信任，偏见、贪欲、傲慢，转变成人性最本质的善良，对生命的渴求和对爱情的向往。故事里没有一个是英雄，却在别人最需要的时候，毅然站了出来。

总是有太多的情愫让我无法平静。故事的开头，只差一步之遥就出城的中国军人，为了挽救逃往教堂的学生，用生命将坦克阻挡；教堂里，本是为了钱财才来到中国的外国佬，面对禽兽般的日军，毅然用血肉之躯挡住了暴行；故事的最后，当金陵十三钗为了保护少女的安危踏上开往死亡的列车的时候，人性变得那么神圣而不可侵犯。

每一个镜头都会带给我感动，每一刻都在触碰我心灵最柔软的部分。战争带给人们的更多的是反思，是教训。以史为鉴可以知兴衰，生活在和平年代，我们已经无法体会到耳畔无时无刻不回响着枪鸣炮响人们的生活，我们也无法体会手无寸铁的百姓在面对全副武装敌人时的恐惧和无助，我们更无法想象自己同胞在自己面前被杀害，被活埋……然而，历史总是严肃地拷问着人们。归来的途中，出租车司机听说我去看了《金陵十三钗》后突然问道："小伙子，你知不知道南京大屠杀是哪年哪月哪日？你知不知道死了多少人？你知不知道死了多少名妇女？你知不知道抗日战争有多少同胞生灵涂炭？"一时间我哽住，一段本该是刻骨铭心的国殇竟被我渐渐淡忘。司机叹气说道："当时死亡的三十多万人里有八万是妇女，她们几乎全都死在日军的奸淫下，比起杀戮，我们无法挽救这些手无寸铁的妇女同胞，才是真正的国耻国殇……"脑子里突然间闪过电影里日军丑恶的嘴脸，无情地践踏过国人的尊严。

有人说，这部电影宣扬的是"不正当"的爱国主义。也有人说，电影里飘飞着人性之花。我反问自己，作为一名肩负祖国国防的后备军官，这部电影带给了我什么。答案渐渐明晰，了解国殇，铭记国耻，是我自强不息的不竭动力；危难时刻挺身而出，捍卫祖国和人民，是作为中国军人的义务和责任；保留人性的真善美，呼唤和平是逝去冤魂和世界人民永恒的期望。

一部电影让我读懂了一段历史，一段历史坚定了我投笔从戎，保家卫国的理想。愿每个人都能记住战争的血雨腥风，警钟长鸣，愿和平年代人性之花常开。

——刊发于 2012 年 1 月 15 日（第 788 期）

棋局人生

丁红莲

人生如棋，棋如人生。人生就是在楚河汉界间一比高下，在进退攻守中尽显智慧。你就是这盘棋的执掌者，命运的咽喉永远扼在自己手中。在棋局里，我们需要智者，举手投足地深思熟虑，因为“一招走错，满盘皆输”。棋局也需要英雄，放马策鞭，驰骋疆场。棋局的常胜者是胆大心细、智勇双全的。

棋局是统帅车、马、相、士、炮、卒，在楚汉大地进行智慧的较量。每一步棋都要深思，每一颗子都有他的人生轨迹。车你是象棋中的勇士，不会畏惧棋盘中的谁，不会受制于谁，来去自如，行者如风，以速度和力量著称，生来具有一股闯劲儿和正义感。敢为人先，敢去虎穴，在一场包围战中，你可以第一时间赶到，冲出重围，力挽狂澜，也可以过关斩将，直捣黄龙。

你的最佳战略合作伙伴是炮。炮利用自己的特长——“隔山打牛”与你完美合作，共同进退。你就像古代的大将军勇猛过人，可以奋勇沙场，也可以保一方平安。马你是棋盘的智者。懂得知已知彼，百战不殆；懂得出其不意，攻其不备；懂得灵活多变，却万变不离其宗。

你恪守本分、安于平淡，沿着不变的轨迹，隐形于斗争之外。看似行动受限，其实成就了灵活；看似隐身安定，实际是潜伏的危机。温顺的外表下暗藏着强大的杀伤力。这就是你的高明之处。

当弈者胜利在望、沾沾自喜时，你的存在，也许让成败在瞬间扭转。卒你是象棋中微小平凡的炮灰。没有车的战斗力，没有马的灵活，没有炮的威慑力，却拥有水滴石穿、坚持不懈的力量。

平凡的你有不平凡的人生信条——只能前进，绝不后退。每次的进攻，都会身先士卒，当开路先锋。因为没有退路，也没有惧怕。在其他人眼里你是微不足道的，不屑与之争斗，却不知微小自有力量。

过了河的你，力量不可小觑。没有太多顾虑，也没有太多想法，勇往直前，只为一个目标。士你是最忠诚的守护者，无时无刻不在提醒着自己的使命，以庄严的姿势站在帅的两边，让帅有不可靠近的威严。

你总是受命于危难之时，在危急关头，勇敢地抵挡着来自四面八方的威胁，固守最后的阵地。为了保存实力，不惜牺牲自己，以大无畏的精神获得了反攻的机会，也赢得了生前身后名……大树下，两人对弈，在棋盘中去体味棋之精髓，人生之真谛。

——刊发于2012年5月5日（第795期）

韶山纪行

青　雨

两年前，怀着无限憧憬来到了毛泽东同志倡办的湘潭大学。在这样一个红色气息浓重的土地上，内心总充盈着对历史的渴望与伟人的敬仰。时值国庆长假，如若不来韶山故居感受一下红色激情，是不是错过了一个蔓延红色记忆的机会呢。

早上出发的时候，天还未露晴色。沿途风景说不上美丽，但有一种质朴和踏实的感觉。快入景区的时候，天空悄悄放晴，湿润的空气夹杂着一些泥土的芬芳，亲切感油然而生。虽然以前参加活动也曾来过这里，但却从未细细领略过。八点未到，停车场上已停满了车辆。走在景区，从游客的口音判断，他们是来自不同省份的，我不禁自问，这样的红色热情是源自哪里。他们好似达成了多年以来的心愿一般，神色中带着仰慕。我曾认为红岩精神的浪潮在逐渐退却，但如今看到这么多的人还在执着于伟大的红色记忆，我忽然理解了为什么当我对外公说我要来毛泽东同志的家乡读书时，他一再强调要我去毛泽东故居看一看。看着不远处即将抵达的故居，一股源源不断的力量流淌全身。

来到故居的时候，已经排起了长队，耐心等待之余便开始观察起故居的四周。最显眼的就是故居茅屋旁的池塘了，听说因盛夏时会开满荷花，故名曰荷花塘。现在零星地看到荷塘里的荷叶，但是水的颜色呈现一种很自然的绿色，比荷叶的颜色浅一些，好像能在空气里嗅到一股绿色的香味。与之毗邻的是南岸塘，两汪湖水时而荡起涟漪，时而平静如镜，又与青山，翠竹相掩映，在故居门前勾勒出一幅恬静的景色。奇妙的是自己仿佛可以想象到当年还是孩童的毛主席或是顽皮地在这里玩耍，或是认真地在塘旁读书的场景。这塘水一定是个了不起的女子，哺育出一位如此了不起的中国伟人！

虽说故居内禁止拍照的规定使我失去了记录这次旅行最重要部分的机会，但是室内陈设所带来的古朴沉淀着岁月的味道，给予了我许多冥想，即使没有照片对记忆的封存，也让我也难以忘记这里的一切。应该说毛主席的故居是那个时代典型的格局，东边是毛主席家，西边是邻居，中间堂屋两家共用。一张床，一个柜子，一张桌子，简单朴素的卧室塑造了毛主席海纳百川的胸襟和远大的志向。这里就是新中国那束光孕育的地方，岁月将这里的很多痕迹都抹掉了，也将这里的陈设变得越来越陈旧，但是从大家的目光中，我觉得岁月再久，也不会抹掉人们心上的记忆。

从故居出来的时候，心灵上似受到了洗礼。内心突然有种恋恋不舍的感觉，还想要继续寻找红色的盛宴感受一些领袖曾存在在这片土地的痕迹，来冲击我失去太多本真的思想。

沿着故居前的荷花塘往下走不远处，就到了南岸——毛主席小时候上学读书的地方，里面有简单的私塾布局，桌椅，并且标注了毛主席所在的位置。听着导游讲的那些毛主席从学的经历，我突然觉得自己付出的努力与汗水是多么的渺小。毛主席如果没有那般克服困苦，以及对于学习的热爱和勤奋，怎么会成为感动天地的伟人。我也多希望，在现在和以后，能够有如此的精神贯彻在求知和建设祖国上面，这样才对得起，伟人用亲身经历搭筑的精神长廊。

行程至此，将近尾声。但用心感受过后，便难以平复情绪。我望着铜像广场前熙熙攘攘的人群。艳阳逐渐落下成夕阳，人群还未散去，大家站在铜像前瞻仰主席，目光依旧。毛主席铜像年复一年地屹立在那里，铜色光鲜，一如那历经时间打磨的红色精神，永不褪色。

我曾经以为，随着时代发展，关于红色的记忆会逐渐褪色，那些伟人的事例和精神也会被人们渐渐淡忘，或者说人们没有那么想要记住这些。但是今天，我也终于明白，生于九零年代的我们同样可以被来自红色的热爱感动，燃起心中愿为祖国奉献一切的星星之火。

躺在广场公园的亭中小憩，吹着富有灵气的秋风，好似睡着了，梦里是大片大片红色的记忆，和很多熟悉的、陌生的脸孔上最亲近的笑容。

——刊发于 2013 年 10 月 15 日（第 826 期）

过往匆匆

刘宇谦

也许是因为老了，也许是因为堕落了，最近我总喜欢回忆。

想起了之前很喜欢的一句话：年轻人骄傲的资本就是有大把大把的青春可以“挥霍”。以前年少轻狂，总觉得时间过得太慢，直到现在，才深切地体会到，时间过得真的是太快了，用“时光似箭”“岁月如梭”等词汇一点也不夸张。因为自己在湘大不知不觉间已经生活了近10年，不论挥霍与否，自己的青春已经和这所坐落在羊牯塘的大学深深地联系在了一起。

看着以前的照片，犹记得2007年的那个夏天，一个穿着白色T恤、蓝色牛仔裤和黑色帆布鞋的少年，顶着烈日站在三道拱门前，一脸茫然地被一个老乡学长带进了校门。

昨天仿佛还在眼前，大学时候的得失与疼痛还在昨晚的那一支香烟上，肆无忌惮的笑容也还留在嘴角。仿佛瞬间，我便参加工作已经两年半了。岁月这把刻刀不知道在我的那些朋友们身上留下了怎样的痕迹，希望大家一切都好！

“当风渐渐停了，雨不再飘了，心不再慌了，你还怕什么？当战争慢慢远离，当日子不再危机，当生活不再忧郁，你还担心什么？假如真的会有永远，那么谁不想好好活着?！假如爱不会覆水东流，那么青春也可以回头！”但是，我们都知道生活是不会有假如的，我们只有勇敢地向现实生活发起挑战，我们的生命才可能会有感动！我们只有拥有强大的内心，我们的人生才会有立体感！

我虽然是一个很念旧的人，但是自己却并不希望自己向后看，或是理智告诉自己我不可以向后看，前面的路还很长很长，还有太多的生活我还没有经历，还有太多的目标我没有实现，还有太多未知的人生剧本需要自己的精彩演出。我希望自己在年老的时候回忆起自己的青春时，能有让自己泪流满面的感动情节存在！

近三十个春夏秋冬的轮回，岁月给了我们很大的变化，就像以前走过的泥巴路，现在已经不复存在，但是经历过的回忆却永恒地刻在了我们的脑海中。

自己生活的经历说多不多，说少不少，我想很多的经历只有在时间的沉淀中才会闪耀它应有的光泽。在当时应该是很难去评价它的好与不好的，这就是历史的奇妙之处。当时，作为学生，我是尽量以学生的标准去要求自己。现在看到很多大学生一进校门就急着向社会上跑，也许他们会有别样的精彩，但是我始终觉得我们会在社会上生活很久，还是老老实实地在学校当几年学生比较好！

对于过往的生活，我的原则是以享受的心态去接纳。快乐、高兴、成功时，我们大都会尽情地享受这种上帝的礼物，但是我们有没有想过，当我们痛苦、沮丧或者失败时，也能够让自己好好地感受这种生活的馈赠呢？可能做到很难，但是我会尽量让自己养成这样的思维模式。关于之前的工作，我一直希望自己可以做到严谨，做到有责任感，做到比预期的效果更好。学习则是自己一辈子都不可以停下的事情，知识的汲取可以带给我其他事情无法取代的快乐，我一直觉得每天看一点自己喜欢的书是一种高品质的生活。

零碎的回忆像很多的片段在脑中闪过，突然想到一句话：你就活了不到三十年，你经历了多少？你有什么资格去谈你的人生?！对，不谈人生，仅仅回忆过往而已。2017 年如约而至，应该带着些许期盼与祝福，在今后的日子里狠狠地享受精彩青春、感悟生活！

回忆过去，不如奋斗将来。天上不会掉馅儿饼，努力奋斗才能梦想成真，撸起袖子加油干才是王道！

——刊发于 2017 年 1 月 10 日（第 905 期）

我为什么要和你谈美

华 进

国庆长假的前一天，我去一教上课。课程是《新闻美学》，大四学生的选修课。到了教学楼，一路寻过去，每个教室都特别冷清，上课的教室门还虚掩着，里面一片漆黑，显然学生都未到。我揣摩着今天很可能学生都没心思上课了，不如和他们闲聊一番。上课铃快响时，学生们都陆续来了，我拣起手边的《谈美》，很快酝酿了一个新的想法，想要在课堂和他们分享。

上课了，我说："之前给大家介绍的《谈美》，不知你们看了没？朱光潜一直非常关心青年的成长，曾给青年写过十二封公开信。时隔三年后，他又想写第十三封信。关于这封信的主题他一直很纠结，最后决定谈美！你们一定很难理解，朱光潜为何要在中日交战的民族存亡之际来谈美，这不是很不合时宜吗？就像我现在给你们上美学课，你们大四了，有的要考研，有的要找工作、考公务员，有的还在实习，你们也许更希望在课堂获得一点实际的东西，可我为何要和你们谈美？这不是也不合时宜吗？朱老先生自己也意识到这一点，因此他很快在书中做了解释，他说：'人要有出世的精神才可以做入世的事业。'他认为，现世是一个无缝的利害网，一般人无法逃脱，而美感的世界却能超乎利害关系而独立，倘若我们能把我们的学问事业也当成一件艺术品看待，只满足理想和情趣，不计较利害得失，方能有一番真正的成就。他又说，人心之坏，在于未能免俗，而美感的修养就是教人如何'免俗'……"

我见学生们神情专注，异常安静，让我感受到能量的回环。那一天，也不知是否因了这一番开场白，课堂讨论非常激烈，思想在一个能量场内不断激荡，效果出乎我的意料。

人要有出世的精神才可以做入世的事业。

这句话大概可以换成几种相近的表述：人只有在玩的状态中才能真正地学习；学习的最高境界是“玩”；无所为而为，方能成其大为；无用之为大用；无心插柳柳成荫……读书如此。单纯为了考级拿证而读书，是一种强迫的压抑的读书，这种阅读非情趣所吸引，便很难上升到情感共鸣的状态。书中内容难以深入内心，便很难扎根记忆，常常是读过即忘。考研大军对此恐怕深有体验。那些非功利的读书，讲求人与书的缘分，读是一种享受，读者在完全放松的状态下更易与作者达成生命感的共振，取得更好的阅读体验。

上课如此。被逼着去上的课堂，师生双方都处于一种紧张压抑的状态。学生为了学分为了教学检查而听，听课的关注点在于熬时间，因而不能给予老师积极的情绪反馈，老师也会因为体验不到气场的回馈而越来越无激情。真正好的大学课堂应该是浪漫的课堂。所谓浪漫，即学生能享受到自由、和谐、非功利、愉悦的状态，能做到无所学而学，为己而学，非为人而学。在这样的课堂上，学生和老师不是对立的，学生对老师的质疑和挑战是为了激发更多的独立思考；手机和教学不是对立的，边玩手机边上课是为了更好地实时互动学习；休息和听课不是对立的，听累了就睡，醒了继续听，顺其自然，不干扰他人，也是一种和谐。所以，换一个视角，矛盾消逝了，课堂回归自由，老师成为学生的“同学”，手机成为学习的工具，休息成为更好地学习的方式。

工作如此。很多人会将工作与兴趣区分开来，然而最好的状态其实是二者的结合。工作占据了人生的大部分时间，绝不可将就，否则，一份鸡肋的工作完全有可能成为人生悲剧的源泉。我见很多朋友都在抱怨自己的工作如何机械，如何占据了自己的休闲时光，但是很少有人有勇气去改变，有勇气为自己的兴趣做一个果断的决定。机械的工作消磨的是人的激情与创造力，而且这种消磨的力量会渗透到人的日常生活，造成不良的精神辐射；而当你觉得工作和休闲完全区隔时，工作其实已经和你的兴趣相去甚远了——因为，最好的休闲并不是在家睡大觉，而是做自己喜欢做的事。

恋爱如此。有句话是“不以结婚为目的的恋爱都是耍流氓”，但真实情况是“以结婚为目的的恋爱才是耍流氓”。恋爱目的性太强，那不是恋爱，那是“非诚勿扰”，那是赤裸裸的相亲。恋爱的诗意全无，精神气质全无，没准就因为，你不按我的要求拍婚纱照，或是不按我的规格办婚宴，咱俩就拜拜了。

学技艺如此，教育如此，待人接物皆如此。

不得不感谢朱老先生八十三年前和我们谈美。

——刊发于 2017 年 3 月 25 日（第 908 期）

老山路

严曼华

这是一条三百多年的老山路。横亘在群山莽原之中，没有名字，也没有归属。它不像市井上那一条条诸如“香椿道”“文同街”那样温婉秀气，人来人往，它生在山野，见过的也就只那么几位样貌无差的山民。你若是非得要问出点它的什么名堂，山民也只会指着那条望不到尽头的山路告诉你，“得，那就是老山路，三百年前开辟的，至今也没有个名儿。”

三百年前，这里还只是一个被群山环绕的小山村。这是被重重大山隔离出的一个小世界，交通闭塞，消息阻绝。也许，就是在三百年前的某个时刻，某个山民坐在自家门口望着某座高山的一角，突然就萌生了想去山外看看的想法。他向其他山民描述起他所构筑的山外世界的图景，渴望的种子便迅速在每个人心底生根发芽。于是，最终大家一致拍板，这山路，是开定了！

主意既定，众人回到家中取来斧子锄头。在那个没有机器的年代，他们能用的就只有他们的一双手。遇石凿石，遇树砍树，这种愚公移山式的做法在那时算不上是一件稀罕事儿。当然，这不是神话故事，山神最终也不会因畏惧众人的意志而携山出逃。他们一路铿铿锵锵凿了七八年，直到山后的第一缕阳光穿过山路喷洒在他们脸上，这路，才算是真真正正完工了。或许，开路之初，山民也没想到这样一条夹在逼仄山缝间的路竟会存活三百多年。这是一项壮举，也是一项奇迹。

这样一条奇迹般开垦出来的路怎么没有名儿呢？或许，之前他们是有讨论过起名的事儿，但终究想不出什么。因人起吧，全山村里的人都参与了进来，甚至就连那五六岁的孩童都曾来给他们送水，这里没有一个人能代表全体。因地起呢，这绵延数百里的山路跨过的又何止一个地域，况且，他们连自家的山村都不知道是个什么名儿。山里人追求简单，既是山路那便叫山路吧，何必非要弄个什么条条框框去约束它呢？于是，山路就成了山路，直到三百年后，另一条盘山大道的出现，它的名字才由山路变成了老山路。

山路完工，赶马的铜铃声便开始回荡在山路之上。每到年前，山民就把自家积了一年的粮食货物驮去山外，换来山外的一些物什。赶马人通常都是二三十出头的汉子，偶尔也有经验丰富的老人，他们知道如何规避风险路段，也能计算大致的脚程。来回十天半月，算不上很短也算不上太长。纸笔、糕点、布匹……临行前，妇人把薄薄的爬满歪歪扭扭字迹的纸张塞进赶马人手中，家长里短说一通，然后赶马人把马鞭一挥，马蹄便在山路上得得儿地响了。

这是几百年前的山路，再近一点，是几十年前的山路。如今，长长的山路上早已没了马蹄声与铜铃声。祖宗开辟出的山路到了这一代已然面目全非，只留有那一道道痕迹在提醒众人，曾经，它存在过，且轰轰烈烈地存在过。也许，当众人行驶在盘山大道上的时候，他们有想起过那条三百年前先民用双手凿了七八年才凿出的山路，只是如今，它已经垂垂老矣。

群山绵延，狭小的山路匍匐在一脉碧色之中。风卷走了砂砾，同时也卷走了历史的尘埃，而老山路依旧沉默不语。

——刊发于 2017 年 6 月 5 日（第 915 期）

在黑白世界与你相遇

何云波

经常觉得，这辈子最幸运的一件事，就是邂逅了一样被称为黑白、木野狐、手谈、坐隐、忘忧的东西：围棋。并且，25 岁才开始的初恋，那份惊喜、心悸、颤动、珍爱，如切如磋，如醉如魔，真的让人难以忘怀。

走进黑白世界，便仿佛打开了生活的一片新天地。棋行天下，棋人、棋事、棋缘、棋趣、棋思、棋悟，人生多了许多的体验与色彩。

曾经，一个人背着行囊，开始属于自己的棋文化之旅。后来，因为各种机缘，也去过很多地方。从杭州西湖，浙江绍兴、天台、衢州，到江苏南京、扬州，河南开封、洛阳，山西陵川棋子山，四川成都、眉山、自贡，西安华清池、华山，再沿丝绸之路一路西行，嘉峪关、敦煌、乌鲁木齐……每一处地方，都会有围棋的踪影。就像来到秦淮河边，你就会在王谢古居流连，想象当年谢安弈棋退敌的风范；在西湖，在钱塘江边，你会想起周懒予大战群雄，刘仲甫奉饶天下棋先；在古城开封，你会想去寻找《忘忧清乐集》中记载的北宋国手们的下棋之地：金明池、上清宫、长生宫、万寿观、南婆台寺……这些宫苑、寺院、道观，便包含了北宋汴京的一份围棋记忆。在成都杜甫草堂，“老妻画纸为棋局”。在古城西安，“长安别是一家棋”。直到你来到乌鲁木齐，在博物馆里，在那幅著名的《仕女弈棋图》前，陷入沉思……围棋地理，发现之旅。文化就在一山一水、一楼一阁、一个人闲敲棋子的背影中。文化有赖阅读，也是需要体验的。

曾经去西藏雪域高原，跟下藏棋的孩子在一起。问他们为什么要下棋，他们说高兴、开心、快乐，可以增长智慧、陶冶情操、打发时间。曾经，走进监狱，高墙里的围棋，在艰难中生长，在负罪的心灵中，灿烂出一地的阳光。当我第二次来到黑龙江呼兰监狱，监狱“火凤凰”围棋社的一位服刑人员说，上一次，聂棋圣和何老师来到监狱，给了他们莫大的鼓舞，同时也使他们有了上进的动力。因为他们知道，如果不好好改造，下一次就可能会失去见何老师的机会。听了这话，我很感动。原来，围棋真的可以影响人、触动人的心灵啊。而我自己，也更是多了一份围棋带来的使命感。

行行复行行。人说围棋可以让人得好友、得人和、得天寿、得教训、得心悟。走过很多地方，结识许多棋友，常常是相见恨晚，一见如故。在黑白世界里与你相遇，真的是人生一大快乐啊！

他们有的已经到了另外一个世界，就像中国棋院曾经的院长陈祖德老师，就像中南大学的武坤教授。跟他们交往的情景还历历在目，突然就天人相隔了。蓬莱多一棋仙，天堂里有棋，他们应该就不会寂寞了。

更多的，还在这世上快乐地、自在地、辛苦地、有滋有味地活着。有的虽历尽劫难，但生命更显蓬勃顽强；有的人生可能有过不如意，但背一张棋盘走天涯，最终也无风雨也无晴。当然，更多的，是平淡地活着，有棋下就好。

不仅是现实世界，围棋还可以让你在虚拟的世界里玩得不亦乐乎。曾经在一个叫“灯笼居”的围棋论坛里，一边跟棋友下棋，一边说说围棋的那些事儿。有江湖人称“洪哥”的洪洲兄做媒，我在那里结识了妞妞、浪子一歌、天雨、冰凉、呆若木鸡、二十四郎等一大帮棋友。我用“黑白仙子”的名号，假扮仙女，写了不少嬉笑怒骂、幽默风趣的棋文，后来被收进我的散文集《棋行天下》中。心里暗自得意，自己原来还有这一手啊。“黑白仙子”和“何云老”，两种文字，两种人生，共同的围棋，不同的体验。“灯笼居”现在尽管已经烟消云散，但雁过有痕，回忆起来，还是恋恋难舍。而洪哥老两口加起来已经过了160岁，还在哼一支快乐歌儿，仗棋走天涯。看他们自驾出游，不断地在微信上发北漂记、南行记、西游记，探索黑白天地界，游来戏去四海家，真好！

而我自己，或坐卧，或行游，一边下棋，一边做围棋文化研究，写点与棋文化有关的文字，不小心就混成了“围棋博士”，写了上10本有关围棋文化的书。写《围棋与中国文化》，还不到不惑之年。撰博士论文《围棋与中国文艺精神》，在成都府南河边，留下与博士同学喝茶下棋口谈的许多记忆。散文随笔集《棋行天下》《黑白之旅》是围棋之行与思的记录。《围棋文化演讲录》是去学校、棋院、企业、各种围棋活动现场交流的成果。《图说中国围棋史》《中国围棋思想史》力图去追踪围棋发展的来龙去脉。《中国围棋文化史》则是《围棋与中国文化》的修订本。能作为围棋研究之代表性著作，被武汉大学出版社收入《专门史文库》，也是一种荣幸。而不少散文、随笔、论文，首发于《围棋天地》《新民围棋》《围棋报》《围棋周报》《中国比较文学》《汉语言文学研究》《中国文学研究》《体育文化导刊》《体育学刊》等报刊。

自从走进黑白世界，寻寻觅觅，遇散离合，棋缘人缘，心心念念。对我而言，围棋本来不过是一个业余爱好，无心插柳，现在却越来越像是成了一种事业。就像当年的初恋，如今仿佛要“婚”了。这不知是否该值得庆幸。喜也罢，忧也罢，相遇了，就是一种宿命。

开窗见山色，闭门有棋声，真的是一件非常快乐的事情。

——刊发于2017年11月25日（第924期）

文艺随笔

侠之大者

胡显兵

初读古龙，惊叹于武侠小说竟有这种写法：场景的渐次转换，特写的人，着意渲染的气氛，仿佛一块磁石，一下将读者的心吸住了，使你根本无法也不忍跳读。没有太多的打斗拼杀，有的只是瞬间决定永恒的高手间博弈——生死一线间，在一种极端情境下考察双方作为一个人、一名侠客的全部素质。而故事情节却在悬念、冲突、意外中展开，谁也无法预料结局，到头来作者与读者一起大吃一惊。更别出心裁的是，在决斗之际，独处之时，抑或缠绵之间，作者如天外来使，又似剧中之人，感怀一番身世苦难，儿女情长，笔底蕴藏着一种浓得化不开的悲情与无限凄凉之意。真正是“心之所至，笔之所及；兴之所起，气之所运。”这种刻意的雕琢、肆意的铺张，使看似虚幻的武侠世界逼近一种残酷的真实，将人性、人心的张力挥洒至可能的极致。

也许正是这种近乎任性的随意写作方式，使古龙获得了一种解放。他笔下的人物，对于我们的世俗世界是一种陌生，病态的人格、畸形的长相、奇特的嗜好，再加上千奇百怪的兵器与武功，使得古龙所创之人物谱系简直成了一个漫画长廊，透示着一种匠心独运的夸张与标识，而我总是不自觉地将他们读作一种隐喻、一种象征，承载着古龙所寄托的全部哲理与情感。与金庸以历史人物和历史事件为语言的容器相反，古龙抛弃一切的拐杖，如同庄子的“空言”，在其自行设计的人物模型中任意填充或修饰，使之衍化成一种精神或个性的物化载体。譬如说，“小李飞刀”或李寻欢就是一种宽恕、仁爱精神的象征，所以小李棵花有终年，而飞刀精神及其绝技却有传人。在这里，人物往往体现为删繁就简后最原始也最本质的存在。这就是艺术，真正的小说艺术，而不仅仅是一个打架的故事。只有将旧小说申的神魔写成了人，或将人写成了神魔，才能将小说表达为一种窥视人性图画之真相的文学手段。正如真正的哲学必然走向神秘一样，最成功最现代的小说包括武侠必是魔幻的、荒诞的、分析的，而古龙恰恰做到了这一点。

诚如一切伟大作家最终都是写自己一样，古龙也是用全部生命来体验人生，又用全部作品来演绎人生。就作者个人的生命流程来讲，孤僻的性格、悲惨的遭遇、放浪的生活，使古龙经常处在酒精、病痛、情欲刺激下的沉醉与迷狂状态，恍兮惚兮，犹如开通了一条与上帝对话的渠道，使得侠肝义胆如古龙者有机会破解宇宙与人生的密码，从而在获得真理的同时也获得了虚无与反叛。至于那些饱食终日、醉生梦死的凡夫俗子是无缘得此神助的，当然也不配读古龙，说古龙。否则，那简直是对缪斯的亵渎。可以说，在某种程度上古龙成了中国的卡夫卡，其小说也理所当然地可跻身于汉语文学的极品之列。古龙以其如椽巨笔，写自己、写民族、写人类，为我们出示了一系列解读中国人及其历史的文本。

——刊发于 2000 年 5 月 12 日（第 498 期）

青春无悔

——关于青烽的记忆

吕　婵

“青烽”是我们的乐队的名字。她曾真实地在湘大存在着，而今，却早已随着六月涌起又退去的离愁别恨，如风一般地消失了。但风吹过后的心是久久不能平静的。正如那离别之情终将为面对现实的无奈与迷惘所取代一样，“青烽”对于我来说，也渐渐地由当初对一种叫作青春的东西的无限激情，变成了今天“昨日已惘然”的神情。太多太多的场景，现在想来，竟如隔世之梦。很难相信，自己也曾是那梦中的人。

经常是在北门外的“6 路车站”酒吧里，经常是金科、鲁思、凌琳、刘扬、李炜、曾琳智、龚莉雅和我。就像在演出着一部自己的电影，我们扮演着不同的角色，又共同地用自己的心情去诠释着我们的生活——用我们的嗓音，用我们的琴声。“6 路车站”别样的风格似乎就是我们的“电影”的基调：简朴中透露出另类，纯真中蕴含着不羁。在那样的气氛中，人会自然而然地忘却室外的一切，而不觉地融入那一片昏暗之中。我们每个人的技艺并不都很高明，但每个人认真地付出，总会得到大家的认可。于是，一首首的校园民谣，从我们的指间喉中，缓缓泻出，轻弹低唱之时，那融合了空气中每个分子的和谐，常常让人感叹：人生之幸事，也莫过如此。每个冬日的傍晚或夏日的黄昏，我拖着疲惫的身躯从排练场里走出来，清醒的头脑却总还停留在刚才的某个片段，我总是有种强烈的冲动，试图再去捕捉那场景并把它刻录下来。毕竟，那时那刻，我们是认真的，那是青春的每分每秒，生命的一点一滴。

在“青烽”的首次公演——“世纪末音乐会”上，那首《青春无悔》

取得了出乎意料的效果。我分明记得，鲁思和曾琳智刚唱罢第一句，原本寂静的台下突然爆出了热烈的掌声，接下来又是专注的静默，直到结束，仍余音绕梁。台上流动着执着的歌声和琴声。俱乐部里也洋溢着某种不可言喻的气氛。也许是我们的声音，唱出了青春的旋律；也许是我们的琴声，撩动了青春的心弦；也许……

总之，时过境迁，那感觉还常在我脑海中萦绕。

六月的那次告别演出很成功，也很伤感。唱什么歌，已无需记起，只消想想台上的激情挥洒与台下的热情呼应，便足够回味好久了。最后大家含着泪唱《让世界充满爱》，互相祝福，互相拥抱，竟是那般自然，那般真诚，由不得你不掉泪。眼泪润湿了我们的心，也为那段属于我们的青春画上了一个句号。那段青春，的确是无悔的，因为专注，因为用心，因为痴迷。也许，在日后的岁月里，在剩下的青春中，我们都难以再找回当年的激情，但无论如何，我们曾一起经历过，便也足够了。

当秋日的校园还因夏日未褪进而郁郁葱葱时，当新生那稚气的脸庞为沉寂的校园抹上了新的色彩时，当我们的生活又有了为之奋斗的理由时，我不禁又怅然了。年年岁岁花相似，岁岁年年人不同。昨日已如逝去的流水，再也不会回头了。只是，只是对于过去的不由自主地回忆，连同对我们手指尖上滑过的那些叫作岁月的东西的感伤，还常常会涌上心头。

——刊发于 2001 年 9 月 30 日（第 532 期）

感触《德伯家的苔丝》

戴　峰

一次偶然的机会，让我碰上了它，就是在翻开它的那一刹那，似乎从天降落下一股灵气，逼迫着我去看完它，我也生平第一次有了这种勇气去看一本拿在手里就不肯掂量的小说。

看完《苔丝》心情是深重的，我好像是被那“黑旗”的象征推进了万劫不复的道德黑暗之中，纯洁的女子反抗着命运不愿屈服，为何她那微弱的一搏就埋葬了她所有的幸福和前途？

苔丝天使的面孔、魔鬼的身材以及对爱的执着深深地打动着我，苔丝整天困苦于道义上的谴责和安琪起初的不予理解和接受，在自己的父母和安琪的父母面前，她得将自己化装为不同的角色和面孔，用不同的方式去面对她们，苔丝就为了一份执着的爱，为了对安琪专一的爱，把自己的性命都给豁出去了。

苔丝给了安琪一封怨恨中渗透着至爱的信，安琪也因她真诚的爱而感动了，而那个谜一样处处添加困阻的德伯维尔趁着苔丝家境的窘困，向她灌输着对安琪的绝望。苔丝在细细地品味着“柔软的刚强，温柔的折磨，甜蜜的痛苦，愉快的悲哀，惬意的忧伤”，在折磨之中感到的一点痛楚和思念之中嵌入的那点淡的模样，浑身上下仍然洋溢出无穷的幸福感。我最感到欣慰的是苔丝与安琪在躲避抓捕时在那个旧房子里生活的一段日子，他俩那么甜蜜，尽管窗外是残酷的追捕，阳光从窗外射进来，两人相依而睡，平静和安详，“我宁愿趁着你还没有嫌弃我的时候，就先死掉，埋到土里去，这样就永远不会知道你嫌弃我”，苔丝满意地实现了她的愿望。

同样，《苔丝》中的一些文字、语句也是美妙绝伦的。“当亚伯拉罕明白了一切的时候，他那年幼的脸上骤然增添了五十年的皱纹”，这是哈代写的，当我读到这里时，不禁失声大笑，同时也深深地佩服哈代的幽默风趣，诙谐中传递出哈代的意图。虽然是夸张，但是亚伯拉罕那惊吓害怕恐惑的神情跃然纸上，是那样的具体和生动，仿佛他的表情一下子穿越了时空进入了我的脑海。

我惊叹哈代创作技巧的精湛，倘若用另外一种描述的方式将亚伯拉罕的神情轻描淡写做到简洁，或是浓妆淡抹做到具体生动都是难以达到这种夸张诙谐所带来的恰到好处以及它的微妙之处。细节的描写，浓墨似的人手笔渲染可能让人感到文采飞扬，可惜那些文字耐不住时间的打磨，人们很容易就会忘记这些需要联想才能联系起来的场面。而一句可以博得人们开怀大笑的语言，可以使人回味无穷，人家也许会把它当成茶余饭后的笑料。忘怀开心地一笑，随即想到了这一句精彩的夸张。

——刊发于 2002 年 9 月 20 日（第 558 期）

怀念沈从文

——写在沈从文先生一百周年诞辰之际

华济时

2002年12月28日，是原中国文联委员、全国政协常委、我国现当代著名作家和古文物学家沈从文先生一百周年诞辰。由于我和沈从文先生曾经有过一些交往，所以常常记起他，怀念他。

1979年，全国第四次文代会召开，沈从文先生参加了会议，这表明沉寂多年的沈从文重返中国文坛。就是在这样的文化背景下，中文系现代文学教研室的同事们着手收集沈从文作品，开始研究沈从文。经过努力，我们从他以湘西的人、事物为题材的小说和散文中选出一部分，编成《沈从文小说选》和《沈从文散文选》。当我们就此写信与他联系时，他非常重视，不仅亲自审定篇目，写了《题记》，而且由他的夫人张兆和进行了认真校对。他在《题记》中说："我的作品稍异于同时代作家处，在一开始写作时，取材的侧重在写我的家乡，我生于斯长于斯的一条延长千里水路的沅水流域。""近年来我的某些作品，被一些好意的国内外读者，给以重新认识和评价，其实都近于过誉。……至于我这两本习作，能看作探路打前站的哨兵纪录，对家乡同好起点参考作用，就足够了。"我当时主持了两书的选编工作，并撰写了编后记。我在《后记》中写道："当代老作家沈从文先生写了许多以湘西生活为题材的小说和散文。这些作品驰誉中外，放射出不灭的艺术光辉。我们选取了其中重要的部分，分小说、散文两集出版。""这些作品，不仅为中国新文学中的乡土文学增添了特有的光彩，给人以艺术享受，而且对了解湘西地区，特别是湘西苗族过去的社会状况和人情风俗，也有重要价值。"这两本沈从文作品选于1981年末由湖南人民出版社出版，半年中印刷两次，累计57500册，很快销售一空，后来又由湖南文艺出版社更换封面重印。由此可见其影响之大，以致被人称之为“率先掀起了新中国成立后国内出版沈从文旧作的热潮”。

1981年9月下旬，我去北京参加纪念鲁迅一百周年诞辰学术讨论会。会议结束后，我拜访了沈从文先生。他当时住在崇文门外中国社会科学院宿舍六楼的一套两间半的房子里，沈先生和他的夫人张兆和热情地接待了我们，沈先生看上去脸色红润，很有精神，态度随和，不像一个大作家和大学者，的确很像他一再自称的“乡下人”。当时，他的《中国古代服饰研究》刚由商务印书馆香港分馆出版，他拿出来给我们观赏，并向我们简单介绍了该书的坎坷命运。我们欣赏着这部精装八开本、有520页（包括珍贵图片700幅，其中彩色图片100幅）的皇皇巨著，赞不绝口，而他却很谦虚，表示还要深入研究（后来果然增订重版）。那次拜访给我留下难忘的印象，以至成为铭刻在我心头永久的记忆！

从我第一次知道沈从文的名字、最初读到他的小说之时算起，至今已有40多年了；从我编选沈从文的作品，见到他之时算起，至今也有21年了。几十年以来，沧海桑田，世事巨变，而先生的形象却还时时浮现在我的脑海中。

——刊发于2003年3月10日（第567期）

彻底摆脱“奴隶”的命运

——我读鲁迅先生

谭水阳

在20世纪中国历史舞台上，对我们民族精神产生深刻而重要影响的历史人物，鲁迅先生是不可或缺的。鲁迅先生是我们伟大民族精神的忠实践者，鲁迅精神是中华民族的一面旗帜，尤其是在白色恐怖、灾难深重的旧中国，指引着无数有志青年走上了革命的道路。

先生一生都是革命的、战斗的，他似乎注定是帝国主义和封建主义不共戴天的仇敌。近代中国经历了帝国主义侵略和践踏的百年屈辱，在我们民族精神里打上了沉痛耻辱的烙印，致使我们的民族精神被扭曲。先生以其伟大思想家所特有的深邃洞察力对国人的国民性和人性进行了深刻的反思与探求。他勇敢地以民族的自我批判精神全面而深入地对我们“中国普遍的国民劣根性和奴性”进行了无情的尖锐的批判。他想通过自己毕生孜孜不懈的努力，来救治中国社会的病态，来改造我们的民族劣根性，以实现人的精神独立自由和新生。

先生在《坟·灯下漫笔》中尖锐地批判，在中国传统的社会里，“中国向来就没有争到过‘人’的价格，至多不过是奴隶”，中国几千年历史，只不过是“暂时做稳了奴隶的时代”与“想做奴隶而不得的时代”的一种兴衰更替。或许，这种思想现在看来似乎有些过于偏激，但这正是一个“精神战士”真正彻底地批判现实主义思想的明证。先生生活在灾难深重、民生凋敝的旧中国，他亲身体验了世态的炎凉和人生的辛酸，真正了解劳动人民的疾苦特别是底层中国农民的苦难生活，深刻感受到封建士大夫一切的卑劣、丑恶和虚伪。于是他决心“走异路，逃异地，去寻求别样的人们”。

先生作为一个关心国家和民族前途命运的知识分子，他一直未曾忘却自己所肩负的历史使命和重大责任。因为封建社会长期自我封闭而形成了“天朝上国”的民族狂妄心理，似乎我们一切都已经“无问题，无缺陷，无不平”，由此造成一种积重难返的历史惰性，整个民族都似乎沉湎于“残存的旧梦”，安于现状，不思进取，而中国的文人或者说知识分子也没有了自己的独立地位与独立品格，只依附于某一“异己势力”，似乎已为先辈所创造的灿烂文明和辉煌历史压得喘不过气来。“哀其不幸，怒其不争”——这令先生十分痛心。

然而，“真的猛士，敢于直面惨淡的人生，敢于正视淋漓的鲜血”。因为先生对国家和民族怀着一种深沉的责任感，他决不会封闭自己的思想而自诩超越现实去追求绝对完美，他也决不会向现在交白卷而做未来的事情。先生在批判这种民族劣根性的同时，也明确提出自己的“立人”和“立国”思想，以至“新民”“兴邦”。先生在《文化偏至论》中写道：“将生存两间，角逐列国事物，其首在立人，人立而后凡事举；若其道术，乃必尊个性而张精神。”先生是“执着于现在”的现实主义者，他从不追求思想的“完美性”，而只是致力于中国文化现代化之使命。先生一心渴望的只不过是改造中国“国民劣根性和奴性”；让中国人特别是中国知识分子彻底摆脱“奴隶”的命运——没有丝毫的奴颜和媚骨——勇敢地站起来，自己掌握和支配自己的命运，更加自觉地追求人的精神独立与自由，实现人的新生，这是先生终生不渝的理想。

鲁迅先生的存在，创造了中国历史的一个奇迹。他就是我们民族的丰碑，屹立于亿万中国人的心底。先生总是相信“不远总有一个大时代的到来”。先生心底期待，“创造这中国历史上未曾有过的第三样时代，则是现在的青年的使命！”

“横眉冷对千夫指，俯首甘为孺子牛。”——先生实践了自己所有的承诺之后愤然弃世……

“民族魂”——先生是当之无愧的！

——刊发于2003年5月20日（第575期）

品读诗人

黄望中

我喜欢诗，也时常仔细品读诗人，我发现，他们大都有美好、热烈的感受力。他们创造着幻景意境，无论深刻或平淡，他们总能把虚拟的情欲外化成作品。不依赖思维，不偏向做作，他们生活着，更多时候是感受着。

诗的一个重要功能是提示哲理。打开唐宋诗篇，触目可及的诗句中无不闪烁着智慧之光。在诗人眼中，花非花，梦非梦，流水并非流水，浮云暗含深意。通过一系列的修辞手法，以物事喻人事，以古迹喻现今，以今朝景象追索昨日情怀……诗中无所不包，无所不用其极，它把人世与自然暗合的脉络立体地展现，诗的精炼也拓宽了人们的想象空间。诗人并非超脱于诗外，他们是在捕捉，在寻找，在思考，而这些孕化成许多佳篇妙构。所以，我们说诗能代表一种追求，一种理想，一种价值，一种审美的需求。

诗人不无快乐，他们可以一无所有，却容不得“摧眉折腰”，他们可以孤独潦倒，却还在呐喊“大庇天下寒士俱欢颜”。我们品味诗句的华美与绚丽，苍凉与孤寂，阔大与深远，悠扬与明快，我们也深爱诗人的孤傲品格，他们的大气风骨，他们的神采风度，他们的抱负雄心，甚至他们的愁，他们的怒，他们在风雨交加中行走的身影，他们在跋涉中放浪形骸的一缕缕诗魂。也追随他们的脚步远走异乡，在乡村，在野际，在市井，在华堂，在花畔，在林前，在黄沙大漠，在千古名楼，我们深刻地体验着思乡之苦楚，思人之隐痛。无声的别离中，我们期望来日会婵娟共赏，倒满祝福的酒杯，送上一份诚挚与想念。寂寞拉长了我们的思念，记忆翻开了曾经的美好。

诗人行走着，走近战火，深入百姓心中，目睹荒凉与凄苦，斑斑泪迹轻抚不安之魂灵，昔日热血在瞬间凝固。他们脸若严霜，却也“感时花溅泪，恨别鸟惊心”。冷酷压不弯思想的利刃，虽然手心布满苦涩的汗水，他们依然要举刀劈刺，让责任与使命在胸中激荡，做出坚强的反抗。诗的生命在这里升华，往日百家争鸣，各逞英雄；今日，滚滚红尘，浓浓烟火。落单的诗人，独对昏黄孤灯，他想着什么呢，是否还会感慨“人生如梦，一樽还酹江月”？

诗人不需要华舍良田，香车宝马，不需要声色狎乐，长衫宽襟，他们需要游走，需要激情。他们炽热的诗情，写不尽对山河的爱意，对爱人的缠绵，写不尽百姓的喜乐和独自隐匿的悠然。他们，如一道清泉汩汩流淌。掬一捧在手，直到手中乍现出一束斑斓彩虹！这壮美来自历史，来自祖国的山山水水，来自诗人心中的恬然与快意。

“天生我材必有用，千金散尽还复来”。水中荡漾出豪侠洒脱、爽朗的笑容，我们醉了；醉在这有花有月，有书有酒，有思人独斯的夜晚，宛如诗人独酌的那个晚上……

——刊发于2003年6月20日（第578期）

流韵壮东风

——读毛泽东诗词有感

翻开《毛泽东诗词》，诗中那种开阔、雄浑的诗情倾泻出来的感情容量足以吞吐一个世界，在那一声声壮阔的历史音节里，你的心会不由自主地澎湃着打开。品读里面一个个掷地有声的文字，一个历史伟人的深邃、智慧、豪迈和博大在他那雄浑的天章云锦里表现得酣畅淋漓，犹如一缕阳光穿透你的心房，将你心头郁结着的所有灰暗驱散。

从毛泽东的艺术气质和文化性格来看，他是一位十分向往“雄”这一境界的艺术家，毛泽东习书偏爱张旭，怀素的狂草最终形成了他大气磅礴的阳刚书风。毛泽东写诗填词也一直注重将内心深处的创作激情抒发到自己雄健的笔端上去，开创了他境界阔大、气韵雄壮的诗风。

毛泽东的诗词偏于豪放但也不废婉约，这一点在他早期创作的一些作品里表现尤为突出。如挽易昌陶的“愁杀芳年友，悲叹有余哀”，《祭母文》里“吾母高风”的一咏三叹都抒发了诗人追怀逝者的真挚感情，特别是在他思念杨开慧和作别杨开慧时写下的二首词其中的“对此不抛眼泪也无由”和“眼角眉梢都似恨，热泪欲零还往”，读来情意缱绻，情思绵绵，感人肺腑。

“文如其人”，掩上薄薄的一本《毛泽东诗词》，心里仍感慨万千，在这位历史伟人诞辰110周年之际，我不想沿用别人的注脚来品读这位伟人，一段时间不算长的醉心阅读却改变了我的情绪和我许多的看法，我认为在人的一生中错过一些人和事也许并不能意味什么，但是错过读这位伟人，读这一本书却应该是一个人一生的遗憾。所以，当我穿过三道拱门，来到诗词牌下伫立、思考、抬头仰望高不可测的蓝天时，仍要将许多感慨化为一种文字倾泻出来或作怀念或作自己灵魂涤荡的一段珍藏。

——吴　金

细读毛泽东诗词，一股雄健的阳刚之气跃然纸上。而他诗词中所具有的雄浑、刚健、豪放等种种壮美的特色，均是来自世界上最壮丽的事业——为人类的解放而奋斗，正是这种豪情壮志融入他的作品中，才使其读来让人觉得酣畅淋漓，澎湃激昂。

柳亚子先生的两句诗评："推翻历史三千载，自铸雄奇瑰丽词"，把毛泽东诗词的艺术风格概括得准确全面，"雄""奇""瑰""丽"这四种艺术风格浑然天成，相得益彰，把毛泽东的诗词推向了一个更高的艺术层次。

"雄"是指阳刚之气的艺术张力，是指其用语的刚劲雄健，意境的开阔雄浑。"奇"，即"反其意用之"，另辟蹊径，出奇制胜。"瑰"和"丽"则指诗词中光彩焕发的艺术感染力。

毛泽东所处的时代孕育了他诗词"雄奇瑰丽"的艺术风格，和他本人成为中国历史上彪炳青史的伟人一般，他的诗词也将当之无愧地成为中国文化史上的璀璨珍珠。

——唐　颖

纵观毛泽东诗词中有关状山绘景的诗词，我们发现涉及最多的是以山为题材的诗作。伟人的一生与祖国的山山水水结下了不解之缘。毛泽东地写山绘景、抒情言志的诗词堪称一绝。山在毛泽东的笔下，各具情态，各具神采，或秀丽，或磅礴，或温婉，或悲壮，或苍茫，或绚烂，或动或静……座座高山，皆具灵性，生动形象，跃然纸上。

山是以毛泽东同志为代表的无产阶级革命家坚毅乐观、百折不挠、潇洒从容的性格体现。大凡志存高远者性格必定坚毅，在革命战争年代，毛泽东和他的战友们是这样，在社会主义革命和建设中，毛泽东更是乐观自信，潇洒豪迈，从容自如，风流倜傥。山既是革命战争年代峥嵘岁月的见证，也是无产阶级革命不断取得胜利的见证。山是祖国美好现实与未来宏伟蓝图的展示。在社会主义革命和建设时期，新中国的面貌日新月异，毛泽东更是豪情满怀，诗兴勃发，创作了一批反映社会现实巨变和展望美好未来的诗作。毛泽东生于大山，长于大山，从小就喜欢山，熟悉山，与山有着不可分割的血肉联系。山给他以抚育与灵性，山给他以革命成功的条件和机会，山铸就了他坚韧不屈的性格和意志，山给予他施展才华、张扬个性、描绘美景的豪情诗兴，他在诗词中写山颂山，借山抒情，借山言志，表达了作为20世纪无产阶级革命家的独特风采和神韵。

——卢 盈

——刊发于2003年12月20日（第590期）

诗与人

彭燕郊

今天，能再次和同学们齐聚一堂，我很高兴。不说作讲座，谈谈感想吧。在不长的时间内，我们湘大的同学们就举行了两次很有规模的诗歌朗诵会，两次我都来听了。活动搞得很出色，这使我对中国新诗的发展更有信心。对于诗歌的现状我一直都比较关注，令人高兴的是现在文学界和诗歌界里的一些令人忧虑的现象，应该说在我们年轻的同学里头，在我们诗歌的新生力量里头，没有什么影响，但有几种不好的创作心态值得同学们警惕。

第一种心态，我叫它“股民心态”。有些人写诗好像在炒股，总想怎样炒来炒去才能一夜之间成为大诗人，就像股民梦想一夜之间成为百万富翁千万富翁一样。这个很不好，因为写诗也好，搞学术研究也罢，都是一种给予、一种献出，而不是索取，更不是要借写诗来得到什么。那是得不到的，就算你得了诺贝尔奖，也只够刘德华买一辆汽车，何况又有几个得诺贝尔奖的呢？所以这一点我觉得很重要，但是确实有些人抱着这种态度写诗，这种人结果就跟那些炒股的人一样，一旦有一天他因没成为大诗人而想不开，那只好跳楼。这就是股民心态。

第二种心态呢，我叫它“彩民心态”，买彩票的心态。这种人总想去碰，果然碰中的话一下子起码得一两百万。有这种彩民心态的人他其实也并不年轻，并不是没有生活经验的，但是他就是在那里搞了几十年，一直在那里买彩票，总是没有中彩过，我想他这一辈子恐怕连一行像样的诗都不会写出来。

第三种心态，怎么说呢，叫它“作秀心态”，总想搞出一个什么新花样来，可以一下子有个轰动效应，一下子就引人注意。比方说现在有些写诗的人就喜欢起个奇奇怪怪的笔名，我有位喜欢写诗的朋友，他的笔名就叫“七窍生烟”。我看到他的笔名就怕看他的诗了，一个人七窍生烟了那怎么得了呢，会打人的。就算不打人，这个人在七窍生烟的时候最好不写诗，还是等冷静下来再写。当然了，这是他作秀的方式之一。再比如说，甲搞个什么诗歌奖，乙也搞个什么诗歌奖，而且这个诗歌奖还越弄越大，原先叫作中国的什么诗歌奖，后来就变成什么太平洋诗歌奖、国际诗歌奖、世界诗歌奖，用这种手段作秀。其实一个写诗的人应该是个最老实的人、最诚恳的人、最害羞的人，绝不是作秀之人。

第四种心态呢，我管它叫作“山头主义心态”，就是“山大王”心态，总想立一个山头。同学们知道，在北京有两个诗派：一派叫作“口语化写作”，一派叫作“知识分子写作”。不久前两派就打架了，被称为“知识分子写作”的说是不要口语。其实是不是口语在我感觉很难分的，你说“浔阳江头夜送客，枫叶荻花秋瑟瑟”是口语还是不是口语呢？“莫辞更坐弹一曲，为君翻作琵琶行”，这跟口语差不多啊。事实上，口语入诗是难能可贵的，杜甫的诗中就有很多口语，诸如《北征》《自京赴奉先县咏怀五百字》《江村》和“三吏三别”等等。但是诗中的口语必须是经过浓缩了的口语，因为它必须成为诗的语言。

另外一种心态就是“镀金心态”。好多写诗的人想方设法要出国，到外国去了也不晓得结交的是不是真正的诗人，回来了就讲：某某国家的什么诗人跟我有来往啊，他怎么怎么样喜欢我的诗啊……到底那个人是不是诗人呢，不晓得。

就是有这么一些不好的现象，对新诗带来一些负面的影响。当然，这仅仅是一部分，我认为主流还是好的，还是有这么多人非常虔诚、非常严肃地在写诗，在学诗，不带任何侥幸的或者投机的心理，这是非常重要的。我觉得最可贵的一点就是，今天同学们有好多朗诵的诗是自己写的，而且写得很真实，它没有假话在里头。这一点非常可贵，所以我希望同学们保持这一点，我刚才跟旋梯诗社的同学讲了，要珍惜写得有真实感情的诗。

中国新诗的诞生和发展，从“五四运动”到现在，还不到一百年，虽然时间的跨度很小，但是在整个世界文学史上来讲，我们不到一百年就跨完了人家的几百年的发展历程，这是很不容易的。“五四运动”刚开始时我们的诗不叫新诗，叫白话诗。新诗诞生的时候条件很苦，背景复杂。当时很多人反对新诗，很多大学者、社会名流、大师讲到新诗时就深恶痛绝，大摇其头啊。章太炎讲：诗就是要押韵才叫诗的，不押韵为什么还叫诗呢？新诗不押韵怎么叫诗呢？当时就是这样的观点，根深蒂固。一直等到鲁迅的《野草》出现，然后出现了徐志摩等一批诗人，人们才不得不承认新诗。这个发展的过程一直到现在，中间经过好多波折。现在你们可以说是很幸运的，我跟你们讲啊，你们今天朗诵的这些诗啊，要是在“文化大革命”时期，你们女同学会被剃光头去游街，那就不是犯简单的错误了，而是犯罪啊。所以说你们是幸福的，现在是改革开放了，你们有这个宽松的条件，应该好好地利用这个难得的条件，多看、多写。我刚才跟一个同学谈了，我发现你们的阅读面还窄了一些，作为现代大学生应该很熟悉的诗，你们还没有看到过，你们所看的，最新的大概就到海子为止了，今天朗诵的这首海子的诗还是一首好诗，但是他有一些诗也不太成熟的。

有一点需要强调，朗诵诗歌时首先需要我们读懂诗，理解诗。有一首邓丽君唱的歌，我觉得歌词写得非常好，“我没有忘记你/你忘记我/连名字都记错/证明你一切都是在骗我/看今天你怎么说/你说过两天来看我/一等就是一年多/三百六十个日子不好过/你心里根本没有我/把我的爱情还给我”。歌词写得非常沉痛，特别是最后一句：他拿什么爱情还给你呢？他根本就跟你谈不上爱情，他是逢场作戏的，他是玩弄你，你问他要钞票可能还能够拿到。这是非常沉痛的。但是，被邓丽君一唱就唱成了软绵绵的，她唱不出那种沉痛来。邓丽君还唱过很多宋词，李后主那首“春花秋月何时了”她也唱了。“恰似一江春水向东流”，这是李后主的亡国之痛啊，“往事知多少”“小楼昨夜又东风，故国不堪回首月明中”，邓丽君怕是不怎么能够理解这样的词。我们今天的朗诵很可贵的一点就是朗诵者懂得这首诗，跟这首诗有共鸣，这是很根本的一点。

今天朗诵的诗我觉得美中不足的是，浪漫主义的诗多了一些，现代主义的诗少了一些。并不是说浪漫主义就不好，以浪漫主义为主的诗人诸如拜伦、雪莱、普希金，他们的诗歌是人类很可贵的遗产。但是今天我们再用这种浪漫主义来写的话就不合时宜了，为什么呢？因为我们毕竟是现代人，现代人的思维是多层次的，视角是多角度的。当然并不能说因为是多层次多视角了，诗就要写得让人家看不懂，并不是那个意思，只是他的感受应该跟过去时代的人不同。我在这里给大家朗诵一首远人的诗，这是远人的一个组诗里的一首，题目叫作《麻雀》：

天一亮我就听到他们的叫声
开始只是一只紧接着就是第二只
它们的声音异常尖锐像一枚针
在进入我耳朵的时候一点也不疼痛
我知道它们就住在外面那堵非常高的墙上
一块灰砖裂出一个洞口
我随时都看到两只麻雀从里面飞出又飞去
黄昏时它们就站在洞口休息着眼睛和羽毛
但那个早上我看见站在洞口的那一只变得十分弱小
它对着天空不断地鸣叫于是
离开的麻雀回来了
开始只是一只然后是另一只
“有三只了”我差一点喊出来

这首诗我非常喜欢，它是口语化的，写得很平淡，但实际上这里面有一些感受非常敏锐，富有现代感。麻雀站在洞口休息，他说它“休息着眼睛和羽毛”，在这里就有现代人的现代感，跟过去的诗人所写的不同，所感受的不同，他写的是他童年时代的回忆，小孩子对小动物的爱。像这样的作品，我希望大家能够多接触一些，自己多写出来一些。

最近我看了好几期香港的一个诗刊，我看了很佩服，里面有些诗写得很现代，写得很深刻，我们内地的知名诗人恐怕达不到那个水平。韩国是一个很小的国家，我前年在《世界文学》杂志上看到几首韩国的诗，非常佩服，它们真正是现代诗，多视角多层次，现代人的感受。我们是怎么搞的呢？这到底什么原因呢？我经常思索这个问题。我认为当务之急是要去掉一些东西才好，“不要以旧诗妨碍新诗”，旧的东西不去掉，新的东西就得不到，我们今天要做丢包袱的工作。怎么丢呢？当然是要用新的来代替旧的。所以我希望同学们在这一方面多接触一点，旋梯诗社多提倡一些新东西，新思维，新手法。像徐志摩的诗、《人间四月天》啊这些，不是说不能读，但是作为一个现代大学生，如果天地还像他们那么狭隘的话，我觉得不是个好事情。爱情应该写，爱情是人性的光辉，人的尊严的光辉。但是把爱情写成那样软绵绵的东西，我觉得甚至于它不是爱情，是一种曲解了的爱情，那一些东西不应该是我们现代大学生所有的。所以，我希望多一些新东西，希望大家应该更有现代感一点，大胆创新吧。

——刊发于2005年12月20日（第637期）

诗心情语言

孟　泽

非常高兴参加这个讲座，但是在发言之前我先诠释一下：今天三位主持人已经三次把我介绍为“中南大学教授”，我觉得很不亲切。贺知章说“少小离家老大回”，我还没“老大”，而且离开湘大也没几年，但是诸位已不认识我了，古人感慨“树犹如此，人何以堪”，看来是真的。所以我要郑重地告诉大家，我还是湘潭大学的教授，至少我自己是这样认为的。我十五岁多一点进湘大，三十七岁离开，青春都交给了湘大，所以，心肯定是永远在这里的，不可能再跑到别的地方去了，身当然可以跑到别的地方去。

我很佩服大家，搞这么好的一个活动，我觉得也只有我们湘大可以做到这样。我也很佩服大家能够把彭老师请来。为了证明我说的话是有道理的，我先给大家讲一件事。两年前我去北京参加一次会议，遇到一位著名诗人，也是彭老师的朋友，叫作牛汉。他在会上说：“大家讨论我的诗，我很感动，但是我真是没做什么，上海的施蛰存，湖南的彭燕郊，他们的作品有可以留存下去的。”牛汉还在一篇获奖演说辞里面说：“回过头来看，特别是五十多年来，我有自己的看法，以及对整个历史的反思。最近几年，我有一句座右铭‘有容乃大，得大自在’，近来又看到《汉书·杨雄传》中有一句‘默默者存’。我理解这一个传统，民族的传统。近五十年来，有沈从文、丰子恺、晚年的孙犁、上海的施蛰存和湖南的彭燕郊，等等，他们是‘默默者存’，清苦、自在，他们有作品留下来了，我一时还达不到这个境界。”让我欣赏牛汉的是，他有如此罕见的自知之明，而且有罕见的知人之明。所谓知人之明对于我来说具体含义就是：他知道并且懂得彭老师的意义。听了彭老师的讲话之后，我想你们跟我一样有感触：这不是一个一般的人，按中国古代的说法叫作一个“异数”，否则的话像彭老师这种高龄，怎么能有这么敏捷的思维，这么好的风度呢？所以，大家真是有福了，湘大的同学真是有福了。

对于诗，我是一个外行，由于是外行，只有“宏大叙事”，不能讲细节的东西，我只是跟大家谈两点自己的体会。

第一，诗的存在就是一种心情的存在。有诗存在，就证明我们还有心情，特别是有心。一个人，或者一个民族，我觉得可以失身，但决不能失心。心是什么东西呢？说起来好像很简单又很复杂，但说穿了也就是孟子所说的“是非之心、恻隐之心、辞让之心和羞恶之心”。这种心就是平常心，而不是有些电影电视剧中秦皇汉武、康熙大帝那种“浩渺之心”，所谓“大丈夫当如此”或者“彼可取而代之”之类，那是野心，是贪婪之心。我们要有的心实际上应该是一种平常心。平常心就要求你不能“怎么都行”，怎么都行的话那就是“空心”，或曰“丧心”，做人做事没有任何精神底线。也不能“怎么都不行”，怎么都不行那就是“欺心”，刚才彭老师讲到“文革”，那就是欺心，你的心只能代表意识形态，或者意识形态笼罩了你的心，你不再有自己了。空心使你变成死魂灵，你就只能生活在肉体上，或者永远觉得“生活在别处”，没有基本的自我意识和价值尺度。我觉得有心就是要相信并且去认同、去追求世界上存在着一些永恒不变的基本的价值和价值尺度，基本的情感、信念、意义，然后还原生活，还原生命本身，而不是被意识形态的、时尚的子虚乌有的逻辑所决定，所淹没。在今天，就是去建立自己的判断，自己的幸福，而不是被某一种势力，某一种头衔，比如说“中南大学教授”，还有“发表专著十多本，论文百余篇”之类的数字所迷惑、所决定。所以我觉得有这种心，你就不会再去相信奇迹，相信奇迹也是件很可怕的事，其实一点奇迹都没有。一个人一辈子能做好一事，一个学者一辈子能写三篇像样的文章，就很不容易，就了不起，文明就是这样一点点累积出来的。你相信奇迹的话你就会上当，因为你自己虚弱。比如说我们原来相信很多奇迹，社会的奇迹、个人的奇迹，刚才彭老师讲的“千万富翁”的奇迹，等等。

有心也就是有情，我前面讲孟子的那四个心，所谓是非之心、羞恶之心就是一种爱恨之情。大家知道鲁迅有最热烈的爱，有最热烈的恨，这是作为人的标志。还有所谓恻隐之心、辞让之心，就是同情，这也是人之为人的标志。所以你有心就会有情，有情然后有心，你就会懂得诗是心情的产物，是人的产物，你就不会“麻木不仁”。孟子说“人之异于禽兽者几希”，这就是“几希”。这是我讲的第一层意思。

第二，我认为诗的存在意味着一种语言的存在。海德格尔说“语言是存在的家园”，这变成我们的口头禅了。美国汉学家列文森在其《儒教及其现代中国的命运》的书中有一个发问：中国文化将来是以词汇的方式还是以语言的方式进入世界文明？也就是说，中华文明将以某几个词汇比方说“功夫”“豆腐”等进入世界文明呢，还是以我们整个的语言结构系统进入世界文明？二十世纪初有一个“非汉语运动”，鲁迅曾说“汉字不灭，中国必亡”，还有很多优秀的人都发出过类似的叹息。这里面涉及一个很严肃的学理上的问题，就是关于母语文化的出走与回归、文化的否定与肯定的问题。否定是为了肯定，出走是为了回归。在现在这个时候非常需要我们去掌握这种辩证。

那么，汉语是什么？是哪些人的汉语？是屈原的汉语、是司马迁的汉语、是李白的汉语、是曹雪芹的汉语。在现代，又是哪些人的汉语？就是曾说“汉字不灭，中国必亡”的鲁迅、沈从文这些人的汉语。这些人的汉语构成了我们的文化，构成了我们的语言，构成我们安身立命的依据。语言是我们存在的家园，也就是我们剩下的最后一层皮，生命的最后堡垒。任何民族，诗歌、文学都是其民族语言最经典的最有创造性的表达，诗人、文学家是语言最忠诚的守护者。鲁迅说过，因为有但丁，所以有意大利；因为有普希金、托尔斯泰，所以有俄罗斯。那么，我们难道不应该意识到诗歌的未来就是汉语的未来，而汉语的未来也就是民族的未来吗？我们可以或者可能拥有没有汉语的民族未来吗？不可能。所以我们首先要做好两件事：第一个是把古汉语念明白，第二个是把外语念通。古汉语学明白是因为你的身份、你的所有存在都在这个地方，植根于中华民族的传统文明；外语念明白是让你别上人家的当。

对于诗歌，我们应该有这样一种心态，即有一个最低要求和最高要求。最低要求就是要我们爱护和尊重诗人，不要随便打击诗人甚或消灭诗人。这个话说出来大家别笑话，我们历史上曾打死了多少诗人啊？“民国”三十五年，闻一多是谁打死的？“文化大革命”打死多少啊？这是我们对自己也是对国人的一个最低要求。最高的要求我觉得至少会朗诵一首诗，或者不小心还会写一首诗，哪怕就只献给你的女朋友都可以。在我读书的时候，一片树叶掉下来可以砸到三个诗人，所以我们那个时候一个班上能涌现许多诗人，包括“专业”和非专业的诗人。我这人因为没有悟性不会写诗，对于“专业”诗人的理解也不够，反而是那种非专业诗人的几句诗让我记住了。我念几句给大家听，有一个人的诗是这样写的：“我爱上一个姑娘，我不敢说。”就这两句。时代在变化，大家现在肯定不会这样写了。还有一个人的诗有诗名，叫作“伞”：“纵然皮之不存，仍有铮铮铁骨。”我觉得这是他们人格的写照，我很欣赏。这当然是最低意义上的诗歌写作，但这是成人的起点。希望大家也能够至少写两句这样的诗，我觉得，由此出发，我们民族的美好未来也就可以指望了。

——刊发于 2005 年 12 月 20 日（第 637 期）

在路上的人生

——《血色浪漫》之观后感

阳　询

幽默精彩的台词，才貌双全的明星，活泼严肃的军旅生活……使得由都梁编剧、刘烨和孙俪主演的《血色浪漫》成了时下最值得期待的电视剧之一。但敝人认为，真正打动人心、引人深思的，却是主人公钟跃民所信奉的“在路上”的人生观。这三个字貌似简单，实是字字千钧、意蕴深远。

中国文化一直视哲学为生命的学问。从哲学的思维来解读“在路上”，我们就会觉察到此人生观不仅是对人生真理的认识和体会，而且是芸芸众生的人生困惑的解毒剂，甚至是享有盛名的现代生命哲学的精髓。

人生的话题很大，也很沉重，但它又是实实在在地蕴藏于现实生活的点点滴滴。生活是人生所有意义与价值的源泉。离开了现实生活，“人生”就只成了一个抽象的概念，毫无意义。正如黑格尔所说“真实的或具体的一般就是个别”，人生也只能由具体的人的言行举止来表征。“自然世界”是客观存在的，但它只是一堆死物质，存在于人世之外。唯有我们把人类的精神贯入了宇宙万物，把人生的意义与价值融入了人的实践活动，“自然世界”才能成为“人为世界”，人的言行举止才被赋予了意义与价值。如是，我们才觉得世界是可亲可爱的，人生是“活泼泼的”。这也正是剧中的主人公钟跃民认真对待每一件事，并体味和享受它所带来的乐趣之原因所在。

“在路上”意指人生只是一个过程，一个不断创造的过程，一条奔腾不息的“生命之流”。人生的每一个成就都宛如一朵稍纵即逝的浪花，人生更多的精彩永远存在于下一次可能之中。唯有通过这种不断地“虚无化”，充分地享受人生过程，才能实现萨特所说的“存在”，钟跃民达到了这种境界。而我们大家都免不了俗气，总是把过程与结果分割开来，把结果当目的，视过程为痛苦，“学海无涯苦作舟”就是明证。这种“二分法”不仅造成了对真实性命的误解，因为性命本来就是柏格森式的“绵延”，更有甚者，是助长了欲望的旺盛、功利心的增强。当欲望未实现之时，我们感到苦楚、沮丧，实现了又觉得惆怅、空虚，人就像摆钟一样在苦楚与空虚之间来回摆动，人生之哀莫过于此。

其实，人生有且只有一个结果，那就是——无论圣君贤相，还是凡夫俗子——都殊途同归地趋向死亡。很多哲人都曾经说过，只有研究了死亡的思想才具有深刻性，才是真正的思想。与之相应的是，人的意识只有如海德格尔所言的“先行至死”，对生活才有真知灼见，才能认识人的真正存在。“先行至死”会产生三种人生态度：一种是宗教式的消极人生态度；一种是尼采式的权力意志观，不过这种人生观破坏力太强，对性命本身也是一种伤害；所以，最好的还是第三种，即儒家的中庸之道，“极高明而到中庸”。钟跃民之所以活得这么滋润、洒脱，积极入世，但又不为外物所累，正在于儒家文化融入了他的血液，成了他安身立命之所。

“在路上”暗示着人只是宇宙的一个匆匆过客。由于人来世匆匆，去亦匆匆，所以人生才显得弥足珍贵，人类才苦苦地追寻生命的不朽，正所谓“雁过留声，人过留名”。然而，或是城市的柏油路太硬，留不下人的痕迹，或是“文化工业”致使千人一面，丧失了自我，甚或是有人视生命“轻如鸿毛”，大雪无痕，“人生苦短”“人生如梦”等，在庸人那里，成了游戏人生、醉生梦死的冠冕之词。但在智者看来，我们当采取尼采所谓的“儿童嬉戏时的认真态度”，其可贵之处在于：在人生的旅途中，我们会怀着一颗新鲜、好奇的心去欣赏沿路的美丽风景。

实现“在路上”的人生，诚非易事。就主观方面而言，这不仅需要人生智慧，还需具备“我欲仁，斯仁至矣”的决心，承受住“木秀于林，风必摧之”的勇气，以及能守住“前不见古人，后不见来者，念天地之悠悠，独怆然而涕下”这份孤寂的坚毅。就客观方面来说，实现“在路上”的人生需要宽容的社会氛围。宽容是中华民族的传统美德，“夫子之道，忠恕而已矣”，同时它也是民主自由社会的重要特征之一。倘若社会缺乏宽容，像钟跃民这样有个性的人就没有立足之地。时下，“以德报怨”虽则有些陈义过高，但为人之道仍需“以直报怨”。“一个都不能宽恕”的思想已时过境迁。

——刊发于2006年9月30日（第654期）

生命挣扎与艺术回归

——读毛姆的《月亮与六便士》

杨向荣

毛姆的小说《月亮与六便士》，以著名画家高更为原型叙述了穷画家斯特里克兰德的一生：一个我们不可思议，不希望企及也无法企及的一生。作为一个比较成功的已过中年的证券经纪人，斯特里克兰德在伦敦有一个妻子和两个孩子，并过着安稳幸福的生活。然而，艺术女神忽然发现把自己创造出来的艺术家放错了地方，便毫不犹豫地进行了纠正：斯特里克兰德离家出走了。没有人知道这是他经过长久的思考得到的结果还是忽然的灵感顿悟，但无论如何，他都做得非常彻底——从他出走到死亡，再也没有和他的家人见过一面，他彻底脱离了自己原来引以为荣的世界。出走的斯特里克兰德并不清楚前方的一切，他甚至不知道自己应该去哪里，他只是走。正如作者在书中所说："我不知道是怎样一种无限的思慕之情把你攫在手中，逼你走上一条危险的、孤独的道路。你一直在寻找一个地方，希望到达那里就可以使自己从那折磨着你的精灵手里解放出来。我觉得你很像一个终生跋涉的香客，不停地寻找一座可能并不存在的神庙。"在巴黎，斯特里克兰德度过了我们常人看来最痛苦的时期：贫穷、饥饿、嘲笑和不被理解，在一次疾病中还险些死掉，但"他对自己的境遇毫不在意，每天活泼得像蛐蛐一样"。在巴黎，他给人画肖像；在马赛，他做搬运工；在海上，他做船员……最后，他来到了太平洋上的小岛塔西提，在岛上，他和一个土著女人结婚并继续自己的创作，直到患麻风病死去。

于此书中，我明显感受到生命的挣扎和对生命存在的真实呼喊，斯特里克兰德的出走让我为之着迷，他召唤我走出凡庸舒适的生活，去体悟自我生命的意义。他说："我必须画画儿""如果现在不开始就晚了"，这是执着，更是对生命的本真向往，对他的出走使他的家庭、周围的人震惊和猜疑，这一切都在他的意料之中。然而，他管不了那么多，所谓的责任、义务和道德他已看得很透，没有比生命中血液的要求更具道德的了。他不出走，一个艺术家的生命将会在平庸和虚假中给销蚀掉，那是最不道德，也是最不负责任的。况且，他的出走并不是为了去寻求更多的"便士"，而是去书画生命真谛的"月亮"，他将在绝无依傍的世界中去独自承担自己艺术的使命和为之所承受的痛苦，这是一般人无法想象的，他是在用整个生命去冒险。他觉得自己必须去为艺术吃苦，他认为把自己的生命交给画画那是值得的，所以他什么都可忍耐。在他走出家门来到巴黎，然后到塔西提时，他很清楚未来生活将缩短他的生命，但可以拯救他的艺术。而这正是他的伟大，他给一个人，譬如你和我还有那大地上不断出现的生命带来了巨大的震动与激励，他的作品塑造着一代又一代人的灵魂。一个人若压抑血液深处的呼唤，若缺乏一个艺术家的勇气与胆识，那他们活了一生就像是没有活过一样，而他的死也会变得极为平常。

当我在小说结尾看到斯特里克兰德的尸骸躺在那间茅草棚内的草席上，对此我不能不震惊：一个活生生的人现在已气息全无。在伤感之余我得到的是无限的宽慰。因为他毕竟创造了一件件不朽的作品，他"终于将自己的内心世界完全表现出来了。他把他对生活的理解、把他的慧眼所看到的世界用图像表示了出来。他在创作这幅画的时候终于找到了心灵的宁静；缠绕他的魔鬼最后被拔除了"。他的画是血和肉的厮杀。他把自己理解的生活，慧眼看见的世界的图像在画布中表现出来，而在画布上，我却分明看见，一个血肉模糊的灵魂呈现于其上，与他分离开来：它既崇高又冷漠，既美丽又残忍，它使我们震惊而不是感动，让你畏惧而不是欣悦。也正是在这种刻骨铭心的震撼中，我领悟到了空间的无限与时间的永恒。

在此书中，毛姆将主人公斯特里克兰德前后期的两种人生分别用"六便士"和"月亮"予以概括，即前期的股票交易所经纪人的务实生活以及后期作为一位遁世画家的审美人生。务实的人生与审美的人生原本是生存状态的两极，贫穷的人需要六便士，富有的人需要月亮。沉迷世俗的人们是很难理解被酒神狄奥尼索斯的魔力所驱使的众生；同时，偏于审美的生存状态的人们也无法体会到那辛勤劳作、积锱累铢、不断爬坡的人生的价值和乐趣。“月亮”与“六便士”有如鱼与熊掌，很难兼得，只是不同的人们各有自己的取舍，任何简单的价值判断都难免失之狭隘武断。并且，也恰恰是不同的个体对“月亮”与“六便士”的各有所执，才使得世界呈现出多姿多态的众生。

——刊发于 2007 年 10 月 20 日（第 679 期）

致不朽的灵魂——普希金

张铁夫

俄国的荷马和莎士比亚

普希金走上文坛的时候，面临的几乎是一片荒漠。同时代的欧洲作家比他幸运得多，他们有着丰富的文学传统可以继承：希腊人有荷马，意大利人有但丁，西班牙人有塞万提斯，英国人有莎士比亚，法国人有拉伯雷……然而普希金却没有这样的幸运。基辅罗斯时期曾有一个好的开端，产生了几部编年史和一部俄国人最引以为荣的英雄史诗——《伊戈尔远征记》；但在鞑靼统治时期，却只有《拔都攻占梁赞的故事》《亚历山大·涅夫斯基传》《顿河彼岸之战》等几部历史故事；莫斯科的俄罗斯时期，值得一提的只有伊凡雷帝和库尔布斯基的通信集；彼得一世执政以后，随着社会的迅速发展，文学也取得了长足的进步，古典主义、感伤主义、浪漫主义文学思潮一浪高过一浪，俄国人在文学的道路上急起直追。不过总的来说，这一时期的俄罗斯文学仍然带有过渡性质，它主要是“介绍俄国认识欧洲”，而不是介绍欧洲认识俄国。正如别林斯基所说，“在普希金以前，绝对没有俄国文学”。

这样，建立民族文学的历史使命就落到了普希金的肩上。他没有荷马和莎士比亚这样的祖先，他必须自己成为荷马和莎士比亚。

阅读与研究

瓦西里·洛扎诺夫认为，听别人讲话要能听出“弦外之音”，因为这是“灵魂的言语”而“阅读也需要听声音”“只有谛听说话的普希金的声音，体会一个活着的人所有的语调，才能与普希金产生共鸣”。因此，他毫不客气地批评了被堆积如山的注释所淹没的科学院版《普希金全集》和“加上了粗制滥造的插图和形形色色学术集市”的温格洛夫主编的《普希金文集》，认为“他们无疑是把抽屉里的灰尘倒在了普希金的身上：他全身是灰尘，全身是累赘。他形象和灵魂的主要特征--惊人的简洁和朴实消失在版本的形象和外表中”。他甚至挖苦说，“注释者跟普希金没有共通之处，犹如狗熊跟达吉雅娜没有共通之处一样。”

应该承认，洛扎诺夫提到的两种版本是最具权威性的普希金作品集，它们的编写班子都是赫赫有名的普希金学家组成。科学院版全集的编辑委员会由马克西姆·尔基挂帅，温格洛夫主编文集的编写者中有C·邦迪等人。这两部作品集对普希金研究是完全必要的，非常有益的，事实上他们本身就是集体研究的重要成果，并为普希金学的发展作出了不可磨灭的贡献。

不过，研究是一回事，阅读却是另一回事。供一般读者阅读的版本不宜有过多的注释，在这方面，刘湛秋译《普希金抒情诗选》就做得较好。他在《译者的话》中认为，注释破坏读诗的情绪，“注释所造成的停顿等于把完整的情绪割成了碎段，使人难以忍受”。这话不无道理。试想，如果给《致凯恩》或《给娜塔莎》加上一连串注释，那优美的旋律和节奏还能保存吗？诗还能读得下去吗？

特维尔大街上的两座建筑

特维尔大街是莫斯科最繁华的一条大街，普希金广场就位于这条街上。广场上矗立着一座巍峨的普希金纪念碑，它是俄罗斯文化的象征，而普希金本人便是人们心目中的俄罗斯文化英雄。

在广场对面的特维尔大街和特维尔林荫路的交会处，坐落着一幢有着“M”标志的建筑——麦当劳快餐店，它是西方文化的象征。

普希金纪念碑的长椅上总是坐满了人，男女老少都有。每逢普希金纪念日，人们常常在这里举行集会，朗诵诗歌。

麦当劳快餐店里也总是座无虚席，有时门前还排着长长的队伍，顾客则大多是年轻人。

普希金纪念碑和麦当劳快餐店隔街相望，和平共处。

在二战后的那个年代里，联共（布）中央把西方文化视为洪水猛兽，就文艺问题作了四个决议，并批判了两个作家（左琴科和阿赫玛托娃），以抵制西方文化，结果弄得文艺界人人自危，鸦雀无声，这就是西方学者所说的“荒凉的日丹诺夫时代”。后来当权者变得聪明一些了。到了80年代，废除了40年代的四个决议，不再用批判本国作家的办法来抵制西方文化，而是一方面吸收西方优秀文化，一方面弘扬民族文化，树立本民族的文化英雄（如普希金），使之与西方文化相抗衡。

特维尔大街两边的景物便是这种观念的产物。人们为此付出了多大的代价啊！

——刊发于2009年5月20日（第720期）

小城故事

孙立坤

小城的名字叫呼兰河。

呼兰河是萧红笔下柔情缱绻的乡土。

我更倾向于把《呼兰河传》当成是一幅由文字缀连成的乡土精神图册。它尽管是一篇“传记”，却有着散文诗一般的语言，显示了萧红对呼兰河真诚、质朴和鲜活欲滴的感情。

呼兰河小城是个典型的东北小城，它缺乏轰轰烈烈的英雄事迹，没有人烟阜盛，没有名人和古迹，也没有复杂、豪华的人生际遇和国际谍情。正如萧红呈现给我们的，呼兰河承载的只是些寻常的街道，稀疏的店铺，小小的庭院，窄窄的胡同，澄澈的天空，赤红的火烧云，馥郁的后花园，闲适的蜂蝶，安然的鸡犬，慈祥的祖父以及粗犷却又质朴的邻里乡党，但却是一个最纯真、最乡土的呼兰河。

萧红的童年是孤寂的，她既缺乏同龄人的陪伴，又缺乏亲人的爱，唯有一个老祖父持续地倾注着对她的疼爱。用她自己的话说便是“父亲的冷淡，母亲的恶言恶语，祖母用针刺我手指，唯有祖父对我抱有无限的欢喜”。更多的时候，萧红是在祖父的后花园中度过她那残缺的童年的，于她而言，精神上不老的童年旨趣或许在于玫瑰树、狗尾草、樱桃树、李子树之间，大人们的奚落在客观上也为她过着田园乡土般的童年生活起到了一定的辅助作用。

闲适、寂寥、无忧无虑的童年造就了萧红清醒睿智的观察能力，她戴着审美的眼镜对呼兰河的风俗人情、自然伟力、街道建筑都进行了美学处理，如绣制十字绣般，一针一线地把呼兰河这片乡土都缝进了她的精神图册中，翻译成了一篇美质的传记。疼爱与奚落，荣与辱，幸福与痛苦都被她审美的情趣熨平在乡土的土壤里，没有了委屈的啜泣，有的是超然的阔达心境，而这种心境在很大程度上滥觞于呼兰河这个小城，这片夹杂着自己真挚感情和童趣的北国乡土。

乡土不应该是落后的表征，而是人精神上的母本。萧红的《呼兰河传》流淌出的正是厚重的，溶解着乡音、亲情、民俗的文化质感，成为她同时也成为我们心理按摩的一种独特方式，成为我们心理疗伤的一个绝佳去处。小城往往是一种淡泊而安定的生活表征，正如无人喝彩而自己吼起的江船号子，回响在边城之间。因而小城不大，但其乡土气息却富于感染力和吸引力，如水中涟漪般扩散到我们的意境中来，招致“经纶世务者，窥谷忘返”的功效。

在呼兰河的环境描写中，萧红对自然环境的描写较多较细致，而对人与事的描写不够细致，这或许与这篇传记有关。总而言之，“人情”的要素所占分量较低，这或许同她童年的孤寂境遇有关，她的童年乡土好友更多的是些花草虫鱼鸟兽，因而造就了她归真返璞的美学人格，从而使她的性格和文章有着浓厚的东北乡土色彩，她用乡土之情编织成的《呼兰河传》更成了她在繁华的香港的乡愁符号，深埋在心灵深处，永不老去。

《呼兰河传》揭示出的乡土性的价值还在于，它号召我们要形成一个正确的幸福观，即幸福只是一种心灵上的感觉和精神上的体认，物质的丰裕与否、权力的宏大与否、地位的崇高与否、名誉的鹊起与否或许与幸福没有必然的关系。乡土的本质是质朴和真善美，人来自乡土，死后也要归还于乡土。落叶归根是乡土最纯真的呼唤，因而在中国，衣锦还乡、告老还乡也被视为一种特殊的荣耀。

萧红，人在繁华的香港，精神的弦却被呼兰河这座小城牵着。

我们又何尝不是呢？

——刊发于2010年6月30日（第752期）

在路上

——观《北京青年》有感

贾　鑫

四个青年，东南西北，本应有各自不同的剧本，医生、公务员、白领、老板，这是他们在这个社会的位置。可是源于一种对生命的冲动，对自我命运的抗争，他们选择重走青春，完成自我的救赎，他们就这样上路了，在路上成长，也在路上告别，那么义无反顾。

热播剧《北京青年》里四个年轻人用双脚传承着杰克凯鲁亚克式在路上的精神，一辆二手福特横穿美国，证明了80后并不是“垮掉的一代”。在路上，其实我们都在路上，东、南、西、北，我们都在刻画着属于自己的轨迹，人生也就是一段未知的旅程，有长有短。有人走得匆忙，有人走得绝望。

人生如戏，戏如人生。生旦净末丑，少了谁，这出戏都不完整。好比一棵树，有人愿做根，有人愿做干，有人愿做枝，有人愿做叶。少了一环都是欠缺，或许它能存活，却少了一份完整，一份春来抽芽，夏来绿，秋来凋零，冬来眠的自然。

人生就是一场旅行。或许一台电脑，一辆车，一台单反，一颗躁动不安的心，就上路了。在路上听到一句话：拉萨不在拉萨，拉萨在路上。多么诗意的一句话。我更觉得每个人心里都有一座自己的拉萨。只不过有的人看得明白，有的人却颠倒了心房。

一路上，有学生，有辞职，有请假，有单身，有情侣，有脸上尽刻岁月痕迹的老翁，有头发金黄的老外，不同的年龄，不同的国度，不同的性别，但他们都上路了。他们不需要多余的言语，匆匆讲解彼此的遭遇，分享彼此的快乐，在谁也说不清楚的下一秒就挥手告别抑或道声晚安。然后又匆匆上路，我们彼此反复扮演着过客的角色，因为我们都是青春同路人，在追求着同样一份宁静，一种别样的人生。

很喜欢一句话，身体和心灵必须有一个在路上。但我觉得两者本质一样，只不过一个实体一个虚幻。徜徉书海，我们的思想随着情节的跌宕起伏而舞蹈，或许书的扉页就让我们悲伤地难以拾起，抑或让我们以另一种心情去开始阅读，但结局早已注定，我们能做的，就是去品味过程，因为我们无法改变开始和结局。就像旅行，起点和终点注定是两个极端，不能改变，但我们却可以选择不同的路径去完成这段旅途，形形色色的人，曲曲折折的路，甚至可能一只蜻蜓的一瞬停留就改变了旅行的意义。而当我们的身体在路上时，则是更直观地感受，思想更容易天马行空，当找到一个契合点时，我们就解脱了，释然了。

让现实的触角触摸了太久，就会步履维艰，因为太多的东西被我们装进了行囊，友谊，爱情，两肋插刀，落井下石，舍生取义，钩心斗角……从懵懂到世故，终有一天，我们开始抛弃那些放慢我们步伐的累赘。追根溯源，寻觅那片丰收饱满理想的稻田即心灵最后的栖息驿站。

夕阳西下，断肠人是否真在天涯？古道西风瘦马，小桥流水人家。很多人迷失在生活中，信念里上路吧！或许下个山口就柳暗花明了。抑或有这么多人在路上，才有了归人和过客的美丽错误。

落花三千终成雪，带着虔诚的信仰，我，在路上！

——刊发于 2012 年 9 月 15 日（第 801 期）

找寻文字的远方

蒋海文

透过斑驳的阳光，不经意间，2012 年已悄悄漏过指缝。犹如一场不经意的相遇，2012 年，我们在导语，在倒金字塔，在分行排列的文字中相遇。细细盘点一年来的收获与成长，幸福与艰辛，在奢华的文字中，我们一点点接近写作的内核。

细细梳理一年来本报刊载的文字，我们试图找寻文字中跳跃的精神质素与美学趋向，试图找寻新全媒下新闻的创新和走向，试图找寻文字更远的远方。在各种梦语和自我蒙蔽中，重新审视文字的根系与枝叶，重新审视文字的力量，重新审视时代的变化与自我损耗。

生活是一袭华美的旗袍。在钢筋水泥构建的喧嚣的现代社会，很庆幸，还有这么多热血沸腾的大学生钟情文字，做着“减法”工作，不断去除事物、现象的枝蔓，不断呈现事物本来的面目，不断理清文学与生活的关系，不断理清文字的机理与纹路。在这些作品中，题材的拓展有了更广阔的空间，文章的立意有了更深刻的生活哲思和生命考量，注重了历史的厚重与现实的观照，注重了文化与智性的双重回响。新闻题材的策划、主题的提炼、角度的选取、标题的拟写都有了崭新改观。

张灿强《陈君君：为父亲撑起一片天》和周彩丽《志鹏的笑与泪》，在命运的拐点，让我们触摸到了生命的另一种坚强；徐碧莹《“脱光”不是我们的主流文化》，在传统文化与流行文化的碰撞中找寻新闻的另类视角；尹群群《紧握青春的笔》，以隽秀的文笔表达出对文字的执着与守望，对新闻理想的追逐与坚守。

诗歌是灵魂的遗址，是分行写作中一个句子被掰断后带给人们的痛楚。在部分作品中，我读到了文字带来的持续性阅读震撼。罗唐玲《小镇》“你想把小镇写进／时光斑驳的回忆录／镇东头的石板街／似乎成了唯一的句子”。艾略特曾经说过：“诗歌不是感情的放纵，而是感情的脱离”。何雅静《秋的梦魇》，一条路，一阁楼，一地金黄，一抹夕阳，构成作者眼中独特的秋。在光和影，在错落的诗行中，自然流露出强烈的感情。

写作不是生活的零存整取，而是作者自我审视、自我表现、自我突进、自我批判、自我拷问的复杂过程。丁红莲《棋局人生》生活的意向和生活化的语音，折射出对人生的哲思和对生命的思考。“人生如棋，棋如人生。人生就是在楚河汉界间一比高下，在进退攻守中尽显智慧。”周丹《秋千下的幸福》，带领我们回到现场，阅读历史，在无奈、孤独、压抑的细节描述中，交替、重叙、解构“过去的爱情”。字里行间中，渗透着对历史，对幸福，对爱情的独特理解。“敢于打破一切枷锁，向着幸福无惧无畏地跳动。”赵碧雅《住进这颗诗意的心灵》，古典诗意的现代转换，在情感的错落交叉和重叠中，用智性覆盖情感，冷峻表现内心的激动。文字的张力铺开诗意的心灵和“人生若只如初见”的美好。李雪《故事里的成长》，诗化的语音，陌生化的组词，彰显文字的张力。“在时间的某个角落，我只是一只雪白的蝴蝶，邂逅深秋的阳光，追随一种宿命的牵引。”杨舒《每当变换时》“日子太薄了，薄得来不及喧哗就沉睡过去，永不醒来。”只有将生活的趣味和灵魂的密码结合在一起，文字才会有感染力。张金平《零度温暖》“冬天，日子一天天溃败。那些日子，像冬天的一杯烧仙草。”

历史注定是被讲述的，如果能够为历史增加一微米的高度，那么我们的诗人就是无限被值得尊重的。而薄薄的一微米，需要筛落掉成吨的文字粉尘和伪饰的垃圾。何雅静《瓷幻》，以万取收一的手法，一笔一画地勾勒历史，历史的厚重感和生活的金属质地应声而落。在历史的叙述中还原历史和现实之间的互动纠结。“历史的锦绣繁华向我们缓缓走来”。作者应该是生活冷峻的思考者，对情感的把握要有哲学观点和终极人文关怀。王振东《金陵之殇》在回应历史和现实对和平的呼唤中，坚定携笔从戎的理想与信念。尹群群撇开了个人乌托邦的高蹈与沉溺，在作品中对浓烈的感情作冷处理。在《十二月风雪客》《两相依》中，回归到精神性的对话和自我盘诘式的话语方式。“此生此世，枝叶相连，枯荣不变。”这是对经典名篇《致橡树》意境的巧妙解构。“我必须是你近旁的一株木棉，作为树的形象和你站在一起。根，紧握在地下；叶，相触在云里。”尹群群在生活和诗歌的迷津中自我搏斗，善于以生活中俯拾即是的事物入诗入文。《秋分》就是很好的典范。“远处的时光里，不再两手空空”。具有精神的方向感，在意象、修辞、解构方面，流动中无声的音乐。

亲情是一个永不枯竭的题材，在熟悉的语境中如何写出新意？陈云霞《离家，回家》给出了较好的答案。倒退式地拨转方向，重新带给我们回归到亲情的温情中。浓郁的亲情带给我们的是持续性的精神阵痛。“时间能否抹平一切忧伤？”周丹《夕爱》“那一刻我忽然落泪，不知这样一种淡而朴素的情感在茫茫人海深处，除了我是否还会有谁不经意地窥见”，在过马路、推轮椅等细节中，让我们重拾“被岁月的灰尘渐渐淹没的背影。”

写作不是贴在这个时代的小广告、匿名信和举报信。我们目睹的是更多的码字者，无关痛痒的自我抚慰和自我夸大的精神洁癖，缺乏真正的疼痛。而李和平《爱在爱里》、王孟威《遥望》让我们读到了爱的疼痛。而这种疼痛来自作者自我扬弃中的回肠九转：惆怅、焦虑、恐惧、压抑、震惊、孤独、荒诞。张金平《掠过心上的微点》“我从来没有想过要单纯地去写您，因为您的文字一直是我仰望的高度，需要很长一段时间去跋涉，但时间给了我证明，也教会了我成长。写完这些已经下午了，有阳光从窗外洒进来。老师，您应该会在某一个清晨或者午后读到它。”作者对情感的把握紧扣哲学观点和终极人文关怀，让浓烈的情感赋予智性。

文学是一种疼痛。也许，有一天，我们远离了导语，远离了倒金字塔，远离了分行排列的文字。但某年某月某日的傍晚，我们一定会带着泪光去阅读这些文字，这些也许微不足道的感动。

梭罗曾经说过，时间是一条河流，供我垂钓，我饮河水，在我饮河水时我看到浅浅的河底。河水流远了，但永恒不会流走，我想到更深的河水里去饮水，到天空去捕鱼，天空的河流里镶满了石子似的星星。我想，我们的永恒，就是文字。

整个冬天都在撤退，我零乱的情绪堆满语言。

——刊发于 2013 年 1 月 10 日（第 811 期）

生活理想的诗意重构

——观《钢的琴》有感

吕宪峰

电影《钢的琴》整个背景都有工业化时代的明显痕迹，破旧的厂房、脏乱的街区、高耸的烟囱……那是20世纪90年代以前中国东北老工业基地的基本面貌。故事在稍显忧郁的画面中展开，在荒诞和浪漫中表现了那个时代工人阶级积极的生活态度，虽然与现实比较，影片中的故事情节有些乌托邦，但是正是这种虚构的现实使得电影主题更加突出，也使得影片具有了抒情的诗意美感。

导演张猛说他很怀念过去的那个时代，那个属于工人阶级的时代。那个时代中国很穷，工人阶级是中国最主要的力量，是实际上的主人；那个时代是一个物质贫穷，但精神富有的时代，理想高于现实的时代。有人批评过去40年的历史，是用崇高理想来压抑人的起码物质需求的历史，这是那个时代确实存在的缺点，但是，那个时代正好给人们指引了生活应有的方向。

90年代中国市场经济开始建立，中国的经济开始了高速发展的时代，中国社会也加快了现代化的步伐，西方资本的入侵带来的不只是经济发展模式的改变，它同时也侵害了人们的精神，理想变得越来越遥远，物质的追求变得重要。查建英关于80、90年代关键词的调查显示：80年代为激情、贫乏、热忱、反叛、浪漫、理想主义等；90年代为现实、利益、世故、时尚、金钱、市场、信息等。我们总在追问幸福，什么是幸福呢？现代人生活过得比以前幸福吗？这都不好定义，但有一点是肯定的，这个时代的人都向往那个时代的人而并非那个时代的生活，尽管现在的生活衣食无忧，我们依然感到不幸福，因为我们的精神变得贫乏了，为理想奋斗的生活依然继续，但所谓的理想已经不再崇高，有时理想仅仅是挣钱买套房子。当物质的享受和贪婪绑架了理想，生活就没有满足，所谓的幸福也就经不住时光稍逝的过渡。

陈桂林和他的一群哥们儿都穷得叮当响，当陈要买钢琴向他们借钱时，他们或愁眉不展，或逃避不见，但是偷钢琴、造钢琴的时候哥几个却都是不要工钱义务帮忙，而且都是一种忘我地投入。这就是他们看似矛盾的一面，一谈到钱他们就显得人品极坏，可他们只是因为穷，是物质的匮乏导致他们无力支持，后来的齐心协力正好说明了他们精神的可贵之处，人都在围着物质需求生活，但是他们把理想看得更加重要，这是他们最富有的地方。

现在是一个缺乏崇高信仰和理想的时代，关于人的定义，不再像以往那样认为“人应该活得像雷锋一样”。尽管社会依然倡导人们为了崇高的理想而奋斗，实际上金钱和利益已经控制了人们的潜意识，它在潜意识里支配着人们在所谓的理想的外衣下拼命地朝着金钱和利益奔跑。人像是一头被蒙着眼睛拉磨的驴，以为自己是在前进，以为只要努力地跑就能到达目的地，享受休息的幸福，却不知一直在原地打转。多少人创造了大量的物质财富，却把自己变成了物质的奴隶。

当小菊告诉陈桂林，小元跟着他不会幸福的时候，陈桂林说：“别拿幸福吓唬我!”小菊是基于物质的考量，陈桂林没有钱，在小菊看来没有钱是没法幸福的，而陈桂林在乎的是真正的生活，生活不需要物质的丰盈，而是积极乐观的态度和敢想敢拼敢干的精神支撑。一切都是人的创造，工人阶级的创造精神使得他们无所畏惧，“别拿幸福吓唬我”，因为那都不是事儿！汪工说：“没有敢想敢拼敢干的精神，那不是咱们工人干的事。”

当淑娴和王抗美黏在一起的时候，被拒之门外的陈桂林也只好悻悻而返，他在路上看似潇洒地点着鞭炮的背影，多少能让人想起《英雄本色》

里处处藏枪的小马哥，可惜他终究不能像小马哥那样潇洒地扣动扳机。当陈桂林晃动的背影渐渐消失在黑夜里的时候，我们发现他对现实充满了无奈。淑娴说："今天你就是造出了钢琴，小元你也留不住！"这是陈桂林真实面对的，有些事，他的理想和激情不能改变什么，面对这些，陈桂林只有无奈地吼上一句："你们都一样，太现实！"

影片显然在怀念那个时代，怀念那个时代的精神。片中两根烟囱被炸掉意味着中国旧工业时代的终结，烟囱倒塌时扬起的烟尘淹没了远处围观的遗老遗少，他们也随着烟囱的倒塌退出了历史的舞台。在经济高速发展的今天，我们应该反思，生活应有的含义不该是为了物质和名利而忙碌，一个精神贫乏而物质丰盈的民族和一个华而不实的暴发户一样可怜。财富和幸福是不能画等号的，金钱是工具而不是目的，但恰恰这几年我们在这种价值问题上有遗失，大家都拼命地追求财富，而恰恰没有想过如果没有钱我们应该怎样去幸福地生活。

影片最后，他们终于把钢琴造出来了。当小元问爸爸弹什么曲子的时候，陈桂林若有所思地说："越简单越好。"这是一种生活理想，生活本不该那么浮躁。生活和理想不应该互相妥协，但可以握手言和，越简单越好。

——刊发于 2016 年 1 月 5 日（第 881 期）

如此老生

蒲德德

总有一些生命的真谛会在书里与我们相遇，贾平凹的《老生》就是这样一本书。

《老生》一本书，四个大故事，以解读《山海经》的方式连缀而成，这样写法的小说在贾平凹的作品里并不多见。《山海经》写的是山水神灵，但《老生》写的却是尘世凡人。

贾平凹的文字还是那种熟悉的味道，烈酒加秦腔，写的都是实实在在的东西，多少还会有一些看来略显粗鄙的东西，但我想，因为他写的是生活，也许生活本身就是粗鄙的。

虽然久居西安，却依旧是故土难离，棣花镇因为他带上了文学气息，和莫言的山东高密东北乡一样，从这里蔓延开去，秦岭一带充斥着黄土地上最原始的生命张力与野性，这种野性常常发人深思。文字的生命力也许就在于此，在个性化的叙述中将历史和文学完美结合，却留有遐想的缝隙。贾平凹的文字风格得益于其极为丰富的生活阅历，他在高高的山上站过，也曾在深深的谷底行过。

《老生》不是一部让你止于娱乐的作品。书里虽然也有很多情节让人朗笑出声，但每个人的故事往往都不是喜剧结尾。当你把他们各自的命运览过一遍的时候，就会和他们一起感慨，一起呼吸，一起看天空瘦得发白的云，你会为他们叹息。

老生是一个职业歌者，他亲赴了无数次葬礼，在他为亡人所唱的阴歌里，唱尽了过去的百年风雨，人世沧桑。作者在结语里写道："书中的每一个故事里，人物中总有一个名字有老字，总有一个名字有生字。"的确如此，老黑、匡三、李得胜、马生、墓生、老余、戏生……他们的名字和秦岭连结在一起，在贾平凹的笔下，用自己的生命讲述着过去的历史。

这本书是贾平凹给自己的一份寿礼，他想好好地去写写自己走过的大半生，写写自己的爷爷做了什么，自己的父亲做了什么，写这些自己以往不愿想不愿写的东西。不管是其中哪一篇故事，都可以看见这百十年来的风云变革，以及变革背后最普通民众命运的悲喜变化。读着它们，我常常想起自己的故乡，自己的父辈祖辈，他们所经历过的岁月，那极为普通的乡村变迁与极为凶险的生死挣扎。生与死没有太多距离，也许是在一瞬间，这个生命就永远地离开了人世，而我，在读的时候真真切切地触碰到他们，就像触碰到真实存在的生命。

文学有自己关注的世界，它永远不需要刻意回避和躲闪。作者写了诸多一般人不敢去写的内容，小人物的命运里面折射着很多无奈。小小的棋盘村，还有最终被一场瘟疫席卷而完结的当归村，那种悲剧让人惊愕却又只能沉默。小说写到最后，活了不知道多久的老唱师也离开了，他为当归村的村民唱了最后的阴歌，在凄苦人间安置了他们的灵魂。他静静地离开了，却没有人为他唱哀歌。

“我有使命不敢怠，站高山兮深谷行，风起云涌百年过，原来如此等老生。”和老生一样，小说中其他人物都是历史的一部分，他们不应该就这样消失。是小说重新给了他们生命，毕竟，没有了生命的国度是可怕的。

他们存在过，就如秦岭那些山头的树，还有那些树上的云一样，紧贴着这片大地，从未远去。

——刊发于2016年1月16日（第882期）

桃花难画

徐媛媛

春是桃树枝头韶华胜极的那一抹粉。“桃花难画，因得画得它静。”“桃树是村中唯井头有一株，春事烂漫到难收难管，亦依然简静，如同我的小时候。”这样的文字当然是好的，让人眼前不自觉地浮现了一幅春日桃花图：村头爬满青苔的古井旁，一株桃树盛开着满树的粉色花朵。偶尔有人过来汲水，看到正盛的桃花，驻足观赏片刻，而后又归去。古井旁复归于平静，只留一树桃花瓣随风悠悠飘落。

我家乡有处果林场，里面种了十几亩桃花。我同学的爷爷在做守林人，临时居住的房子就建在桃花林旁边，里面住着老爷子和他老伴。我有次陪同学去送东西时正赶上花期，满山桃花宛若云蒸霞蔚，一辈子也忘不了那样的盛景。我们进了门，老奶奶就到井边洗水果喊我俩过去吃，又忙着洗菜说要留我吃饭。我本只想去了就回，没想到却吃吃喝喝待了很久，累得爷爷奶奶为招待我们忙前忙后。

那时，门外是开得盛极的桃花，门内是相谈甚欢的祖孙两代。只因有寻常人家的相伴相依，这样漫山遍野的桃花更显平淡简静。

桃花难画，或许不仅因为它静，还有它的艳。《诗经》有云：“桃之夭夭，灼灼其华”“灼灼”俩字很值得玩味，仿佛积蓄了整个秋冬的力量都在此时燃烧起来，艳丽到极致，妩媚到极致。这是一首描写新娘出嫁的诗。“之子于归，宜室宜家”，对于古代的女子来说，身着凤冠霞帔出闺的这天一定是一生中最美的记忆吧。

艳丽的桃花总是和女子的温柔妩媚联系在一起，如崔护的那首《题都城南庄》：去年今日此门中，人面桃花相映红。人面不知何处去，桃花依旧笑春风。

人面与桃花相映，真是花衬人美，人比花娇。据说崔护某年清明在长安城郊踏青时，因酒后干渴去某户人家求水，偶遇一位站在桃花树下的女子。来年清明崔护再次来到这户人家时，却发现家门紧锁，女子也不知去了何处。崔护心中感慨，便在墙上题了这首诗。物是人非实是人间寻常事，读诗的人亦有共鸣，所以诗便广为流传开来。

桃花难画，难画的还有它的自在与逍遥。明代诗人唐寅就多次在他的诗词中运用桃花这一意象表现其隐居生活。《桃花庵歌》里这样描写：桃花坞里桃花庵，桃花庵下桃花仙。桃花仙人种桃树，又摘桃花换酒钱。酒醒只在花前坐，酒醉还来花下眠。半醒半醉日复日，花落花开年复年。

他的另一首诗《把酒对月歌》也有类似的情感表达：我也不登天子船，我也不上长安眠。姑苏城外一茅屋，万树桃花月满天。

“酒盏花枝隐士缘”，诗人有了花相伴，便多了几分闲情逸致。这样的桃花亦不只是桃花，更是诗人之友，诗人感情的依托。就如桃花源亦不是武陵人的桃花源，而是陶渊明的桃花源，用一个文字创造的理想主义的世界。

桃花只是那个桃花，桃树下的悲欢离合却时时在上演。桃花难画，难画的哪里是桃花，难画实是人生的平淡与波折。

——刊发于2016年3月15日（第883期）

繁华散尽

——读金宇澄《繁花》

刘　威

几年前看《长恨歌》，王安忆用一支悠扬的笔，从弄堂出发，陪王琦瑶听完了上海热闹欢庆的笙歌，看遍了上海冰冷却又绚烂的花。金先生却不同，他笔下演绎的上海是芸芸市井的街巷，是吴侬软语的嘈杂，是平凡世相的流水席。

“静静地，我们拥抱在／用言语所能照明的世界里／而那未形成的黑暗是可怕的／那可能的和不可能的使我们沉迷／那窒息我们的／是甜蜜的未生即死的言语／它底幽灵笼罩，使我们游离／游进混乱的爱底自由和美丽”金先生在结尾用一首穆旦的诗，描述了语言的神奇。这是世间少有的奇迹。

胡适曾写长评：“如有中国的方言能够进入正规的文学系统之内的，要么吴语要么粤语。”王安忆尝试过，失败了，金宇澄另辟蹊径，竟留下了“人话”的痕迹。语言是先于文字的，上海话里的上海，是纯粹的上海，是没有灼灼百点红却红消香断的上海，有着清水出芙蓉的旷世天然。

小说以阿宝和沪生的人生为线索，零零碎碎地引出百态众生。阿宝的爷爷曾是大资本家，但阿宝爸爸去参加革命做地下党，忤逆父亲；沪生家是军队干部，“文革”被批斗；小毛家是工人家庭，都是脚踏实地的最底层，没有大起大落。这三个人从小是好朋友，从懵懂童年一直写到中年老境，跨越了半个世纪的中国。

有趣的是，作者用上帝之手把时间打乱，分成“往事”与“现实”两条线索来讲。小说共三十一章，凡单数章节讲述“往事”，凡双数章节讲述“现实”，就这么均衡地交叉隔开。“现在”这部分没有太明显的时间跨度，似乎是一个静止的时空；而“过去”这部分有着清晰的时光流逝，三个少年日渐长大，历经人生的酸甜苦辣，两条线索最后融到一起。余华曾在《细雨中呼喊》中认识到，是时间创造了故事的神奇。地点依旧是上海，从一个饭局走到了另一个饭局，从“过往”走到了“现实”。

人总是容易唏嘘，唏嘘韶光易逝，唏嘘年华叹尽泣不成声。上帝不响，却将世间蝇营狗苟尽收眼底。阿宝在开篇与沪生讲到，做人多少有些尴尬。这尴尬就是欲所为却无能为的无奈。

开篇陶陶给沪生活灵活现地讲了一个菜市场小贩间偷情的八卦，沪生却引用了那篇著名的圣经故事作结，一群犹太人要向一名妓女投掷石块，但耶稣却说道：“你们之中谁没有罪，谁就能向她投掷石头。”陶陶评价：“上帝辣手。”既然谁都有罪过，谁又能评价谁，指点谁呢？小说家的终极要务，也是如此。金先生原原本本将上海描写出来，将上海的真实面貌折射出来，后生的评论或是结论又与他有什么关系呢？

“上帝不响，像是一切且由我定。”小毛临终前的一番话算是对自己此生的认知，很有些讽刺意味。天下熙熙，皆为利来；天下攘攘，皆为利往。机关算尽太聪明，反误了卿卿性命。王小姐和梅瑞结局可哀，却面目全非满目疮痍；小毛凄凉自得的晚景，却让人觉得欣慰而并非可怜。

张爱玲曾执着于描写琐事，点一支炉香，全由她絮絮叨叨。《繁花》同样再现了语言的神奇，梁老师和小毛的一段家常，只有短句，只有平铺直叙，没有修辞没有描写，却显得格外的美。十年生死两茫茫，不思量，自难忘。这样的语句早已力透纸背，让人不忍卒读。

读完此书，忽有恍若隔世之感。红楼梦所言：为官的，家业凋零；富贵的，金银散尽；有恩的，死里逃生；无情的，分明报应；欠命的，命已还；欠泪的，泪已尽。逝者如斯，人生竟有如此厚重。

繁花散尽。由来同一梦，休笑世人痴。

——刊发于2016年4月25日（第887期）

诗心不老

雪　璃

诗人是世界的回声，他们的一颗心，年轻或苍老，都流淌着诗的韵味，道出了青春的来意。《当你老了》是叶芝广为人知的诗歌，有关诗人的爱情——年老时的爱情。

老去是一件残忍的事，但在勇敢的诗人笔下，只有缓缓溢出的平和宁静。叶芝就是勇敢的诗人，不是他不会老去，也不是他不畏惧老去，而是坚贞、坦荡的胸怀，让他成为灵魂的主人，而不是保姆。

爱尔兰、诗歌、戏剧与爱情，构成了叶芝的一生，他因为戏剧创作获得了诺贝尔文学奖，却因为她，为爱情折磨一生。

说起爱情，美好的爱情似乎就像《四月的纪念》中，刘擎深切地告白："二十岁，我爬出青春的沼泽，像一把伤痕累累的六弦琴，喑哑在流浪的主题里，你来了"，王嫣亦深情地回应，"我走向你"。刘擎和王嫣的爱情艰难而纯粹，"文革"时期的大西北便是他们相遇的时空，那个四月的夜晚，被两人谱成了诗歌，浪漫了一生。这样的对比，并不是要说明叶芝爱情的不幸。爱情，不外乎两种存在的状态，两情相悦，或一人相思，不论哪一种，都是有味道的爱情。

那是距离青春许多年后的年月，年近花甲的叶芝回忆爱人茅德·冈时这样写道，"她伫立窗畔，身旁盛开着一大团苹果花；她光彩夺目，仿佛自身就是洒满了阳光的花瓣"，屡次拒绝他求婚的茅德·冈依然可爱，令他神魂颠倒又令他痛彻心扉的茅德·冈依然可爱。

如果你问叶芝，这样自讨苦吃是为了什么呢？他一定会回答你，因为这优雅的爱呀，你要知道，爱的感觉多么重要。这样的回答，想来克劳德

·莫奈是赞同的，他一生只为一个女人画过像，那就是他的初恋和第一任妻子卡米勒。路易斯·韦恩也是赞同的，妻子过世后，他把对她的思念延续到猫身上，倾尽一生来画猫，直到成为精神病人也没有停下画笔。年华易老，斯人已去，唯独他们对她们的爱被刻在画中。对于叶芝来说，这份爱则被留在诗里。

比水再浓一点的，是酒，比回忆更长的，便是诗。叶芝的一首《当你老了》，感动了不止千千万万的有情人。时至今日，“唯有一人爱你那朝圣者的灵魂，爱你哀戚的脸上岁月的留痕”仍然是对爱情忠贞不渝的最好表达，在这句话面前，“我爱你”更像一句敷衍，显得苍白无力。或许是现代人常将“我爱你”挂在嘴边，又无法将之作为承诺来检验，这句话也渐渐变成一句空洞的甜言蜜语。

诗人向来不会直白地袒露内心，所以叶芝才会说，茅德·冈，我不仅爱你青春欢畅的时光，爱慕你的美貌，更爱你虔诚的灵魂，爱你苍老的脸上的皱纹。那么茅德·冈，你真的听到了吗？你一定是听到了的，你清楚地知道叶芝爱慕了你一生，只是主张用文学来召唤民族精神的叶芝过于温和，或许纯粹的友情比爱情更有吸引力，又或许你断定禁欲对艺术家有种种好处，所以当你步入暮年，才回忆道，“他是一个像女人一样的男子，我拒绝了他，将他还给了世界”。世界感恩你把“我们时代最伟大的诗人”还给它，可你，才是叶芝的殊荣。

“当你老了，头发花白，睡意沉沉，倦坐在炉边，取下这本书来，慢慢读着，追梦当年的眼神，你那柔美的神采与深幽的晕影。”为一个花季女神设想她的暮年，这本就是残酷的，因而这诗也是独特的，不知茅德·冈是否会与让娜·迪瓦尔有相同的心境，但叶芝与波德莱尔一样，不论“当她老了”还是“旧爱已分解”，他们仍保存“爱的形姿和爱的精髓”。

用尽一生去爱的叶芝或许不知“爱情是怎样逝去，又怎样步上群山，怎样在繁星之间藏住了脸。”但圣洁的爱情已成为永恒。叶芝期待最美好的结局，又不得不面对最残酷的事实，只得将爱的玫瑰绽放于诗歌与朦胧的幻想中。但爱你时，我把群星当露水，这样就够了。

这份爱情是属于叶芝的，就像他说的，“我将不停地行走，不停地歌唱。因为这是我自己的歌吟，我自己的诗章”。面对诗人纯粹的心，无论多少笔墨，都只是粗浅的猜测，无论怎样窥探，诗人的诗心都不会改变，不会老去。

——刊发于 2016 年 12 月 5 日（第 902 期）

我们不必平静，尽管去创造

——读《平凡的世界》有感

郭　婷

好书的“好”处在于，它能带给不同的人以不同的感受，从而形成个人独特的思想。《平凡的世界》就是如此。我不知道在别人眼里它是怎样的，但我从这本书中读出了三个词：“爱情悲剧”“理想主义”和“苦难人生”。

这三个词，各有侧重点，但又相互关联，相互影响、相互造就，从而形成独特的思想性。正是因为在那个年代的苦难人生下才会有寄托希望的理想主义，而理想主义不可避免会造成爱情悲剧，同时，爱情悲剧也正是苦难人生的一个重要组成部分。

首先是书中的爱情悲剧。爱情这个话题向来为人们所乐道，但没有谁能给出一个真正合适的解释。什么是爱情？我只从书中领悟出一点：爱情，不管结局是否悲喜，过程总让人感到幸福，哪怕只是在臆想中。

晓霞和少平的爱情是悲剧。两人身份地位的差距给少平带来很大苦恼。和晓霞约会时，少平是这样的：“他爱她，但他和她将不可能在一块生活——这就是问题的全部症结！”少平的内心存在一种压力，这种压力又催生渴望与不自觉的骄傲，所以与晓霞相处时他是热血沸腾的。不仅因为他们在灵魂上达成了共识，更有一种冲破身份限制的征服感，这其实是少平内心自卑的写照，他自己也曾想过，一个煤矿工人居然和省报记者处对象，这是多么令人自豪的事啊！从这里看你能说他不自卑吗？即便他能说服外在的物质衡量标准，但在心爱的晓霞面前他就真的不在乎吗？肯定会在乎的，因为爱情总会不自觉地想在对方面前展现最好的一面，少平也不例外。

再说少平和惠英嫂，从结局来看，少平最后应该照顾了这母子俩。惠英嫂无疑是个贤惠的妇女，她母亲般的温柔照料，如同给内心焦灼的少平打了一针静心剂。少平内心的不安分即便是晓霞也不能完全明白，而惠英嫂是不需要明白的，她只需要用温情来抚慰少平那颗焦灼的心就行了，所以少平每次走进惠英嫂家总能感受到平静与温暖。而且在惠英嫂身边他是伟岸的，他没有丝毫自卑，不像晓霞太过耀眼的光芒轻易引起少平内心的焦灼。惠英嫂是以一个弱者的姿态仰望着他。那是一种任何男人都不会拒绝的仰望，她使他懂得被需要的重要性。而这些东西是晓霞所不能给她的，因为晓霞是那样一个独立而优秀的姑娘，少平爱她的思想和心灵，却不能在她这里体会到强烈的被需要感。

不妨在此假设，如果晓霞没有死于洪水之中，而是兑现了与少平在杜若梨树下的约定，那将是什么样的光景呢？首先不说来自双方家庭的矛盾和阻挠，惠英嫂对少平的依赖就是一个大问题。试想，一个背井离乡带着孩子，又死了丈夫的女人好不容易找到了生活的支撑，突然间被告知那个人将成为别人的丈夫，她的内心应该是崩溃的吧。而从晓霞来说，一方面她会同情惠英嫂的遭遇，另一方面当然不希望看到少平对其他女人有太多的责任，这会使她内心痛苦。而少平面对她们也会觉得痛苦，一边是爱情，一边是责任，而这两者似乎并不能共存，长此以往，爱情会变质，责任会失去本来面目，少平也会变成另一个样子。许多爱情不是为四面八方的阻挠而是内心的隔阂所摧毁，晓霞即便在世面对的也是一场爱情悲剧。

接下来是我所理解本书的“理想主义”。有观点说《平凡的世界》中的人物，尤其是主人公总是会被身份阶层高的人所爱慕，这是一种对阶级超越的理想化，少安与少平都在理想化中获得了另一个阶层姑娘的爱情。不可否认，在真正的社会历史阶段中，肯定也会有如此打破门楣的勇敢爱情，但真正成功的微乎其微。路遥正是截取其中少数部分的事例加以理想化，少平与晓霞的爱情，那个年代煤矿工人和省报记者的爱情还不理想化吗？另一个比较理想化的是金波和郝红梅的爱情，其实我更倾向于他们是相互需要的结合，最后的结局是金波不顾家庭反对毅然扑向了红梅的怀抱，后事并未交代，想来还是有很多阻碍因素，但这就是理想主义下的爱情。

除了爱情线外，事业线的理想化更为明显。少安开办砖厂，失败之后偶遇时机东山再起，活脱脱一部农民企业家的奋斗史。但在真正的历史现实中，即便少安再怎么有魄力也没那么容易成功，这是大时代造就的现实悲哀，更多的人一失败就再无翻身之力。许多苦难书中未曾言明，但其艰苦远非常人所能想到，要想在时代的变革中闯出一片天地，必将会先撞得头破血流。

少平也是如此，从农民变成工人，虽有些波折但结果顺意。路遥塑造这个主人公将理想主义融入其中，对少平的描写尽情演绎理想主义，进行文学走私。表面上写一代人的苦难奋斗史，其实是在为理想主义正名，表现其给人带来的心理慰藉和鼓励，使之以一种意识形态的方式扩大影响。在国人的普遍认知里，理想是很好理解的，但其后加上主义二字似乎就不明白了，我说它们同也不同，同的意思都是所向往所希望的事物，不同在“主义”只是使其前面的名词更加专业化和书面化。这是一种美好的状态，正因为采用了理想主义这种手法，所以《平凡的世界》给人的感觉是积极向上的而不是消极怠慢。倘若不理想，爱情紧守阶层差距不接触，事业失败无奋斗，人与人之间相处只呈现阴暗复杂的一面，那就不叫做《平凡的世界》，而叫作“八点半肥皂剧”了。

理想主义又不等于空想，它是建立在现实基础上的，只是对现实进行了深加工和美化，最后呈现的自然是全篇的励志和奋斗。理想主义也不同于现在所谓的心灵鸡汤，鸡汤只暖了胃，思想还是冷的，理想主义它是真正能从思想上改造心灵，这也是文学的魅力所在。

最后要提的是“苦难人生”。给书中人物造成苦难的原因有很多，最大的还是时代背景。在那个风起云涌的年代里，那片黄原大地上的苦难不胜枚举，无论是人民公社化运动带来的伤害还是政治斗争下的牺牲都是时代的悲哀，还有来自身份地位差距的偏见，婚姻自主和封建枷锁的碰撞，这些都给人的身心造成了伤害。面对这样的苦难，各人有不同的对待方法。少平不甘于屈从苦难，他一直在与命运抗争，他读书关心时事想走出黄原看更大的世界，甚至与晓霞的恋爱也冲破了时代思想尚未转变的钳制；而少安在事业上也未曾屈从苦难，用自己的聪明才智获得了成功，但他是那样一个现实的人，他不敢在爱情上勇敢，惧怕无形的枷锁；而两兄弟的妹妹兰香的做法与现今十分相似，用知识去抗争苦难。书中人人都有苦难，对待的方法却是千姿百态，这无疑给了人们许多借鉴和启示，现在虽然没有那个时代的大背景，苦难于每个人却是存在的，所以更加需要学习书中人物抗争不屈从的精神，就像书中那句：我要扼住命运的咽喉，它不会使我完全屈服。

这三个观点可能阐述得不是很有道理，但我读后感觉最深刻的即是如此，爱情悲剧、理想主义、苦难人生这三者在文中相互穿插贯通，辅以路遥清新朴实的文风，形成《平凡的世界》独特的吸引力，告诉读者：什么是人生？人生就是永不休止地奋斗！只有选定了目标并在奋斗中感到自己的努力没有虚掷，这样的生活才是充实的，精神也会永远年轻！

好书的意义也不仅限于此，更多的是对人的启示。读《平凡的世界》让我想去看黄土高原的旧窑洞，看严寒而漫长的北方的冬天，更想去看路遥笔下那不平凡的世界。书中有段话很有深意：在我们这个星球上，每天都要发生许多变化，有人倒霉了；有人走运了；有人在创造历史，历史也在成全或抛弃某些人。每一分钟都有新的生命欣喜地降生到这个世界，同时也把另一些人送进坟墓。这边万里无云，阳光灿烂；那边就可能风云骤起，地裂山崩。世界没有一天是平静的。

我们不必平静，尽管去创造。

——刊发于 2017 年 3 月 5 日（第 906 期）

美人如花隔云端

程晓璇

无论是《山海经》，还是《诗经》，抑或《楚辞》，记录人类萌芽时期的古书总有种盎然的自然生机。亘古不变的美好爱情、洒脱飘逸的美丽辞采、环佩清脆的美妙音韵，在芳草萋萋、榛榛莽莽的自然场景笼罩下，美到了极致。

《诗经》中充满了用植物意象歌咏的女性。那个时代的女子，无一不具有与生俱来的自然之美。当时的劳动女性，每天早起晚睡，既要祭祀，又要采摘和制衣，她们的美沐浴在原野阳光下，充满着生机和活力，勤劳淳朴便是她们的本质和品德。她们不是依傍在男人身上的柔弱的菟丝花，而是独立生长于旷野山巅的高树，能够在生活中创造自己的独特价值。

以鲜花草木喻美人，可谓《诗经》的原创。一般人如果只读过三篇《诗经》，其中必定有一篇单纯而热烈的“桃之夭夭，灼灼其华”（《周南·桃夭》）。时值仲春，风和日丽，姑娘已打扮整齐，等待新郎来迎娶。用什么祝福她呢？诗人反复歌咏着一株鲜花耀眼的桃树，比喻的正是这位明丽妩媚的姑娘，开满鲜花的桃树象征着少女的青春气息。刘勰《文心雕龙·物色篇》中把以“灼灼”状桃花之鲜，看作是思考千年难易一字的佳构。“灼灼”二字，给人以照眼欲明的感觉，让人分辨不清，艳得难舍难收的是桃花，还是艳如桃花的女子。《桃夭》以桃花喻美人，堪称最美的比喻，最好的颂辞。

这是古代爱情故事里一个瞬间的镜头：“野有蔓草，零露漙兮。有美一人，清扬婉兮。邂逅相遇，适我愿兮。”（《郑风·野有蔓草》）朦胧如烟的青草，挂着玲珑剔透的露珠，在旷野铺展开去，一位美丽的姑娘含情不语，飘然而至，那露水般晶莹的美目，秋波一转，顾盼流转，妩媚动人。在修长的蔓草、晶莹的露珠与少女的形象之间，有着微妙的隐喻，现出一种生命的绽放状态，诗情画意立刻呈现在眼前，让人感觉到青春气息扑面而来，生命活力喷涌而出。

“有女同车，颜如舜华。将翱将翔，佩玉琼琚。”（《郑风·有女同车》）这是一对贵族青年男女乘车的恋歌，男子称赞女子如花一样娇艳，赞她举止如鸟轻盈，赞她身份高贵，品德更是美好。“何彼秾矣，唐棣之华。曷不肃雝？王姬之车……何彼秾矣，华如桃李。”（《召南·何彼秾矣》）秾指的是花开的繁盛，用开得繁盛的棠棣花和桃李花形容王姬的高贵美丽。花是女性的装饰，更是女性性情、气质、风度的象征。

那么具体来说，植物与女性，是怎样产生关联的呢？这或许与先秦时期遗留的原始社会的生殖崇拜有关。植物一年一度开花结果，具有无限的繁殖能力。所以，远古先民将植物作为女性的象征，实行崇拜，以祈求自身繁衍不息。就这样，植物与女性自然而然地联系在了一起。

《诗经》开了中国审美传统中以鲜花草木写美女的先河，后世诗人继承了这一用法，并运用到文学创作中：“去年今日此门中，人面桃花相映红。”（唐·崔护《题城南庄》）“荷叶罗裙一色裁，芙蓉向脸两边开。”（唐·王昌龄《采莲曲》）在《红楼梦》中，曹雪芹则用色香品格不同的花，来喻指书中众多的青年女子，如牡丹象征宝钗，芙蓉象征黛玉等。

列维·布留尔认为原始人的心灵受“互渗律”的支配，就像农耕文明中的中国古人，崇尚泛灵论的自然观，认为万物皆有灵。他们在年复一年的春种秋收中，体验到的是与万物相通的喜悦。鲜花、草木等几种自然界的实体，经过想象联想，在漫长过程中以集体无意识的原型积淀成为民族文化审美意象，成了千百年来表现人之情怀的载体。

《诗经》中的女性外表清新淡雅，效仿自然，内心天真烂漫，师法自然，而她们活动的背景更是生机勃勃的自然，她们是真正的自然之女。一手牵着原始的意象，一手牵着人文的话题，脚已迈进文明的门槛，这才应是《诗经》文化定位的所在。女性与自然，化出了最美的《诗经》，化出了中国文学的万千气象。

——刊发于2017年4月15日（第910期）

但求真性情

张淑惠

白先勇说："《红楼梦》是一本天书，有解不尽的玄机，有探索不完的秘密。"我本想借此契机，再去一览贾府的亭台楼阁，一窥大观园中的爱恨痴缠，理清其中的纠葛，却怎么也忘不了《人间失格》中真实又可悲的"我"，索性沉浸于人物一颦一笑间的性情，倒也有些感悟。

"这是我对人类最后的求爱。"

许多人说黛玉爱拈酸吃醋，说话刻薄不留情面，但我却觉得她虽不屑于庸人俗物，却未必做不来人情世故。她的冷淡来源于本性中的自视清高，但同时来源于对宝玉的不确定。爱到至深是狭隘的，这种狭隘要求自身的完美更遑论对对方的占有，否则《失乐园》中凛子也不会选择与久木相拥走向死亡。而黛玉心较比干多一窍，只要宝玉对她的情有些许回应，她便可感知并得到安抚。黛玉在感情中的高傲自不用说，但当两人关系明朗时，她又是卑微的，尽管宝玉是"有了姐姐便忘了妹妹"，她还是愿意更多地选择相信，愿意善待他身边的晴雯与袭人，愿意与宝钗和平相处……黛玉的转变，正是她"最后的求爱"。

"我的不幸恰恰在于我缺乏拒绝的能力。"

宝钗知书识礼性情温和，可她也曾作《螃蟹咏》"眼前道路无经纬，皮里春秋空黑黄。"辛辣地讽刺世人；她出生公侯富贵之家，却不喜富丽闲妆，居室也似"雪洞"；她中了入世入仕的"热毒"，却也有"冷香丸"压制。在我看来，宝钗虽不是隐士，却是个君子。她希望宝玉能定国安邦本就没什么不对，她只是没有跳脱时代，有着当局者的局限而已，仅以今人的视角就将宝钗贬得一文不值，我想，是不公平的。脂砚斋评价"宝钗为博识所误”因为博识，她总能看破，时时冷静，让人觉得不近人情；因为博识，她中了纲常伦理的毒，更难解脱；因为博识，她顺了所谓的父母之命金玉之缘，连拒绝都不曾便嫁给了明知不爱她的宝玉，一生凄苦……那个时代教会了她如何成为一个大家闺秀，却没给予她“拒绝的能力”。

“怪哉，仅一夜之隔，我心竟判若两人。”

永远忘不了，湘云枕着芍药花瓣，香梦沉酣，醉卧于乱花中的样子。书中并未言及她当时的装扮，可在我心中她分明着了一身红衣，鲜妍明媚，张扬却又不失娇俏。她性子洒脱，爱穿男装，在大观园的莺莺燕燕中，应是最无心机的存在，即使与黛玉有隔阂，也仍然如清晨的阳光一般清丽透亮，人评她“众中最小最轻盈，真率天真讵解情?”可即使是这样的人，也免不了“湘江水逝楚云飞”的结局这是“尘寰中消长数应当”。可是丈夫暴病而亡，为情守寡的她又怎能不悲伤，又怎能再复当年少女心境?

“世界上的合法，反而都是可怕的。”

林语堂说，他最喜欢探春，最不喜妙玉。妙玉虽“云空未必空”，但自命清高的性子终究让她对世事冷眼旁观，而探春则是“看得透，拿得定，说得出，办得来”，正如抗争的林语堂。探春说：“我但凡是个男人，可以出得去，我必早走了，立一番事业。”连凤姐都要赞她一句“好一个三小姐”，只是她可以兴利除宿弊，却无法挽救倾颓的家势；“才自精明志自高”却无法摆脱庶出身份的束缚，最终远嫁他乡，于这“末世”也仅算有一隅之地罢了。

“我并不怕死，但若是受伤流血，变成残废，我可不要。”

王熙凤自一出场便是泼辣强势的，她的才依托于出身得到了极大的发挥自不用说，但另一方面，大闹宁国府也罢，逼死尤二姐也罢，说到底，她也仅是一个骄傲的女人而已——最后她病倒了尽失人心，梦到可卿来看她尚觉得感激，想必不是个生性恶毒之人吧。若是可以选择她也不愿活得那么累吧，只是最后的她还是要守着自己的骄傲，只能在没人理解的骄傲中死去。

曹雪芹先生在第二回中借贾雨村之口替宝玉辩护，又将这十二人誉为金陵女子十二，想必对这些性情各异的人，持的是包容态度，褒过于贬。这种态度与他们的性情一道，使我愈发体会到，人世，不只是“人的复数”，每一个人都是不一样的。红楼里的人或许活得很痛苦，可他们都真实而又鲜明地活着，做着自己认为对的事，努力活出自己想要的模样。

世界很大，人很多，没人能让所有人都满意，因此不必苛责别人也无需为难自己，不如就由着性子，坚守自己的“小才微善”，也好过失了真性情，成为他人的影子，到头来，连真正活过都算不上。

——刊发于 2018 年 11 月 15 日（第 945 期）

回归

——读《千年一叹》有感

杨进娴

“我辞去院长的职务后，便披了一件深褐色的薄棉袄，独自消失在荒野大漠间整整十年，去寻找中华文化的关键性遗址。”“消失”“十年”，如此沉重的字眼，先生就这样轻描淡写地在自序中掠过。我曾想从这本书中寻找余秋雨先生无畏冒险的原因——“为了能够大声”，能够大声向中国民众讲述世界文明，更能够从世界文明中找寻中华文明，这是一位文化学者的使命与担当。当跨过蓝色的希腊文明、金色的埃及文明，来到灰色的伊拉克文明、黑色的伊朗文明，还有那混色的巴基斯坦文明、棕黑色的印度文明以及绿色的尼泊尔文明，在这些并不整齐划一的自由步履中，中华文化，前行了。在这场回归之旅中，先生远远地感叹世界，其实是在近近地感叹中国。

跟随着先生的脚步，丈量世界几大文明古国的高度，可这些雄壮的高度背后，也有令人唏嘘的悲凉。文明，是那么辉煌，是那么脆弱。两河平原拥挤着人类几个特别辉煌的古文明：古巴比伦文明、波斯文明、印度文明、希伯来文明、阿拉伯文明……可如今，宗教主义、极端主义引发的冲突频频上演，富饶繁荣，如今是满目疮痍。冲突破坏了每一块土地的表情，但更让我担心的是，时间一长，那一块块表情狰狞的土地上，人民对残酷的适应，对是非善恶界限的麻木，人民，认为自己本该如此，失去了抗争的力气……

在世界文明的发展历程中，中国是个例外。她以自己独特的姿态，延续着中华文明几千年的生命。其间，从未中断和湮灭，这让我们惊讶，惊叹！先生在书中分享了自己对于“中国为何成了例外”的几个解答——地理环境、文明体量、文字系统、主流思想、科举制度，它们都在一定程度上保护了中华文明，但中华文明要想发展进步，绝不能只靠老祖宗们的智慧成果，当我们一步步攫取时，毁灭也一步步靠近我们。“文明是一种精神价值和集体人格”，它既可能逐一凋零，也可能尚有余温，也有机会被重新创造。就像唐代重新创造了华夏文明的主体结构，文艺复兴重新创造了古希腊文明和古罗马文明。以我之眼看世界，以我之眼观自身。我们，当代人，应该寻找当代中华文明的发展思路。

我想，我无法在这篇浅薄的旅行游记中给出当代中华文明的发展思路具体是什么，可是至少从《千年一叹》中，从“跟随”先生考察几大文明古国中，重新确认了中华文明的形象，重新思考了中华文明的自我定位。我想，唯有认清自己，才能更好前行。

文化的千年一叹，我们是否可以听见？

文化的千年一叹，但愿我们都能听见……

——刊发于 2019 年 11 月 25 日（第 967 期）

回眸（二）——校友散文选集

生活百味

中秋夜，不归家

黎春香

天上，一轮圆圆的月，尽情地倾泻她那如水的光芒；大地宛如一位娇羞的新娘，满披一袭白纱裙。这是一种宁静的极致。我就这样迎着风，独自一人漫步在湘大的校园，如同行走在一片平静的原野上。

遥望星空，不再灿烂，然而月亮却分外的明亮。十五的月亮，寄托了多少情怀，我不知道。只明白，青山依旧在，几度月亮圆，寒来暑往，春温秋素，今夜又是中秋。昨日匆匆远去的汽车载走了多少颗恋家的心，又带走了多少遥寄的祝福？今天，本是“举杯邀明月”共饮一杯酒的日子，而我却是身在异地求学难归的学子。周围的一切是那么宁静，而我却心潮澎湃。

或许，我本不应像崔颢，明明知道家乡放眼难望，却仍问“日暮乡关何处是”。但有时候，人就喜欢活在一种现实与梦想交织的世界里。其实早在三年前，中秋于我家而言就不再是一个团圆的节日。团圆，只是心中的梦想，往日的记忆。

曾几何时，我也和许多人一样，拥有一个完整幸福的家。尽管一家四口过的是清贫的日子，即使过节也谈不上大鱼大肉，但是，它让我感到一种完整的温馨，它让我明白，无论我碰上任何失败，遭遇什么挫折，我都有一个避风的港湾。

清贫如水，幸福依旧在，我就这样平静而安宁地度过了十六个中秋——十六个团圆的中秋。也许一路走来风雨不断，然而，现在我才发觉往昔的一切竟已是我生命中最完美，最值得回忆的日子。

因为三年前，一个风雨交加的日子，父亲永远地离开了我们，留下的是一个将不再完整的家，一份永远也无法弥补的伤痛。从那以后，为了不引起母亲心灵的伤痛，我和妹妹不敢在家提“父亲”这两个字。三年了，“父亲”成了我心中最神圣却永远喊不出的字眼。从那以后，我似乎害怕过中秋，害怕过一切象征团圆的节日。在那些日子里，我特别怀念父亲在世时的美好，每次我都在心中一遍又一遍地说：“爸爸呀，你知道吗，有你才有温暖的家!”

尽管我知道父亲在遥远的天国，但我相信他一定听得到。

今夜，安睡的父亲也一定在想我们。然而“物是人非事事休，欲语泪先流”。三年后的今天，妹妹辍学远行打工，我来到湘大求学，只有母亲仍然在那片用以维系我们生计的土地上，日出而作，日落而息。

面对圆圆的月，我仿佛看到母亲那张刻满岁月痕迹的脸，那里沧桑几许，幸福几何？我又仿佛听见父亲的声音，那里关怀几许，期盼几何？而远在他乡的妹妹，是不是也在望月思乡，泪流双行？突然间，我释然了。中秋夜，不归家。但我知道我与家人的心在交流，我们的情在融合。这，仍然是一个团圆的夜晚，团圆的中秋啊!

天上，月更圆了。湘大宛如一片宁静的原野，但，风已吹过。

——刊发于2001年10月18日（第533期）

豆蔻年华里那一簇萤火

申　凤

高中阶段，青春的一些意识开始在身体里蠢蠢欲动，新奇、叛逆和不甘于平凡，那时我对语文的喜爱开始真正萌发。有位姓胡的语文老师，给我印象最深，他的朗朗的书生气和棱角分明的个性，在我那段自由、懵懂、充满梦想的豆蔻岁月里留下了深刻的印记。

胡老师大概三十来岁了，却没有一点历经世事后的愁容和迂腐。头发总是半长着耷拉在宽宽的脑门上，走起路来两腿生风。路上你向他问候“老师好”，他不像别的老师庄重地闷闷地应承一句，而是咧咧嘴朝你粲然一笑，仿佛是不习惯这样的称谓似的。

大家都非常敬佩他，因为他总能使课堂气氛变得活跃，教学方法，被他运用得行云流水、不露痕迹。记得他教我们第一堂高中语文课时，没有带备课本和教材，只用一支粉笔，在黑板上写下“漫谈语文”，这让我们感到好奇和兴奋。那节课我们听他把“语文”这个曾经干瘪的名词讲成一个丰富的世界。我们也由此开始喜欢文言文，学会欣赏在那些工整行文下古代文人的风流倜傥、气节和傲骨。他还告诉我们，学好语文要培养一种对中国文字的喜爱，要让文字在你的手中流淌成为一种乐趣，要带给他人以美的享受。

在胡老师的课堂上，我们还学到了很多文字之外的东西。他曾非常认真地给我们讲授明代作家归有光的散文《项脊轩志》，那是篇选读课文，但胡老师却要求我们熟读成诵。文章抒发了一个清贫的读书人对人事变迁的感慨和对亲情温暖的感动，字里行间没有一丝张扬的功利气息，只有一种清苦却豁达、辛劳却柔韧的生活态度。在我们十六、十七岁充满叛逆、躁动的年龄里，这样的文字像一泓清泉让我们沉静。很多年后，当我又读到“儿寒乎？欲食乎？”，读到“树欲静风不止，子欲孝母不待”等诉说亲情的文字，泪水就会像胡老师当年在课堂上朗读《项脊轩志》时一样，盈满眼眶。

印象中的胡老师很少发火，但是遇上伤害他情感和违背他原则的事情，他就会直言不讳。1998年美国轰炸了我国驻南斯拉夫大使馆的消息激怒了他，他取消了那天的语文早读，义愤填膺地向我们控诉美国的霸权行为。他告诫我们一定要牢记国耻、奋发图强，决不能让历史重演。他讲那番话时，额头上暴起青筋，手猛击讲桌，这让我们深深地记住了这个沉痛的日子。晚自习时，胡老师又一声不响地在教室后面立了一块小黑板，上面书写的是一篇声讨美国的战斗檄文！可以说这是我受到的一次最感性的、最强烈的爱国主义教育，同时我也知道，一个优秀的老师不光要能完成教学任务，他的胸怀和视野也应该更加广阔。

另一次的发火却是冲着我们来的。当时文理分班，我们一群数学不好的文科生开始密谋“弹劾”我们的数学老师。数学老师人至中年，在家长和学生不明就里的责怪和抱怨中日渐憔悴。于是胡老师又在他的语文课堂上，以一句“如鲠在喉不吐不快”为开头，对我们的无知和自大进行严厉的批评。他讲到办公室孤灯下无助的背影；讲到一个老师为了上好一节课付出的辛勤劳动；也讲到数学老师许多从未张扬的教学成果……那些晓之以理动之以情的话语让我们感到惭愧。让我们学会了宽容、理解，懂得了“严于律己、宽以待人”的道理。

高中课堂上的岁月已经远去，但当想起那些在性格、品质最初定型时期深深影响过我们的老师，想起老师的言传身教，心里不光充满感激，也有了一份像他们一样回报社会、献身事业的信念和决心。

——刊发于2003年9月10日（第580期）

每月十号

杨翔燕

“管理员，您好！我又来了。”

“哦！来发报纸啊。证件放这里，上去吧！”

每月的十号、二十号、三十号，我总会抱着厚厚重重的一叠《湘潭大学报》出现在金瀚林公寓 10 栋或 11 栋的门口，与管理员重复着这样的对话。

我是来发报纸的！

我是个男生，负责的却是女生宿舍报纸的发放。所以，我上楼发报，必须得到管理员的同意，并放上我的学生记者证，才可以开始我的工作。

由于要发两栋，我必须先将报纸分成两叠。而这分叠就一定要掌握好分寸，不能拿多，多了自己发着吃力，影响发报的速度；不能拿少，到了顶楼少了，还得下来重拿，费时。

分好之后，我就开始工作了。一手托起其中的一叠，另一只手从中抽出一张，然后灵巧地折成长条状，塞到各个寝室的门把手上。原谅我使用了“灵巧”这个词来形容自己的动作。因为一般人或者不熟练的人，是无法用一只手将一张四开大的报纸叠成长条状的，这需要一定的技巧和时间的锻炼。这一小小的技巧，让我大大提高了工作效率。最开始的时候，发报纸的速度一直是令我汗颜的事。发一次报纸，需耗费我两个小时，甚至整个下午的时间。不过，现在已经是我发报的第三个年头了，经验丰富，可以在一个半小时，或更短的时间内将报纸发完。工作的乐趣，就在于能不断地进步，因而对于自己小小的进步，我觉得非常开心。

我自认为是个很心细的男生，我会将报纸很小心地叠成很规则的长条状，然后尽量安静地塞到门把手上；而不是像发传单那样，随手一丢，让报纸四处飘散。我觉得这是对校报的亵渎，更是对自己工作和读报人的不尊重。偶尔，我也会傻傻地想：是否会有跟我一样心细的人发现我的细心之处，发现我发的报纸比别人更加整齐一点。

每当发完一层楼，我都会回首望望，看着两边一排排整整齐齐地插在门上的报纸，我都会心地笑。这是怎样的一种美丽壮观的场景啊，这是发报人才能欣赏的风景。

一个人走在长长的静静的走廊上，只有再单调不过的报纸哗哗作响的声音，总觉得无聊。有时候，手也麻了，脚也酸了，真想就这么一走了之。但，常常有这样的一些话语，会触动心底的那根弦，让我感动，成为我继续下去的动力和勇气。

“耶，又有校报了呢!”

“哈哈，我的稿子发在校报上了呢。”

“请问，我们要投稿怎么办啊?”

“同学，能再给我多发一张吗?”

一句小小的问候，一个简单的问题，一份真诚的请求，往往能暖上我的心头，泛成无限的感动。因为这些言语，当我看着手中的报纸一点点地少下去的时候，我会感到自己工作的价值，有人看校报，有人需要校报，有人热切地关心湘大的发展变化，大家不能缺少我们这些普通的发报员。我更明白了，再简单的工作也要有人去做，自己可能觉察不到这普通中的不平凡，但是，总会有读懂我的一些人。

蓦然间，窗外闪过一道明亮的光，我看看桌上的日历，起身出门。

哦——每月十号，又该发校报了!

——刊发于 2003 年 11 月 20 日（第 586 期）

我的大学时光

雷红燕

曾经以为大学四年将是一次漫长的旅行，自己可以从容地计划，却不料在且行且待的悠然顾盼中已是风过叶落，只留下地面上千张淡白的日历，于是，兴冲冲欲铺展行囊的稚嫩的双手只得兀然地僵在半空，凝视半空的眼神稚嫩地铺展对前方的期待与憧憬——大学何其短。

曾经以为年轻的生命尚有很多时间可供挥霍，曾经以为作为人生主人的青葱灵魂拥有挥霍的资格，却不知在趾高气扬中已忘却了童年，虚度了少年，无颜面对未来的岁月。于是，只能在追悔中拾掇残缺的记忆，在彷徨中畏缩探步，在迷惘中仰面向天——人生何其长。

在人生的领域中，时间的概念变得捉摸不定，年少轻狂，少年老成，饱经沧桑，笑看人事……这一切都只是一种状态，更多的只是一个阶段，可怜的人往往无法选择自己所处的阶段。我并不愿屈从于悖论，如果让我选择，如果我能选择，我会温习已往的岁月，排演未来的经历，我会在大学中安心地排列人生的点滴结晶。

时光悠长，是我进入大学时的感觉。整整四年时间，对在人世间行走了仅仅十余载的我而言，无疑是一个漫长的过程。岁月的简短，是我回首大学时的概念，仅仅四年，我如何来得及充分舒展自己，保存自己，如何能够在纷杂的红尘中保全自己？

短，是我对人生的最初认知。人生百年，匆匆逝去。我们初涉人世的无奈与变幻，心有余悸而不由感叹世事无常，感叹之余只剩生命易逝的回响；长，是我处在人生中段时的感觉。我们逐渐耳闻目睹到具体的人和事，直接间接地体悟到他们的苦与悲，对人对己，却无能为力，又怎能不发出“人生苦长”的诘问？

大学四年，弹指而过。有何得？有何失？静下心来细细思索：大学里我有多少时间埋首在书本之中？有多少次迟到与早退？在书本之外我学会了什么？在书本之内我又忘却了什么？追问之下我发现自己竟然不能理直气壮地回答！心虚的我只能躲躲藏藏地窥视着自己的大学经历，大一时学会了放弃，大二时学会了逃课，大三时学会了孤独。但当我满以为自己的大学生活是失败的，是晦涩苍白的，在我把自己对三年来生活的总结形诸文字时，在我真实地剖析自己平凡校园生活的不经意回首间，我猛地发现：尽管自己没能取得优异的成绩，无法收获完美的爱情，不能点播生活的镜头，但是，我找到了自己，勾勒了自己。

四年时间，我除了课堂上的学习之外，还投身于丰富的活动之中。我置身在追求时髦崇尚流行的队伍之外，安心地待在自食其力朴实无华的大众之中；我置身在考研的队伍之外，跻身在就业的大军之中。我十分愿意相信阿波罗的神谕：认识你自己！是的，谁都知道自己的身高胖瘦，都清楚自己的爱憎喜好，然而，有几人又能明白自己内心里面，生命深处真正的渴求？你能确信自己终生为一个什么样的目标而努力，并且始终确信这种奋斗的价值吗？你能舍弃一生的安逸去实现曾经的梦想吗？你敢肆无忌惮地大声宣读自己的人生终极追求吗？你有人生终极追求吗？茫然的生命是经不起追问的，只有经过了整理的人生才能在世俗中独立。大学，便是整理人生的阶段。好不容易挨到长大了，可以独立了，可以思考了，可以有能力在一定的高度总结自己了。我不渴望自己的大学生活多么的炫目耀眼，只希望自己能够在这段歇息准备的时间内仔细地梳理人生的纹路，明白自己执着于什么，追求着什么。这就是我对自己的要求，也是我对生命的规划。我始终相信，无论以后自己如何发展，高尚或卑微，贫穷或富贵，我都不会忘记大学生活给予我的人生坐标。

走在毕业的边缘，内心对将要踏入的社会有着莫可名状的感觉，既不舍弃朝夕相随的校园里的人和物，又跃跃欲试地接受社会的洪流的冲击；

既不能割舍多年来养成的对人对事的看法与做法，又担心在俗世红尘中将其遗忘得一干二净。

有一段精彩的爱情寓言：圆规的两只尖脚相互表白，钢针的脚说：无论怎样转动，我都是你的坚定的支持；套铅的脚说：无论划到何处，我都不会脱离你的轨迹。这正如我的大学与人生：大学里，我明白了为什么要思考，学会了如何思考，知道自己该何去何从，也知道该何取何舍。我自信，这几年也许我没有得到很多东西，但是我却收获了一种习惯，一种对人生的态度。当习惯成为一种态度时，那便是刻骨铭心！这嵌入生命之中根深蒂固的大学所得，将成为我一生的立足根本，就算前方再大的风雪再大的浪，我都完全地拥有着我的信仰；即使将来我的人生舒展到天涯海角，也始终不会脱离生命丈量的圆环之外。

生命中哪些事物无法舍弃，人生中哪些事物无法忘却，是因人而异，每一个大学生都可以做出一个属于他的回答。我自有我自己的答案，我自愿执行我自己的方案，我自定着我自己的规则，我自信着我自己的规划。因此，我积极地生活着，充实地学习着，努力地工作着，用心地处事，执着地为人。我眷恋我的大学；我也更加珍视我的人生。

——刊发于 2006 年 6 月 20 日（第 650 期）

多年师徒成父子

何云波

前些天，接到师妹沈云霞的信，说起为先生庆贺七十大寿的事，她说：想要弄得趣味怀旧一点，比如让先生唱俄罗斯民歌，比如我们朗诵普希金的诗歌，用俄语、中文和英文；师弟梁觉聪提了个建设性的意见，说排一出改编自普希金作品的戏剧，就由先生和我们一起演。想起先生在年轻的时候就演过戏，觉得是个好主意。

我回了封信，说生日当然要给先生好好地过。演剧是很好的建议，演普希金的亦可，自己编一部更佳，可以随意一点，生活化一点，让张老师、师母和所有弟子都进入角色……

写到这里，突然有种异样的感觉。读书时，对老师总是既敬又畏的，那时，老师就是真正的“导”师，无论学业还是生活，都是你的引导者、庇护者；那时，老师就是一棵参天的大树，永远翠绿着，挺拔着，为我们遮起一片绿荫。

毕业了，慢慢试探着走进老师生活的世界，熟悉了，就不再怕了。老师在事业上会一如既往地支持你，当然，有什么事，你也可以为他分担一些了。久而久之，便有了如亲如友的感觉。

想起汪曾祺的一篇散文《多年父子成兄弟》，我们这些弟子跟老师之间，大约便是多年师徒成父子（女）吧！

子女长大了，当然得多陪陪父亲。陪他看风景，听流水，晒太阳，在有雨的日子里，为他撑一把伞……

一

张老师名铁夫，高鼻，宽额，有着列宁式的头颅。给人感觉，天生就应该是搞俄罗斯文学的。不知什么时候，便有弟子送他一个外号：铁夫斯基。

读大学时，张老师就给我们上俄苏文学课。从《伊戈尔远征记》到《这里的黎明静悄悄》……张老师的课，有条不紊，简明扼要，从来没有多余的话，语速也不紧不慢，刚好能让我们在一堂课的时间内全部记下来。所以上这堂课是最累的，大家全神贯注，课堂上只听见“唰唰”地记笔记的声音。稍一走神，漏掉一两句，就接不上了。一个学期下来，笔记积了厚厚的一摞，可惜没能保存下来。

因为乡下孩子的羞涩、胆怯，大学里，我从来没有登过老师家门。张老师那时还兼着中文系的副主任，很忙，自然更没有机会接近了。毕业两年，对校园生活的那份感情，实在割舍不下，于是发愤考研。两年后，又回到母校，重为学子。那是1985年。

真正投身到张老师门下后，听他侃侃而谈的机会反而少了。课多是讨论，每个专题都要准备，自己去发挥。因为师兄弟比较多，大家都不愿意老生常谈，挖空心思要想点新名堂，以博取老师在点评时多几句赞语，难免暗地里较着劲。大家都想多看点书，尽量准备得充分一点。这样一个学期下来，才发现，其实比本科时拼命做笔记更累人。

事后想来，能够在学术上慢慢地有点自己的心得，而不是完全跟在老师后面亦步亦趋，也许正是这样“逼”出来的。张老师其实很少跟我们谈做人为学的大道理。那时他当系主任，事无巨细都需要他操心，我们也就很少打搅他。去他家，都是事先约好，时间精确到几时几分，谈完正题马上走人，很少有闲聊的机会。至于我们读什么书，也是随便。尽管开学时给每人发过一份有关专业参考书的书单，却很少过问。那个时候的我们，都很容易追风赶潮流，见异思迁。在欧风美雨之下，啃了不少萨特、弗洛伊德，别、车、杜之类与专业直接相关的，反而疏远了。张老师也不说，任由我们跑马。

一帮年轻人住在一块，还有就是贪玩。牌桌上一吆喝，总是应者云集，争强好胜，一不小心便斗得天昏地暗，日月无光。张老师有次跟我们聊天，似乎无意间说起：有老师反映，说中文系的研究生最喜欢玩牌了。我们听了，心里大叫惭愧！

虽然张老师是个很随和的人，也从来不直接批评学生，但不知道为什么，弟子们在尊敬之余，又都有几分怕他。怕上他家，怕与他单独相处。大家做论文也就非常认真，生怕从老师的眼神中读出一丝失望。经过几个月的苦战，关于陀思妥耶夫斯基的学位论文终于顺利完成。初稿拿给张老师看，他就说可以了。一颗悬着的心落了下来，几年苦读，总算没有辜负老师的期望。

毕业了，然后有了跟张老师的很多的第一次。第一次跟老师合作写文章，如果是由他寄出去的，他总要把我的名字放在前面；第一次上老师家吃饭，印象最深刻的一道菜是炖羊肉，肉质香嫩，汤汁鲜美，以后每次想上老师家吃饭了，打电话，就会先夸羊肉；第一次请老师到家里来（他后来说，我那儿子顽皮得很，把张爷爷当马骑，绕了很多圈还不肯下来）；第一次一起喝茶；第一次跟他出远门；第一次陪他卡拉 OK，唱《共青团员之歌》《莫斯科郊外的晚上》……

熟悉了，才发现张老师其实特别容易相处。出门，无论吃什么，坐什么车，住什么样的房子，他的一句口头禅就是：这样已经很好了。请他过来讲学、主持答辩，要派车去接他，他总是说：湘大早上有趟直接来长沙的车，过来很方便的。相反，如果你要过去，他就会把一切都安排得妥妥帖帖的，早早地等在那里。走时，无论多早，他都要过来送你。张老师待人接物，就是这样的细致周全。

熟悉张老师的人都说，最佩服张老师的，不是他的学问，而是他的为人，他的人格魅力。湖南省比较文学学会的工作有声有色，大家都非常团结，具有很强的凝聚力，很大程度上与张老师的个人魅力有关。张老师时时刻刻，总是先为他人着想，自然也就能够赢得他人最大的尊敬。这正所谓桃李不言，下自成蹊。

二

一天，张老师问我：去过海南没有。我说没有。他说跟我同届的一位小师妹多次邀他去过年。我说，那好，我陪您跟师母去吧！

当时长沙很冷，而海口却很温暖。从长沙到海口，一下飞机，便仿佛进入了另外一个世界，温暖如春如夏。海口、琼海、博鳌、三亚……一路行来，从万泉河到热带植物园，从黎族村寨到天涯海角，看山，看水，看大海中的夕阳，竟也分外的“忙碌”。返回路上，在一个温泉度假村住下来。泡过温泉，吃过晚饭，再溜茶馆。很久没有陪老师这样无所事事地聊过天了。那晚他说了许多的往事，故乡、家庭、童年、大学时光……我问，什么时候认识师母的？他说他们读的是同一所中学，不同年级。我说，那张老师你读大学的时候，肯定给还是中学生的师母写过信吧！张老师说，写过的，不多。那后来呢？后来她上了武汉大学，自然走到了一起……

海南一路奔波，每到一个景点，下车时，该穿多少衣服，张老师都会为师母提出建议；下车后，他又会细心地为她整理好衣领；师母上卫生间或做点其他什么，张老师总会耐心地等在原地，怕她一不小心就会辨不清方向。在家里，师母大概也很少上菜场，进厨房，理财管家之类的俗务，张老师也就包办了。每天，张老师很早就会起来，榨豆浆，准备好早餐。白天买点菜，做做饭，张老师会说：活动一下，算是长时间伏案劳作之后的一种调剂。这时，我就想，师母是一个童话，张老师大约就是那个田螺少年，从少年到老夫，为这个童话撑起一片天空。

在海南，有次在车上，中午时分，张老师靠在椅子上，睡着了。我看着他，脸上隐隐地现出些老人斑，皮肤也有了些皱纹，少了些光泽……我就想，永远不老的张老师，竟也无法拒绝时光的流逝！

记得有一年，由湘潭大学文学院承办巴赫金国际学术研讨会。闭幕式晚上的酒会上，大家一边喝酒，一边表演节目。那晚张老师唱了很多俄文歌，博得阵阵喝彩。本来有学生做主持人，为了更好地调动气氛，张老师又客串起了主持，让代表们各显其才。有时没有人上来，为了不冷场，他又自己唱了起来。晚会持续了很长时间，慢慢地，大家有些意兴阑珊了，张老师还在那里唱着……我知道，他是想让这次为了俄罗斯的聚会延续得长点，再长点……

每次跟张老师聊天，一涉及俄罗斯，他就会变得特别的健谈，人也仿佛年轻了许多。心中的俄罗斯，永远的普希金情结，大约就是他心灵的绿洲吧！那里，有黑麦田，有白桦林，有伏尔加河，有丰美的水草……

记得1999年，普希金诞辰200周年，请张老师过来做一个关于普希金的讲座。那天，他还用俄文朗读了普希金的《致凯恩》。尽管大都听不懂俄文，但张老师声情并茂、抑扬顿挫的朗诵，还是把大家都感染了。演讲结束时，我说，又一次听到张老师谈普希金，谈俄罗斯文学，时光又仿佛回到从前。但愿以后还不断地有这样的机会。2037年是普希金逝世200周年，张老师也快要满百岁了，那时，我希望，70多岁的何老师能陪着张老师，一起再来重温普希金的诗。

三

去年秋天，去厦门大学开一个学术会，陪张老师一起去的。到那里才发现，张老师的徒子徒孙，来了一大帮。开会，用餐，散步，游玩，大家都在一块，很是热闹。有一天晚上，在厦大海边的沙滩上，在月光下，大家席地而坐，听涛声，轮流背诗、唱歌，年龄最大的曾艳兵师兄还当场赋诗一首……这里有张老师的硕士，后来在曾师兄那里读博，有张老师弟子的弟子，几代同堂。我奇怪，弟子们怎么会到得这么齐？张老师说：都是我一个一个打电话，叫他们来的啊！

听张老师这么一说，心里觉得有些惭愧，以前也经常跟老师一起出去开会，每次都是到目的地，便自己一个人找朋友们玩去了。心里想：跟张老师反正有的是见面的机会。

也经常去湘大，答辩、议事，但大多是上午到，办完事，吃餐饭，就匆匆回来了。偶尔住一晚，也是一帮人在那里玩牌。问张老师玩不？他总是说，只在年轻时玩过。张老师习惯早睡早起，大家也就不勉强了。

前几天，张老师来长沙参加外孙的百日喜宴。吃过中饭，他和师母就想回去。我说，别回去了，把长沙的师兄师弟们叫到一起，聚一聚。聚会照样是一番热闹。晚上回来，把老师和师母安排在学校的宾馆，又一个人陪老师说话，在学校的操场散步，转了好几圈。许多的心事，从来没跟他人说过的，却可以在老师面前全部倒出来，老师以他一如既往地宽容，理解你，开导你。问老师一些家事，他也一五一十地道来。我知道，老师的身后，也是有隐忧的。说着说着，在灯下，他的眼眶里便有了些闪闪的东西。

分手时，我说，马上要满七十的人了，以后学问就别那么拼了，悠着点，写点闲散的文字。他说好。我说明天吃了中饭再走吧！他说不了，家里还有些事情要处理。第二天早上，我去送他们，心里实在不舍，说：我的那帮弟子，你的徒孙们都想见见您，二年级的都在做论文了，也想请您给他们指导一下，只是担心老师太辛苦了。张老师听了，也就欣然留了下来。那天上午，和几个弟子一起，跟老师一起聊学位论文，聊文学中的城市，聊陀思妥耶夫斯基、托尔斯泰、叶赛宁……中午吃饭，弟子们一个个起身向张老师和师母敬酒。看席上酒香飘飘，人声沸沸，这时，我就想，这大约就是人们理想中的合家团聚、儿孙绕膝的天伦之乐吧！

在雨中送走老师，回来的路上，历历的往事又浮上心头……

——刊发于2008年1月10日（第687期）

麦香

野　原

不久，故乡的麦子也该熟了吧。

不知怎的，在这南国，一提到麦子，心里就有种暖暖的感觉，有时，天冷，就会要上一碗面，吃着吃着，就想起磨成面粉的麦子。

熟了的麦子把腰弯得很低，颗粒饱满的麦穗一直贴到大地。一大片成熟的麦子站在那里，金黄的肤色如太阳般光辉，早晨醒来，跑到麦田里，看见麦子，心里就暖和起来了。

我清楚地记得那个早晨，太阳微露个头，红灿灿的，麦子金黄了一片，风一吹，悠悠地浮动，麦浪翻滚，麦子成熟的香味，迎面扑来。一般人是闻不到麦香的，不是因为鼻子不够灵敏，而是，你的心离麦子太远。

那时，还时兴放麦忙假，那假期是大人忙碌小孩乐呵的日子，大半年的劳动就盼望着这一次的收成，几乎全家出动。天未亮，大人们操起镰刀往麦田走去，孩子们跟随其后，端茶送水，主持后勤。傍晚，通常是扬场，用一把木锨将颗粒饱满的麦子扬起。风乍起，夹在里面的麦絮迎风而舞，飘飘扬扬地落了一地的金黄。

在北部的大平原，那个时节是所有人最忙碌的时节。没有了麦子，便如同没有了希望，没有了希望，生活还有什么意义呢?

那个年月，我还太小，享受着麦忙假的快乐，可以在拎完水送完茶后钓钓鱼，上树掏掏鸟窝，或是摘枣儿梨子吃。村子后面是一条又弯又美的小河。身上的皮肤晒热了，便赤着身子跃入河中游泳。傍晚，从田野里辛苦的人们陆续走到河里，洗刷掉一天的汗水和辛劳。

麦子就在那个时节成熟了。那时，我和小伙伴们，登在高处，远处依然是一望无际，我们曾想到过，我们视野之外的那个世界又是个什么样子呢？

辉子早已没有上学，在家务农一段时间后，远赴广东沿海打工，挣取盖房娶亲的钱去了。柳子也没继续上学，转手去接了他父亲的家具店，我们仨只有我，在学业的路上奋斗着，经历一次又一次的跌倒与爬起，始终坚持着最初的梦想。那年，他们都结了婚，我有些吃惊。那几个夜晚，我一直在静默，见到柳子时，发现他眼睛里多了些坚毅和责任。选择的路不同，那么结果便就不同了，但是只要经历的过程问心无愧就行。

那晚，河水哗哗地响，流得却并不快，我静默了很久。

我想，一个人的记忆总会在不经意的一瞬间被什么事物勾起，就像石子投进了记忆的池水中，泛起了点点涟漪。某朵浪花有可能是你埋藏在心里多年未解的谜，可能是你未曾探求的秘密。当年的那几个登在高处远望原野的少年们都走出了家乡，走得很远，远得让他自己也看不到前方的边沿了。

可是，终有一天，走得很远的人，感到走得很累了，再回过头看看时，发现家乡的一切又都是那么熟悉又时而陌生，这一切让他心底发自肺腑地痛哭。

后来，村子里再也没有几家人用镰刀割麦子了，联合收割机已开遍各个村庄。那年村子里再也没有多少可爱的孩子，他们中的大多数都远赴他乡，寻找着那个青春梦想。

那年，麦子熟了，村子里依然飘荡着麦香。

那年，我从村子里悄悄出发了……

——刊发于2009年9月10日（第727期）

十月，绿色如潮

张金平

秋，把南国的天弄得很瘦小。阳光洒下，有明晃晃的灿烂。

三田疯长的草，在我们的脚下陷入了泥土。红色的松土因为我们日积月累的辛劳变得结实，每一阵脚步声都是一首有力的歌。歌声、汗水、微笑，在这一片属于军训者的天地里散发光辉。

偌大的田径场，每个人都有自己的位置。原来班上的同学编排到不同的方阵，去新的地方，认识新的教官、新的朋友。教官年轻、可爱，他笑着告诉我们他把我们当成弟弟妹妹，从他的眼睛里能读出真诚。他总是不厌其烦地讲解，营长说："你们的排面很齐，像推土机。"我们会和教官默契地高喊口号。我们终于明白，原来自己的位置是多么重要，我们是属于这里的一分子。熟悉抑或陌生显得不再重要，只要站在一起，就有亲近感。

早晨的天，有一道道金色的霞光，光芒扫过我的双眼，本能地闭上眼睛，用心感受晨光的温暖。空气清新，樟树那青涩的味道在空气中舞蹈，干净而充满力量。

中午，阳光炙烤大地。阳光下的我们，汗水闪烁，迷彩鲜亮。休息的时候抬头看天，发现天像一片湛蓝的海向无垠的远方舒展，没有云彩，没有风。嘹亮的军歌声卷过耳际，震撼人心。脚步整齐地砸在地上，那声音酣畅淋漓，久久萦绕在脑海。同学说他去食堂的时候，满堂的嘈杂到了他的耳朵里就变成了嘹亮的军歌。

军训改变了我们的生活，这种生活充满激情和快乐。这种快乐因为有辅导员的支持鼓励而放大。每每抬起头，都能看到不远处辅导员的笑脸。

他们在一旁静静陪伴我们，悄悄地用相机捕捉我们的笑容，那一刹那的光亮定格了记忆；他们也会悄悄地在我们背后帮你矫正一下姿势；走的时候他们还会给我们打一个胜利的手势，让我们知道，我们很棒，而他们一直和我们在一起。

夕阳西下，那一大片胭脂红渐渐地沉下去、沉下去……我们拖着一身疲惫坐在沙地上，感受着太阳晒过之后沙子的余热。阳光的余晖照在我们脸上，那中午的炙热晒过的脸庞还能感到疼痛和瘙痒。

时光匆匆走过，我们累并快乐着。军训结束前，想着就要和朝夕相处的教官告别，和并肩作战的“战友”分离，和洒下汗水的三田再见，心中的惆怅开始蔓延。教官教会我们的不只是踢正步、站军姿，他向我们讲述他一天三块八毛钱生活费的生活，讲他为了省钱连公交都舍不得坐的日子。他告诉我们贫穷是一种财富。有太多太多感动，我不知如何用笔一一书写。

踏正步从主席台走过时，我心里什么也想不起，只想把这一路走好，因为我知道那一刻我是一个军人。预演结束，我心中一项重大的使命尘埃落定。

“教官教官我爱你，就像老鼠爱大米。”听到同学们的呼唤，教官脸上幸福满溢。男生们激动地把他抛起，落下，又抛起，女生们按下快门，定格微笑，我们把美好收藏在记忆里。军训带来的纯粹快乐，我们将永远铭记于心。

告别总是很伤感，教官告诉我们他爱我们，他说谢谢我们每一个人，他告诉我们不要忘了在齐步摆臂的时候有人在背后替你扶了一下手，不要忘了那一瞬间的感动和温暖。最后用两首歌：《祝福》《我的未来不是梦》一诉衷肠。

昏黄的天幕压下来，群星隐约可见，像风雨前的海鱼儿的眼睛在闪烁，给人一种匆忙的紧迫感——日子还要不停转动。同样的雨，同样的场地，却有着别样的收获。我们在意的不是结果，是那些由一点一滴的感动拼凑出来的美好。

不舍，不舍，还是不舍。最后一次集合，我们的眼睛都湿润了，望着教官渐渐远去的背影，踮起脚尖，久久眺望。

他们没有回头，就这样告别一段岁月。

脱下军训服，上面还残留腥腥的汗水味，这是军训留下的味道和记忆。我舍不得扔掉，小心翼翼地折好，将一段时光打包，珍藏一段回忆。

教官说我们总要向前，我们拉不住匆匆的过往，期待有缘再见。

有缘再见。

——刊发于 2010 年 10 月 20 日（第 756 期）

海棠依旧

卢　布

冷风几日，阴雨几日，潮湿的黑白“日历”掀不开阳春三月，掀不开草长莺飞、野树江云。待到雨疏风骤初含霁，灰色的云又将天空密密遮盖，不透露一丝春的气息。于是当自然之光在一个清晨带着初生时的蓬勃朝气，点亮万物的生命之灯的时候，春天，以令人眼花缭乱的舞步迅速占领了农田河川。

流水重新变得透明，蔚蓝的天洁净如洗，仿佛能映照出大地的影子。从城市到郊区，从鸟鸣的旋律到花开的声音，愉悦的心境和绿色一起，由淡渐浓，由浅入深。流香四溢的春色，融融得似乎一伸手就可以牢牢抓住。

信步徜徉于周末的校园，阳光明媚，树影婆娑，道路以柔和的坡度，似波浪载着一个闲适的身子上下起伏。前一秒微风拂面，樟树枝头一枚绿叶上阳光跳动，仿佛远山之女睁开明晃晃水汪汪的眼睛；后一秒泉山清秀，林中路上落叶为若有若无的氛围细心铺陈，让你享受一番曲径通幽的韵味：大自然匠心独运，总是将它的鬼斧神工之笔，点染在即将来临的那个下一时刻。

于是在泽园，在鹅卵石铺就的园中小路旁，在以贴地生长的青草铺开的绿色地毯为背景的画面上，一滴春之墨惊奇地漾开一树绚烂的海棠。从开阔地带望去，她似待嫁的新娘一袭红衣亭亭玉立；从路旁的树叶缝隙里观赏，她又仿佛客船上的琵琶女一样低头不语，含羞遮面。待走近了，你会发现海棠群株合抱，在向上的生长路途尽头，以优雅的姿势朝四方散开；树枝柔软，在阳光的照耀下呈现出半透明的绿；蓓蕾与花瓣的颜色是一种洇了水的清新的粉红，三分含苞，七分吐艳，在蓝天的映衬下争奇斗美，层层叠叠，惹来蜜蜂飞虫嗡嗡嘤嘤，寻芳问翠；树下的草丛里落英点点，远远望去好像天边的一抹晚霞浮荡人间。

这时候，静谧的时间里传来一阵爽朗的笑声，乍行又止，似曾相识，让你意识到此地之外的存在，又让你在瞬间的恍惚里借助一道意识的闪电，将弥漫于生活之上的灰尘之幕划开：多么熟悉的笑声啊，它如今又把音乐般的旋律唱给谁听？当它在往日的阳光里回响时，海棠花是否也如此时这般灿烂？且向花间留晚照，在岁月渐渐泛黄的照片上，为何独剩一张似是而非的面孔……于是你的目光越过海棠越过泽园回到往昔，去年今日此园中，隔着回忆的走廊看过去，影影绰绰的事物逐渐显现出他们清晰的模样。

那是一个多么令人难忘的季节啊，鸣蝉整日聒噪，树叶凝滞，天空因炎热而浑浊。

毕业在即，校园里到处是东奔西走忙忙碌碌的人影，西服领带里装着严肃的身体，一排排满怀希望的铅字印在平整、小心翼翼的白纸上，随时有可能被恶作剧似的阵雨打湿，而收废书的大妈，活像无声的鸟雀，在被突然而至的日子搅乱的书堆和生活里寻寻觅觅。

“明天，我就要离开，再也见不到你……”歌声响起时，满眼是舞池的昏暗与躲躲藏藏的不安、不舍与不甘。是啊，同窗四年，朋友一场，从相识到相知，谁割舍得下那份血一样的情愫；从相知到相离，谁负担得起那份承诺的重量？而即将到来的新生活，以其不可知的面目将时间的轨道一一改写，是驶向梦想的风景地，还是在黄昏破败的小站台前久久停留？时光如歌，逝事难寻，明天，又一如既往地在另一个早晨开始。

而海棠，泽园里的一株株海棠依旧。

海棠依旧，道出的是对季节的承诺与坚守；海棠依旧，述说的是对时间的敬重与问候。阳春三月是开花的时节，不管海枯石烂，沧海桑田，约定一旦作出就将化作永恒；而天下熙熙，红尘攘攘，当一切珍贵的事物暗淡于骚动与浮华时，时间的含义还是日升日落、云卷云舒吗，生活的节奏还是朝露夕水、聚散逢别吗？

而海棠依旧，花瓣的翩跹是自然与生命的脉搏在微微颤动，枝条的摇荡是时间真正的弧度将行走的脚步细细勾勒。

如果你不曾深入这个春天，不曾深入泽园里的一株海棠，不曾从它的幽香里醒来，然后认真地度过一段被忽略的时辰，那么你也许就不曾试想过——海棠依旧。

——刊发于2011年5月5日（第770期）

静看角落花开

李政葳

总有一种风格，穿越物欲横流依然壮丽。

总有一种声音，经历大浪淘沙依然清晰。

当阳光洒满天空的那一刻，我们看到杜鹃牡丹，体味花开富贵；但有几人愿去关注生活中的角落，去寻找野百合的春天。

每天早上在很多同学还没有起床的时候，天空微亮，在北苑七栋八栋，就会有一位阿姨来做清洁工作。在大学生的宿舍区，也许她的出现有几分不和谐。她常把一个格子的被单围在身上，一只手拿一个袋子，另一只手拿一个铲子，将楼道里的垃圾仔细地捡到袋子里，她的身影和动作都是那么的熟悉。

她时而用手轻轻擦拭额上的汗珠，时而累了直起身子靠在走廊的护栏上，时而弯下腰掸去身上的灰尘，然后又继续工作。也许她的收入并不高，但从她的眼中依然能读出一种坚定；也许她的工作环境并不好，但从她的行动上仍旧能看出她不是在抱怨，而是在适应生活。

无论是风雨还是炎热，从未见她间断，她将坚毅写入每天的生活，将汗水化作前进的灯盏。

当我们放慢脚步，用心去观察体会生活中的角落时，我们都不会忘记那些人，那些在平凡的岗位上栉风沐雨的人。他们爱那片土地，他们面朝黄土，将汗渍流入土地，让庄稼生长得更加茁壮。当我们放眼现实生活，我们看到的是现代都市的灯红酒绿，可谁又曾想过繁华背后是那些农民工们做出的贡献。我们看着他们举起锄头，我们看着他们舞动镰刀，我们看着他们挥汗如雨，我们看着他们囤谷满仓。我们看着他们咬紧牙关，我们看着他们度过风雨，我们看着他们笑逐颜开。他们用自己平凡的行动书写了不平凡的生活，淡泊了功名利禄，远去了你争我斗，把幸福和清凉送给别人，将炎热和艰难留给自己。总有一种力量让我们泪流满面，总有一种力量让我们精神抖擞，总有一种力量让我们去寻找“正义、良知、爱心”。这种力量来源于生命的坚韧。

芸芸众生，有的选择扎根大地，有的选择涌入城市，然而在各个角落里，他们都在谱写着同一种风格。每次想到这些都会让我联想到大西北的胡杨林，在茫茫的戈壁上，它们静静地挺立，将自己的心事变成纷纷扬扬的企盼，被风捻成了反抗炼狱的坚强。在一次次日升日落的辉煌中，力与美的生命染成西部沙漠一道不朽的风景。

我们在抱怨生活的苦与累的时候，可曾想过有的人在工地上用自己的血汗铸炼钢铁；当我们虚度年华的时候，可曾注意到周围的那些人一直在前进摸索；当我们浪费时光的时候，可曾想过有的人因为误时还无收成而暗自伤神。静言思之，我们才感到一种生命的坚强从自己的身边悄然滑过，是一种震撼。角落的花朵是那么壮丽，那么清晰。

让阳光照进遗忘的角落，让我们努力记住那些角落的花朵。

——刊发于2011年5月15日（第771期）

雨夜话别

肖　佩

我常在想，生命是否真的有轮回，让那些只存活在记忆中的影像，能又一次回到我的生命里。

离开学校又有一段时间了。在家的日子虽然温馨平静，却少不得几个时刻觉得孤单失神。大一时的誓言犹在耳畔，如今却要背起行囊，到另一个广阔的世界去完成那些未完成的梦想。梦、未来，这两个美丽而神秘的词，让我朝夕相处了四年的伙伴即将各奔东西。不久之后，我也将踏上南行的列车，去编织我的未来。不管叔叔伯伯们如何定义我们这一代大学生，但请相信我们拥有一颗年轻人火热的心，我们都会朝着自己的方向努力奋斗！

离别的情绪总是明于心却难以言表，不管是平时活泼开朗的人，还是那些沉默内敛的伙伴，在此刻都只是寄离愁于杯中，来个一醉方休。我不是个善于表达情绪的人，如今，我该如何与湘大来共饮这杯离别的酒？

曾几何时，我在你的门口驻足，徘徊，像一只刚上路的青虫，寻寻觅觅，小心翼翼，没有方向，也找不到可以指示方向的路标。也曾敲过许多门，它们或华丽，或神秘，或高大，或普通，似乎没有哪一扇为我打开。沉寂宁静的大一生活，带着独行的寂寞与遍寻不获的哀伤，我满怀的激情也似落叶零落在风中。湘大啊湘大，我该如何在你这里寻找我要的快乐？

你终究是待我不薄的。我仍记得许久以前一位朋友对我说过的话，“你性子冷，又倔强，从小一个人惯了总是不懂得怎么照顾人，乐意当你朋友的那些人你一定要好好珍惜”。我以前小，对这话还懵懵懂懂，后来逐渐经历了一些事才明白她的苦心。湘大，我很庆幸，你让我在这里结识了一群值得一辈子去珍重的朋友。

最温馨是同寝情。有那么一群人，前天晚上和你争执过，第二天还叫你起床怕你迟到；有那么一群人，把你的父母也称作爸妈；有那么一群人，在你离开的时候抱着你哭得稀里哗啦。不敢说走，因为走了之后不知何时能重新感受这份温暖；不敢说留，在这个脆弱的季节，一个人面对曾经充满欢声笑语的寝室，最怕睹物思人。

最感动是师生情。把老师比作园丁也好，比作蜡烛也好，他们诲人不倦的奉献精神，我们都懂，世界上最伟大的工程就是培养人才，而老师就是这些最伟大的工程师。每年从湘大走出的优秀毕业生千千万万，湘大的老师们，你们辛苦了！

还有一份情，最幸运的一份情，珍藏在我内心。感谢湘大让我结识了校报编辑部，是她给了我大学里最充实、最幸福的一段时光。

在这里，有我的汗水，有我的泪光，有我们充满欢声笑语的所有记忆。在这里，我和伙伴们一起激烈讨论每一份稿件，一起精心策划每一次活动；在这里，我们离梦想是如此之近；也是在这里，我有了一群玩到几乎不分彼此的朋友，和我一起分享欢喜与悲愁——人生得朋友如此，夫复何求？

时间总是残忍的，我不知道该如何说出这声再见。夜已深，梦中的你还是那么亲切，就像刚来时一样，看着我点头，微笑。

我拖着行囊，搭上通往未来的列车。我还是没有说再见——就把它留在三道拱门吧，就当我从未离开过。我也会好好地，用努力奋斗的汗水，诉说对湘大、对青春永恒的爱恋。

——刊发于2011年6月5日（第775期）

穿过记忆

丁德凤

记忆这头，我们把酒言欢，道声珍重；记忆那头，火一样的季节，我才刚刚从嘈杂的车上被人群挤下，抬头仰望注视远方的毛主席铜像，拖着大大的行李箱迈入三道拱门。

如果三道拱门也是你永恒的记忆，那我驻足，在此倾听，倾听你们赶路的声音，倾听你们展翅高歌的声音……和所有人一样，我的大学记忆是从三道拱门开始蔓延，从这里开始，亦从这里结束。

六月因离别而格外伤感，六月也因毕业而独具特色。好多同学都告诉我：图书馆前的栀子花开了，我们该走了。花开的季节诉说着离别，也是另一种无与伦比的美丽。

伴随着栀子花的香气，我们用照片定格时间，穿过大学的每一个角落，呼吸往日留下的气息，感受昔日走过的痕迹。

每一寸土地，拥有每一个回忆。每一个建筑，赋有每一段传奇。他们是我大学的全部，也是我生命最精彩的瞬间。

大礼堂、学活、篮球场上留有我挥洒的汗水；三教、逸夫楼、图书馆里，渴望知识的眼神还在穿梭，这里是我寻梦的根源，是我知识腾飞的起点。

秀山、泉山和慧山，我大声喊过的余音还回荡在山间，不信，你听！泽园有我紫藤萝般的梦幻记忆，这里是我嬉戏打闹的天堂。

三田的黄泥还映在军训照片里的每一张稚嫩的面孔，二田的跑道上还留有我奔跑的气息……这些和青春有关的符号肆意地飘荡在六月的天空，却深深地定格在你我的脑海。

身着旗袍的我们在毕业照里再一次描绘一段属于青春的画面。画眉潭的丝丝柔风拂过脸庞，莫名的感伤亦涌上心头，眼角些许湿润，那是在诉说怎样的思念，怎样的伤悲，怎样的距离？

我不曾带走你的美，却将你的诗情画意写入记忆；我不曾怀念你的昨天，却把你捧在今天，献给明天。

曾经的背影，今日模糊；曾经的等待，今日无言。如果时间真的如流水，瞬间即逝，那么大学四年的涓涓细流，流进的是你的漩涡，我的记忆。

——刊发于2013年6月5日（第820期）

母亲的炉子

张　慧

与母亲有关的事物很多，但最让我记忆深刻的还是她的炉子。

在乡村，炉子总是承载着一家人的烟火和温饱。烧水、做饭、取暖，无一不是与炉子有关。

很小的时候，家里还没有真正意义上的炉子。厨房的一方浅土坑，烧过的柴灰上架起一个三角铁架，父亲把劈得整齐的柴火放到铁架下，燃起后家里便满是烟火了，使得我们常常“泪眼婆娑”。家乡的大人们把这种现象叫“敞火”。“敞火”总会让整个厨房弥漫着浓浓的烟，现在想想大人们的形容还真是生动形象。而那个经常鼓着腮帮吹火，手里时常拿着火钳理柴，背上的衣领总是沁着淡淡柴烟味，头发上总是有着雪白的柴灰，手掌和下巴时常有着一处“锅黑”的人，便是我的母亲。

红亮的火光照耀着母亲尚还年轻的脸，也映着母亲零星散落着的白发。而当初弥漫着的淡淡烟味，至今，我也依然觉得芳香四溢。

后来，父辈们分了家，我们三口之家才添置了一个真正的炉子。

那是一个搪瓷炉，炉中央的空柱就是放燃料——黑煤球的地方。农家的燃料总是有很多种，对于勤劳的母亲来说，更甚。除了正统的煤球外，母亲会用炭末。碳是父亲烧窑得来的，堆放整齐的拿去卖，碎末便堆在家里自用。母亲还会把烧得正火红的柴块攒在一个密封的坛子里，火熄后，母亲的“柴煤”就在炉子里派上用场了。母亲经常笑着对我说，你可别小瞧这些东西，它不知能做多少顿饭呢！每每这时，她眼中的得意之色总是掩藏不住。

搪瓷炉的送风口在正下部，此时的母亲催火都是打扇，有时实在是着急，便蹲着，歪着头，鼓起腮帮子猛吹，脸涨得红红的，平日里眼角的几丝皱纹也被缓缓撑开了，她偶尔还会撩撩垂下的髻发。火被吹旺的时候，她便会撑起身体，摸摸自己的额头，如释重负似的舒口气，像个可爱十足的小女孩。

在以后的很多年里，家里一直都用着这种炉子，一个又一个。

生活在不断进步着，炉子也在慢慢变化着，解放着无数个母亲。后来家里的炉子换成了铁的，炉子的“肚子”很大，“尾巴”朝房顶上竖着烟筒，“折磨”了母亲很多年的烟从此被一股脑悉数送到了天空里，这也是第一次家里的烟以这种方式消散。母亲甚至还说过，当了这么多年的“烟民”，突然一下子没了，还真不习惯。那时的我还不理解，觉得母亲不懂享受。直到离开家很远很久之后，我才明白母亲当时的心情。

铁炉子每次都要“吃”很多柴，因此“引火”的要求也变得很高。母亲似乎整天都在为它忙碌着，一有时间就上山去了，每次都全副武装，回家的时候恨不得把整座山都搬回来。再接着就是把柴砍成多胞胎，然后找一个干净地方码得整整齐齐，最让她得意的还是她找的“松毛”，也就是松针。每次借它们生起旺旺的火苗时，母亲就会感叹道：多亏有了这松毛啊！炉子也似乎成了母亲的孩子，冬天的时候母亲又会额外地用炉子烤上几个白薯、土豆，烧上几个干玉米，熬一壶姜茶。只能说，母亲是将这炉子用到了极处。

直到现在，家里还放着这样一个炉子。虽然用的次数越来越少，但是母亲会定期为它们涂点油防锈，丝毫不亚于今人对豪车、珠宝的保养。只因那炉子里堆积了她太长的青春岁月，太多她对家庭的奉献。

如今，母亲慢慢老了，那些她用过的炉子也坏了、丢了、老了。我想，我绝对不会知道母亲到底用过多少个炉子，到底为我们做过多少次饭、烧过多少壶水、熬过多少次汤、煎过多少次药，也不会知道母亲流过多少汗、咽过多少浓烟、被热油灼伤过多少次皮肤、被刀割坏过多少次手指，更不会知道在很多个清苦的日子里，母亲倾注了多少爱想方设法去改善家人的生活。

母亲们围绕着炉子，生活着、奉献着，慢慢地，时光渐渐溜走了，母亲们也累了。

现在，和母亲通话的时候，甚至想起她的时候，脑海里浮现得最多的还是她鼓着腮帮子吹着红亮的火、头上落着零星的灰屑、衣服上泛着柴烟味、拾柴火乐得开怀、在炉子上为我们烹饪的样子。不论离家多远，只要看到别人家升起的烟火，我便会有一种回家的感觉。

你呢，你家的炉子还在吗？你的母亲，还好吗？

——刊发于 2014 年 12 月 5 日（第 854 期）

忆冬岁

郝海林

诗人说："老客人间百事慵，乐哉闭户过今冬。"对于冬岁的记忆永远是与家庭和幸福有关，同样的故事每年都在重复，可想要珍惜的心情却在岁月里愈加强烈，这是情怀，是羁绊，才下眉头，又上心头。

大年三十早上，天还没透亮，奶奶就起来忙忙碌碌地穿梭在屋里屋外，锅碗叮当，让一个寻常的早晨变得不一样。火灶里不断地塞进秋天晒干的柴火，发出噼啪脆裂的声响，昏黄的火光映在墙上闪动，炕头被烧得热烘烘。炉上炖着的浓汤咕嘟咕嘟翻滚，就像有人在唱歌。妈妈缝了厚厚的棉布帘子，挂在玻璃窗外面，来抵挡北方冬夜里的烈烈寒风。她早早地把我的衣服焐在炕头儿，看我起来，就把我的手放在棉裤筒里，搓得温热。棉花被有些厚实，盖在身上温暖而安适。在浓浓的年味儿里，我突然觉得这样的早晨格外珍贵。

乡下的新年总是有一种区别于往常的欢喜，平日里舍不得吃的好东西全部要留到大年三十这一天。家里把腊月里就准备好的鸡鸭猪肉都储存在院内的大缸里，寒冷的冬天是天然的冷冻厂，把食物的鲜美封存在一层层的冰里。爸从缸里取出各种肉类，清早，他剁肉的声音就在家里响起，让人觉得温馨热闹。随着温度和时间的精雕细琢，浓郁醇厚的香气逐渐弥漫整个房间。

姑姑和表哥表姐都来了，满满的一大家子人围坐在温暖的炕上包饺子。妈和姑姑拉起家常，回顾一年的收成，总是有说不完的话题。我向妈要了面团儿，陪弟弟在窗台上捏小人儿。大人们包饺子很麻利，剁馅儿、擀皮儿，各有分工，显示了家庭成员间才有的默契。

奶奶站在大锅前，耐心地等着锅里的油慢慢烧热。她眼角的皮肤原本软和和地垂下去，深深的皱纹在这时候却好像稍稍舒放了些。当油锅冒出白烟，她快速用锅铲敲着锅底，翻炒出一阵阵丰饶的香气，动作是那样娴熟，菜很快就摆满了锅台。

忙碌了一整天，暮色四合中只剩月亮的一点点光，所有热气腾腾的食物都摆在桌上，显得喜气洋洋。我知道家里人每年都会在一个饺子里包好钢镚儿，妈说过，吃到的人就是最有福气的人。弟弟小心翼翼地观察着，可是饺子个个都白白胖胖的，那么可爱，他又怎么能分得清呢？突然弟弟大叫一声，捂着脸从嘴里拿出一个银闪闪的大钢镚儿，这下大家都乐了，原来还崩了牙！弟弟还小，开心地炫耀着，神气十足。其实大家都知道是奶奶故意把包了钢镚儿的饺子放在弟弟碗里，但依然装作毫不知情地夸弟弟好福气。这个时候，我突然觉得，这世上没有什么比跟家人在一起吃顿温馨的年饭更重要的事情了。无论这一年过得怎么样，合家团圆，围坐在一起吃的年夜饭是任何山珍海味都无法比拟的。

吃过晚饭，我和弟弟挤在窗前，窗外下起了轻薄的小雪，玻璃上都是细小的水珠，用手指轻轻一点，就慢慢滑落下来。妈从集市给弟弟买回来的小灯笼发出淡淡的光，和着窗外幢幢树影一起映照在玻璃上，让人分不清是置身屋里还是屋外。

爸把每个屋子和大院儿的灯都打开，他说要在亮堂的灯光里守岁。灯光铺洒在雪地上，闪烁晶莹。我突然想起林英子所喜欢的那首诗：

一片一片又一片，两片三片四五片。
六片七片八九片，飞入芦花都不见。

我轻轻念出来，稍转身，看到弟弟在看雪守岁中早已安静入睡。此时，他就像一个年娃娃，神态安详可掬，分外惹人怜爱。

——刊发于2014年12月15日（第855期）

动物视界

向　赛

很多人喜欢看小孩子的眼睛，他们说小孩子的眼睛装着最干净的世界。我特别喜欢盯着动物的眼睛看，我总是觉得动物的眼睛是要告诉我些什么。

很小的时候，外婆家养了很多牛羊，被爸妈放在外婆家的我，每日都与牛羊为伍。

外公总是很乐意让大黑牛驮着我从田里晃晃悠悠地回到家里，有时也会童心发作，怂恿我和一头小羊“斗牛”，幸灾乐祸地看着我们头对头，看谁能把谁撞倒。那时候的我和那时候的小羊一样不服输，总是僵持很久，直到我被小羊撞翻在地，然后又气冲冲地重新找小羊“挑战”。小羊头顶的毛是黑白交杂的，比起其他部位的毛来像抹油打蜡了一样。感触最深的是它与我头部接触时滚烫的温度，还有那双不服输的眼睛。它两只前脚立定站好之后，头微偏的那种倔强的姿态，让我很长一段时间后回想起来都觉得它不可侵犯。

我看到过有着倔强眼神的羊，还看到过有着绝望眼神的牛。

曾经，我从一条街上路过，看到一群人在杀牛。牛的四条腿全部都被捆在了一起，睁着大大的眼睛对上了我的视线，我害怕得飞快溜走。是的，我在害怕，我不知道自己在害怕什么，可能是因为觉得自己救不了它，看着它的生命终结让我恐惧。牛在我的印象中总是安静的，安静地吃着草，安静地耕着地，偶尔“哞——”的声音也让我觉得安静，可在最后它要离开的时候，这安静却让我觉得特别难过，就像无声的控诉。

我喜欢的一个明星说过她最喜欢鸵鸟，因为鸵鸟总是习惯一个人奔跑，就像她自己一样。后来，我专门去动物园看了鸵鸟，它没有给我那种沙漠独行者的感觉，总是在等待饲养者或是游客给它一些东西吃。它不和我对视，但它的眼里分明藏着很深的孤独和忧伤，常常越过我的眼睛看向更远的地方。我不知道它是不是在望着沙漠的方向，也不知道它是不是在怀念独自朝远方奔跑的过往时光。

“他不会回来了，你不要再等了。”看完《忠犬八公的故事》的人，很难不会被小八对教授的忠诚所感动，我也感动得稀里哗啦，想把小八带回家。我知道这不是一个虚构的故事，因为我曾见过狗的忠诚。外婆家有只天生残疾的大黄狗叫大黄，每次我去外婆家，大黄的眼神总是很乖，带点笑意看着我，有一种主人式的亲和感。大黄也确实把自己当主人，每天会一瘸一拐地守着外婆家的大门，眼神坚决得好像远古的骑士，不容别人侵犯它的领土，为了守门和别的狗打架，每次被咬得身上的毛沾染血。大黄老死之后，外公也没有再养过狗，他说：“再也没有一只狗能比得上大黄了。”

我总是试图在一些动物的眼神里发现些什么，结果却看到了自己，那个倔强不服输的自己，那个孤独的自己，那个一心想要奔跑，却被束缚的自己，那都是我。有人在骂人的时候，总是指着一只狗一只猫说：你看，你的同伴来了。我会说，没错，那是我的同伴，他们就是在这个世界上努力适应着生存的不易，坚守着自己的纯真信仰，并默默奉献的我的好同伴。

有时候，疾风冷雨会洒在我们身上，可我们还是会去做好自己的事，比如说去奔跑、去奉献，去忠诚于一些人、一些事，去适应、去用爱改变一切。

我最喜欢的《小王子》里说过：“大人们说一顶帽子怎么会吓人呢？可是我画的不是一顶帽子，我画的是一条蟒蛇在消化大象。”

——刊发于2015年10月15日（第873期）

剪一缕春光

徐小宸

听说，湘潭的春天是极短的。第一缕春风吹来，满城的白玉兰仿佛在一夜间全都绽放了；湖畔的垂柳新抽出的枝上吐露出嫩绿的芽；各色小野花在绿油油的草坪上、田野间热热闹闹地开着，像是要赴一场盛宴。阴雨连绵的日子总算过去，晴朗的春日，暖风吹得人心荡神驰。可过不了几天，白玉兰雪白的花瓣纷纷扬扬从枝头落下；桃李凋零，绿叶成荫；人们刚脱下棉衣，连春装都未及换上，就直接穿起了短袖时，春天，也就要谢幕了。

新学期的第一天，每一节课开始前，老师照例都要夸赞一番窗外明媚的春光。午后的阳光温暖强盛，走在上课的路上，几乎睁不开眼。

教外国文学课的沈老师走进教室时，温柔地对台下的同学们微笑。阳光透过玻璃窗洒在讲台上，透明的光泽里蕴含着无限的希望。沈老师笑着开口："正午的阳光明媚强盛，但走过来的路上，不知道为什么，我竟有了一种伤春的情绪。"台下的学生们听了，一齐笑了起来。沈老师仿佛料到了学生们的反应，自嘲道："按说，我早就过了伤春悲秋的年纪，可每每看到这样富有生机的景色，都不由得感到生命的无常。"台下的笑声渐渐止住了，取而代之的，是惶惑的眼神。"你们也许不会感觉到这份情绪。你们那么年轻，又有才华，这样的美景也许会点燃你们的诗兴和激情，回去后总想着要写点什么才算不辜负这大好的春光，而你们现在也正当写诗的年龄。"说到这里，她忽然话锋一转，赧然笑道："我读大学的时候，非常爱读勃朗宁夫人的十四行诗。那时候，我正深深迷恋着我的一位男同学，又羞于开口，于是每天为他抄一首诗，这么多年过去了，当年的诗集都无从寻觅，我的手抄本却都还在，今天再回头去看，依旧觉得很美。”这天要讲的内容正是莎士比亚的十四行诗，沈老师用这样一种巧妙的方式做了一个春风化雨般的开场白。

课后到图书馆借一本书，走出大门时，阳光已变得柔和，在画眉潭被吹皱的春水中熠熠生辉。草丛边，一个瘦小的女孩蹲在地上，看一只熟睡的斑点狗；一田的长椅上，恋人们相拥而坐；树荫下传来愉快的欢笑声……此刻，时光的曲调是舒缓而悠长的，悲伤和苦痛都是可以融于其中，让人暂时忘却的。

这天晚上，楼道里的空气似乎都带着几分馨甜。那个浓眉大眼，小麦色皮肤的女孩脚步轻盈地走上楼，一边掏钥匙一边同我打招呼。我手里握着茶杯，蓦地转身，看到她略显憔悴的面容，一时说不出话来。

几日后，我在一个爱心活动的现场又见到了她，穿一件红马甲，和同事们忙前忙后。这是一个献血活动的启动仪式，她既是志愿者又是获奖的优秀学生。品学兼优的她获奖是名副其实，尤其在此时——这最艰难的时刻。可她上台时，我竟在她眼中读到了一丝尴尬。这份尴尬，其实是包含了几分辛酸和无奈的，所有知道她遭际的人，都能够体谅。

一个桃李年华的女孩，担心的事情原本只是即将到来的考试能不能拿高分、多吃的一块巧克力会不会变成体重秤上增加的数字、攒下的钱什么时候能够买一条新裙子。偏偏命运捉弄，让她的至亲——家中的顶梁柱病倒了，一家人原本简单平静的生活被打乱，高昂的医药费让全家束手无策。到了万不得已的时刻，这个自尊自强的女孩才开始向身边的朋友求助。众筹进行得顺利，助学金也发下来了，可这些在高达80万的医药费面前，恐怕也只是杯水车薪。她发图文感激每一份爱心，许诺要用尚且瘦弱的肩膀扛起整个家。我所知道的她的生活，是坐在教室前排听讲，晚上跑步健身，闲暇时参加公益活动或是去图书馆泡上一下午。我还知道，在许多个我仍在赖床的清晨，或是浑浑噩噩的黄昏，她都在为履行她的承诺而努力着。可我再没有看到过她疲惫憔悴的面容，相见时，她总是带着温暖的笑容，比起从前的外向开朗，更多了一份从容沉稳。

最近一次看见她的笑容，是在一次社区志愿活动后，她与两个小伙伴的合影上。她穿一身牛仔服，挽着身边的伙伴，摆出“爱心”的手势。她笑得是那么令人动容，以至于身旁苍白的墙壁与生锈的栏杆都透出一股生气。一瞬间，我仿佛听到她的吟诵：“世界以痛吻我，我要报之以歌。”

三月的风还透着几分寒意，是春寒料峭、春潮带雨，多少爱恨情仇、喜怒哀乐都裹挟其中。有一个小麦色皮肤的姑娘用微笑剪下一缕缕短暂而明媚的春光，编织成绚丽多彩的披肩，披着它走过潮湿的田野，泥泞的山径。她走过的地方桃红柳绿，散发着馥郁的芳香。

——刊发于 2016 年 3 月 25 日（第 884 期）

篮球与人生

宋德发

课堂上，我讲得最多、最好、最有感觉的是篮球，但我其实是个文学老师。我21岁步入“篮坛”，那之前，从未有人告诉我体育之于人生的作用。大三那年，因为要考外国文学研究生，我读完了《荷马史诗》。史诗中的一个情节，彻底颠覆了我的业余生活。

史诗男主人公，“地中海第一猛男”阿喀琉斯参加好友的葬礼，在等待的过程中，召集来宾举行了8项体育运动比赛，选出了8个冠军。我终于明白，古希腊人不仅好“健”而且好“美”的身材，源于后天自觉的、长期的、系统的体育锻炼。我瞬间领悟到了什么。

于是，读研究生开始，我将日常生活的顺序，按重要程度调整为：运动、写论文。我选择了一项最适合自己的运动：打篮球。这样，在21岁的时候，正式开始了篮球生涯。

每天下午2点半，我和同届的阿辉、阿刚一起去打，号称“中文系三剑客”，打到伸手不见五指的时候回寝室，风雨无阻。

如果打篮球和写论文发生冲突怎么办？那就先打篮球。

然后呢？然后就提前一年毕业了。

因为自从打篮球后，头不蒙了，腰不疼了，腿不酸了，走路有劲了，吃饭更香了。写论文自然也就文思泉涌、一气呵成。

打篮球不仅提升了我的身体，也改善了我的气质。和高中同学相见，他们都说我保养得真好啊。和大学同学聚会，他们都说我好一个标准的男神啊。去中学演讲的时候，一男生过来交流，一脸的迷惘：“宋教授的身材如此正常，这实在是太不正常了！”到校园理发店理发的时候，理发师很真诚地问我：“这位同学，你是研究生还是本科生啊？”

一个公认的女神当面赞美：“宋教授是文武双全的典范。”我不露声色，却已心花怒放。他们在一个正确的地方拍了一个正确的马屁？错。我喜欢这种实事求是、实话实说的精神。可以讲一下此时的心得体会吗？两句话：

美男是先天的，型男是后天的。

运动和善良一样，都是最好的护肤品和手术刀。

打篮球不仅改善了我的气质，而且完善了我的观念。以前，我最希望听到的赞美是：“宋教授，一看就像中文系的，好儒雅、好文弱、好文质彬彬。”

如今，我最渴望听到的好话是：“宋教授，一看就不像中文系的，好威猛，好剽悍，好 man！”

好吧，我不是一个自私的人，我愿意和身边的人分享任何美好事物，包括我的“养生之道”。于是，课上到哪里，我就将篮球，乃至运动之风吹到哪里。一时间，篮球成了我们文学与新闻学院一张闪亮的名片，各种“约战”接连不断。我们和大学球队打，和中学球队打，和企业球队打，和政府球队打，甚至和女子篮球队打。我们已经和校女篮打了三次比赛。

好男不和女斗？问题是我们三次都输了，输得惨不忍睹、输得心服口服。

第一次输了 66 分。只看女篮姑娘全场飞奔，我们先是连球都摸不到，后来连人都看不到。我们队最强壮的刘教授，90 公斤的体重，想展示自己在对抗上的优势，就很努力地防女篮的中锋。那个很秀气的女孩子，轻轻地做了一个背打的动作，强壮的刘教授，飞出去三米多远，他躺在地上，望着天花板，一脸的惊愕。第二次，请女篮姑娘吃了一顿饭，她们不好意思赢太多，只赢了我们60 分。第三次，我们请了两个很厉害的外援，结果只输了 40 多分。

“篮球外交”开展得轰轰烈烈，更骄傲的是我们的“篮球教育”。和我们打得最多的，还是我们的学生，有本科生，还有研究生，几乎是每周一战。

我们要告诉学生要热爱体育，行动远胜于口号。我们中文系的男生，凡是打篮球的，在学校里，一身的文艺气质，走在大街上，都像学体育，或者练健美的，个个阳光普照。

身体之美和思想之美可以成正比，这是我们要追寻的目标。每年毕业季，我们都要和他们打篮球告别赛。防守时，我很认真地“放水”。让他们砍下职业生涯的最高分，带着最美好的回忆离开湘大。等母校校庆的时候，他们一定会回来，走一走，看一看，顺便捐点款。

任何事情，都在最高的层次获得相通。最高的层次，一是美学；二是哲学。

人体是最美的，体育最能展现人的身体美。打篮球更是力与美的完美统一。我的45度角擦板投篮，据说很飘逸。可惜我自己看不到，但想一想，都醉了。

打篮球还是哲学，最贴近人生的哲学。一个个体、一个民族，如果缺乏体育的支撑，从普遍意义上说，肯定是没有生命力，缺乏青春朝气的。看大街上，露出一脸销魂妩媚的男生越来越多，就应该知道篮球的意义了。

篮球场上，也最能发现一个人的本性。一个喜欢传球的人，生活中想必不是很自私。一个眼里只有篮筐，既没有队友，也没有对手，只知道永不停息地投篮、投篮的人，生活中只考虑自己利益的可能性会非常大。从打篮球，可以看出一个人的为人处世之道，想必毫不夸张。

所以，篮球需要智慧，篮球也培养人的智慧。所以，一个不知道篮球（体育）重要性的人不算是最好的老师，一个不知道篮球（体育）重要性的大学校长成不了教育家。

最后，一件最重要的事情差点忘了：表扬和宣传一下我们文学与新闻学院教师篮球队。我是队长，重要的事情无须说三遍——这是我这辈子最珍惜的一个职位。

我的口号是：传球第一，得分第二。

我最喜欢三件事：传球、传球、传球。

队员王教授，42 岁开始打篮球，仅仅三年之后，就成为队里打球第三好的。他的篮球智商更是排第一位。

队员刘教授，32 岁开始打篮球，仅仅半年之后，就成了穷人版的库里，任何角度都可以投得进球，其实他的身材，是个标准的中锋。

队员周教授，在我出生之前就开始打篮球了。周教授 168 厘米的身高，60 公斤的体重，标准的后卫形体，实际上却是队里的中锋。他不会正常投篮，只会诡异地勾手。差不多是“湘大第一勾”。他拿到球，以防守队员为轴，旋转 360 度，到固定的角度，背对篮板，勾手，轻轻松松，球进了。

队员符教授，中年时期才到湘大工作，一开始好孤独寂寞。加入篮球队后，立刻恢复了青春活力，球技和学术一起突飞猛进。符教授算是队里打球第二好的。他没有特别的绝技，绝技就是技术比较全面，什么都会。

我承认，我们打球还达不到美学的层次。但是，我们相互欣赏、相互鼓励、相互关爱。我们将篮球融入教学、融入生活、融入血液。我们对篮球的热爱、激情和理解，应该已达到哲学的境界。

忘了说，我们球队，叫“兄弟连”。

——刊发于 2016 年 5 月 5 日（第 888 期）

只叹时光不再来

王雪艳

赌书消得泼茶香，当时只道是寻常——纳兰性德。

儿时我去往学校的小路在那年春天被政府列入“三大修建工程”，也就在那年春天，爷爷走了。

小时候老听奶奶谈起他们的过去，奶奶说爷爷是“地主家的傻儿子”，明明是公子哥儿，非把自己活成锅炕里的土小子，粗布灰衣老布鞋，一颠一颠地，偶尔回头笑笑，不大的眼睛总闪着光。奶奶出嫁那天，他俩拉着手从村东头走到村西头，手心都握出了汗，自那以后再也没有放开过。奶奶说爷爷很体贴，睡觉总让她背过身去，怕打呼噜会吵到她，下雨的时候遇到过不去的水洼就会俯下身背她过去。而如今再谈起爷爷，奶奶总会在小小的门前张望，只是爷爷再也不会回来。

这是我看得最透彻的期盼，一场遥遥无期的期盼。门前的石墩在等待傍晚常年飘起的黄烟香，昏暗的灯光在安慰从此孤独的人。

自我有记忆以来，妈妈跟爷爷关系就不好，可爷爷总是笑眯眯地看着我，从口袋里掏出各种饼干糖果。当着妈妈的面我不敢拿，爷爷就笑着收回去，等到妈妈走了，再偷偷给我。那时候不懂事，碰到自己不喜欢吃的总会直接拒绝，爷爷就愣一愣，讪讪地拿走，等到下次再换我喜欢的偷偷给我。

虽然住在一个院子，却像两家人，我连爷爷的屋子都不敢去。我总是偷偷去敲爷爷的窗户，他也会冲我挥挥手。后来，爷爷把电视从里墙搬到了窗前，每当我走过时，他都会在我之前敲敲窗户，然后把手贴在玻璃上，笑眯眯地看着我，等我把手覆盖上去。每当爷爷奶奶去大伯家住，我都会异常开心，我终于可以正大光明地跑去找爷爷，坐在他腿上看他的小电视，跟他一起听那些咿咿呀呀的戏曲。

那年春天，爷爷跟我说，他要去帮政府监工，修那条我走了整个童年的路。那时的我已经是寄宿生了，一周才能回一次家。周日走的那天，我告诉他，我要期中考试了，这次我一定可以考第一名。我考试那天，工程竣工了，可是，路，塌方了。那次考试我真的考了第一名，可是因为考试，我没能送爷爷最后一程。等待我的是一口红木棺材，一张黑白照片，照片里的爷爷是笑着的，就连我哭的时候也是。

我曾以为世界是旋转的，我以为每一次的遗憾，时间都会用另一种方式来弥补。直到世界不再眷顾于我，我才真正知晓了遗憾是何种滋味。时间越久，记忆的味道越发醇厚，捏起一小撮黄烟末，便能唤醒那熟悉的香气。小院一遍遍地翻新，家具一件件地更换，只有那块玻璃，久久地留在了我的床前。

爷爷从没托过梦给我，直到我考上大学，开学的前一天，我梦到了他。我家的小院里，斑驳的玻璃窗前，我走过去，敲了敲窗户，大声喊："爷爷，妈妈叫您出来吃饭。"他关掉电视，笑眯眯地慢慢从屋里走出来。

——刊发于 2017 年 3 月 15 日（第 907 期）

劝君莫进一杯酒

孙 烨

我不止一次被人问过这个问题：如果时光倒流，你最想做什么。由于我的无知，我对生存方式只有一个非常普通的信条：不许后悔。因此我常常对这个问题噤声，我的过去就像一只蝴蝶愚蠢地跨海航行，每一步我都走得义无反顾，也就不存在再来一次的希冀。

但是如果现在再给我这样一个机会，我想回到我父亲喝下他人生中第一口酒的时刻，我愿意从此刻开始，记录下他每一次喝酒时的心情与境况。

可能是刚进部队第一次聚餐时，迫于营长连长的行酒令，皱眉咧嘴喝下那一大碗兑过水的浊酒；可能是想家时，望眼欲穿故乡山坡母亲的坟茔，一头灌下上次还没喝完的清酒，桌上还残余几滴不知是吞得太猛的漏网之鱼，还是顺着眼角的泪痕掉落的男儿志气；可能是因为年少的懵懂而悸动的心，因着那魂牵梦绕的姑娘的一蹙眉一摆手，而赌气喝下了好兄弟为你买来的陈酒，哪怕醉得不省人事，还不忘闭着眼睛口齿不清地大声质问心上人……

彼时的父亲，酒对于他应该更多的是一个无言的长者，畏惧，可是它的威严与凝重却能带给年少的父亲以镇静和思考。

后来就是步入社会参加工作，这时候酒成了父亲的装备，是他人际往来的润滑剂，是他工作应酬的能量水，一次次碰杯，一口口下肚，酒在他的身体里肆意穿行，似乎也能带着他走上事业的捷径。

直到后来有了我，你真以为你的爸爸就是爸爸啊，或许他也是个孩子，他和你一样，也需要长大，或许你这条小生命的存在，意义非常大，你给了他一个机会，帮他长大。好像一夜之间，父亲就成了一个肩负责任重担的男人，生活的压力第一次给了他下马威。他笨拙地抱我在怀里，甚至同手同脚地摇动身体哄我入睡；他宽大的手掌小心翼翼捏着小汤匙，在嘴边使劲吹凉汤匙里的稀粥，最后还要在他的嘴唇上试过温度再慢慢送到我光秃秃的小嘴里；连续半夜发高烧，每次他都要强撑起睡意抱起襁褓里的我手忙脚乱地奔往医院，怕吊瓶里的药水滴完没人提醒，他只能彻夜不眠，第二天再顶着两个熊猫眼继续工作；初中时我被医院诊断出脑袋里可能有肿瘤，听到这个消息，他愣了很久，回宾馆的路上盯着地上一言不发，不管我在边上怎么说话也不理，回到宾馆他的眼泪吧嗒就跟断了线的珠子一样止也止不住，那是我第一次看见他哭得比我还像个小孩……

他人生中的这么多时刻，因为有了我，而不得不变得更加坚强与伟大，可是他的勇气从哪里来呢，我想只能是酒吧，当他觉得委屈觉得辛苦觉得难过觉得疲惫时，为了我，他只能把它们都揉进酒里，再一口吞下。我也不知道父亲是从什么时候开始对酒产生了依赖，可我知道在这件事情上，我一定“罪孽深重”，有着推卸不了的责任。

所以自从我开始意识到自己的“罪行”之后，我对于父亲戒酒的事情就一直放在心上，就像他一直密切关注着我的身体健康一样。可是父亲的酒龄比我还大，要他戒酒，绝非一朝一夕。冰冻三尺非一日之寒，这个道理我明白，如果我的父亲还是三四十岁的年轻小伙，我愿意跟他慢慢讲道理让他循序渐进地去养成良好的生活习惯。可是我早已经错过这样一个机会了，我的父亲，他现在已经不再年轻，他的身体再也经不住那么多酒精的浸泡，高血压，脂肪肝，这些隐患与危机时刻潜伏在他的身体里，不知道什么时候就会被引爆。但他作为当事人，好像不以为然，反而变本加厉。怎么越年长他反而越像个小孩一样不懂事了呢，他知不知道这个身体不单单只是他一个人的呢？他知不知道这个家庭缺他不可呢？他知不知道他自己的身体已经禁不起他那么重的玩心的折磨与消耗了呢？我想他应该还不知道吧，起码还不是那么透彻地看清了这当中的利害关系吧，不然，他应该会停下进酒的手的。

劝君莫进一杯酒，可堪回首，未语泪先流，多惜己，更长久。

——刊发于2019年5月25日（第956期）

夏日杂记

秦　璐

外婆家的夏风不同于城市。高楼生育的风吹过皮肤能浮起一层细汗，在小院里撒欢半生的风却飒爽，能把人吹得眼眯成缝，脑袋迟钝。在三折木门前舒展身体，余光隐约瞥见被井边那棵大树划得稀碎的阳光又在那一小方阴凉处惬意颤动。想来该是多年前的光景。

外婆说，那口井已经打不出亮晶晶的水了。挺拔在井边几十年的老树也只剩下一截短矮干枯的树桩，像是坟堆又像是丰碑。反倒是表哥前些年随手抛掷的枇杷子笨拙又沉默地抽条，早已亭亭如盖。听说结过几次枇杷果，橙黄圆润，多汁清甜。

午后逢雨，去未拆的老房看屋顶上曲线讲究的瓦片嘀嗒水珠，长长一帘约莫五六米。碎在地上，青苔蔓蔓的半边泥地是岁月冗长，干净规整的半边水泥地是未来灿烂。我道不清如何晃了神，突然想爬上楼顶去远眺稻田，一片青绿，一阵风雨。左右思来还是作罢，全怪小院傍晚袅袅直上的炊烟熏懒身骨。

今年家里养了两只橘猫，见了令我心中欢喜雀跃。都是橘白相间，我私下里给他们取名，偏白的叫小橘，偏橘的叫大橘。小橘大橘体态优雅，行坐端庄，小巧精致的脑袋上立着一双大耳，四肢纤长，自有让人自惭形秽的矜贵气质。小橘面上白底橘斑，像是仍吐着奶气的小戏生，偷来笔、粉，有样学样地往脸上铺一层白粉再点一层橘妆。大橘通体偏橘，是只八成的橘猫，要说精致的地方，除开清得动人心魄的眼睛，还得算上显出隐隐虎纹的四肢。它们不亲我，我常讨好般提溜张小凳隔着一步之距坐下看书，偶尔抬头谄媚地朝它们笑笑。

小橘怂得紧。偶有人打身侧过，它就要脚底抹油般溜开，等人走远才探着身子回来。我曾见过事发突然它来不及逃，便高高弓起身子作势，这样看起来的确比之前高大些，但也滑稽得很。大橘不怕生人却也不亲人，你自它身畔溜达而过，它该眯眼假寐就眯眼假寐，该梳理毛发就梳理毛发，纹风不动，偶尔兴起略略瞥一眼接着又淡漠地继续。

小橘大橘从不进家。午时卧在门外休憩，饭时两眼放光地等在门外，细细叫几声算作催促，闲时就屋前屋后地搭伙乱逛。有时半天不见猫影，正琢磨它们又躲哪追蝶捕蜂，那细得发酥的猫叫就在某处兀地响起，循声望去瞧见那厮正歪着脑袋打量你。

家里的孩童戏耍过它们。赶着它们满院前跑，偷摸靠近尖声高吓，伸出穿着拖鞋的脚拱拱眯眼的猫，搅碎清梦。多是儿童性情，不管教也懒说道。偶尔过火，搬出自家弟弟让他哄着小孩儿们到别处游戏。

其实，大橘小橘并非描述得那般神仙惬意。苦难占七成我只挑其中三成讲。

我听过暴雨微歇那晚惊魂未定、哆哆嗦嗦的猫叫。大雨下了整晚，雷声闪电歇斯底里了整晚，小橘大橘在断了电的屋外，从没不止不休地扒门求个避雨处；我目睹过大小橘费力嚼着骨头，明明无所食，偏偏执着于牙脚并用地啃出些滋味，不得不松口还不死心地舔舔味道。那次小橘生吞下一块骨头，料是骨头卡在咽喉，它痛苦地干呕，颈脖一抽一抽，原先即将下肚的骨头复又生生吐了出来，比较着该有它爪子大小。缓冲片刻小橘习以为常地再次把骨头咬进嘴里嘎嘣几下咬碎了吞进肚里。其实家里没人正儿八经喂它们，其实它们算是有半个家的野猫。

我前些时候还在想，小橘大橘规矩得很，未得应允从不顽劣地跑进屋内，念着怕是乡下猫生来便懂得规矩，早把自己身份地位摸得清楚。可谁生来便会把规矩刻在骨面，贵贱融入血肉，大半皆是生活铁锤锻造出的乖巧。某天大橘怕是饿昏了头，趁人不注意摸摸索索溜进房内，舅娘发现二话不说抡起一指半粗的棍子舞得生风，骂骂咧咧地把它往外赶。我想这该是常有的事，不然两小只如何知道三折木门不能僭越，食物未落地便不属于自己。我也怪不了舅娘，毕竟他们总想着，猫狗粗养着也不打紧，重点是狗把家守住，猫把鼠捕尽。他们的温情一半洒向田间，一半交托给儿孙，余不下丝缕。

外婆家是个清闲地，适合写几首小诗，造几段小文。那夏风又一阵吹过，该趁风凉，松垮身体，小睡一会儿。

——刊发于 2019 年 12 月 25 日（第 969 期）

回眸（二）——校友散文选集

故土乡情

山野号子

陈爱民

澄澄的阳光抚摸着谷子，蓝蓝的天是鸽子宁静的眼睛，细密的汗水如音乐的河在欢笑。此时，我们的号子爆炸了，一发不可收拾；无尽的豪气在挥洒，沸腾的血在燃烧，唱着喊着，嗓子们都呼啦啦生了翅膀，在山野上空盘旋、飞扬、舞蹈……

风，顺着流水走，我们的号子穿越历史而来。年年岁岁，岁岁年年，号子发表于水田和庄禾深处，如稻穗一般清新而古远。沐浴青铜的光泽，能读懂先民对土地的奉献；抚摸新石器拙朴的外表，可感悟到祖先劳动的欢愉。竹简风化为尘土，时间把许多农具打磨得斑斑驳驳，号子的情感却永不锈蚀，它是阳光和汗水洗刷出的旋律。总是血性十足，总是把山野敲打得遍身灵光……

听听，空气像临风的花枝一样颤抖，从灵魂深处的一声呐喊开始起跑，我们的号子来了：铺天盖地，如此酣畅淋漓，火烫烫地热。与太阳的红唇狂吻，没有矫饰，没有花哨，赤裸着真诚，这正是泥土澎湃的声音！有了号子，汉子们奔驰的姿势充满美感，女人们跃动的身影婀娜动人，山野间凸现出雄奇的一幕；有了号子，我们的额头不再荒芜，有永恒的思想和快乐筑成茂盛的巢。号子不会停歇，号子不会老去，当我们享受美酒的甘甜，当我们生活的凝视变得澄清，号子越升越高，驾临树木，驾临高山，超越我们的心灵，欣欣然深犁着广袤无穷……

山石般的肌体鸣响如啸，雄伟的魂魄透明如水，就这样，号子领唱着一代代生命，成为一粒粒蓬勃的种子，落地，生根，发芽，开花，它是土地最真实的精血；号子总是携满激越和阳刚，催熟一个个丰硕的日子；由远及近，由近而远，号子响雷般滚动，呼喊为生命中最成熟、最迷人的律动……

是的，号子又响了. 这是山野的号子，乡亲们的号子！感奋激情地拥抱着我们，吼上几声吧，号子如千万朵玫瑰的花瓣轻盈落下，在这无比灿烂的音色里，我们只能是一尾尾幸福和感恩的鱼！

——刊发于2000年6月20日（第502期）

乡村情结

周善斌

我自小生活在郊区，处在城市与乡村的边缘。尽管小时候家中也有负债累累，紧衣缩食的日子，但在父母的庇护下还不至于吃太多的苦。但我知道，我的根，我潜在的亲切与切肤温情，已留在那大片大片的田野里。

我最喜欢去外婆家。那里有青山，黄牛，小伙伴，或稻浪翻滚，或油菜吐艳，仿佛是在那里，我找到了我的依靠，找到了内心深处最厚实的臂膀。静静坐在阳台上，冬日的阳光，暖暖撒下了一地灿烂，褐色的土地，鸟儿啁啾，那首《在希望的田野上》便自然地飘在了薄雾轻漫的田野。

至今我听到这首歌总要想起那个早晨，对于宁静，对于聆听自然脉搏的渴望，总让自己有种因感激而流泪的冲动。

暑假是在外婆家停留得最长的时期。还是孩提时代，和邻家的男孩在小院里神侃，望着星空幻想，听男孩海阔天空地吹牛，却津津有味，仿佛世界的许多奥秘是自己解开的。记忆中那样的夜晚，繁星闪烁，不时有流星划过，司空见惯。而到了现在，已经不知道荧烛在星辉下飞舞的感觉了。

偶然在《南方周末》上看到一篇写“生活在城市里的乡下人”的报道，报道里说，他们尽管在城里待了许多年，也改变了许多，可他们骨子里的乡村情结一直没有改变。里面有一幅照片，在一个繁华的街头，儿子背着瘦弱的老父，穿梭在匆忙的都市，这样的情景感人至深。

看着这样的报道，我自己心里的那根弦也拨动起来。有一种声音一直在轻轻地呼唤着我，就像乡村的那些虫鸣声在向我发出召唤一样。这是一个当一名记者的梦想。在我的心中始终有这么一幅画面，画面里的我扛着摄像机跋涉在青山绿水间，要把最贴近的绿色与最纯朴的微笑展示给世人。

视野外的天空，一样的灿烂，却与众不同。贫瘠土地上劳作的老农，他们的乐，则将在日月交替中融入我的生命理念。想象中的自己和记者这个职业一经结合起来，便感到内心有了一阵暖流在涌动。

有人说得对，不会接受城市文明的人是傻子。可是有些事情是无所谓接受与排斥的，就像你的血管里流的是父母的精血一样，亲切、自然，并且命中注定。

——刊发于2000年11月10日（第509期）

故乡琐忆

王志华

记忆中，故乡的影子已渐行渐远了。

好长的时间里，故乡变得混沌而模糊。只是在儿时记忆的碎片里，能有一点故乡的那似曾熟悉的轮廓。从小长在城市，并不知我的故乡其实是在一个很遥远的水乡。

离故乡很远，离记忆却很近。

老人们对故乡有着永恒的念叨，虽然说待在城里也算是习惯了，闲下来的时候，老人们还是总谈起故乡。每一次故乡来的远房亲戚，老人们和父母总要热情招待，还要大包小包地塞满他们的行囊。用那种我不太听得懂的乡音与他们交谈，就似乎总是一种很尽兴的事，而每一次外婆几乎都要感动得流泪。院子里有一块空地，外婆有兴趣地种上了许多叫不出名的近似青菜一类的植物，据说这就是故乡的菜。就为这，一直疼爱我的外婆还与我有过“争执”，最终是我心爱的喇叭花被连根拔掉，而由这些故乡的菜替代。于是我每每地在饭桌上赌气不对这些菜动筷，外婆总是要善意地数落，说我在故乡那一年是最爱吃这菜的，一边还执意地往我碗里夹。

终于有了回故乡的机会，经过一天多的颠簸和频繁地更换各种交通工具后，终于望见了这个偏居一隅的灵秀水乡。

后面的几日里，碰见了几位儿时的玩伴。他们的名字是记不清了，但他们一出现，我还是凭着一种直觉认出了他们。岁月很明显地改变了他们，近二十年生息在这里，过着一种很平静的生活。我的出现多少令他们有些吃惊，但我未料到的竟是这少顷惊奇后良久的尴尬。尽管我竭力地做出与他们亲近的样子，但他们的态度还是让我感觉到了一种距离。我知道，无论是我外表的装束还是经历，都已经与他们有了很多的相异。他们更多的是表现出了一种羡慕，另外的就是一种敬而远之了。与他们的交谈，就只是些礼节性的问候，接着就是反复说我有福气之类的话，我无意去解释或调和什么，只是木然听着。后来我叫住一个叫四毛的青年人，他曾是我儿时最亲密的玩伴。我笑着问他还记不记得我们曾经偷过吴二婶家的鸡蛋生吃，而拉了几天肚子的事。他只是淡淡笑着摇头，却一个劲地向我打听现在在城里是否有比较好的又赚钱的工作。我后来才注意到，他已是两个孩子的父亲了。

这片碧水环绕的水乡真的很美。

我是从心底庆幸自己的根是在这片洁净得让人陶醉的圣地。假期很快，马上就要离开这个曾令我神往的地方了。外婆执意要多住几天，我们没有劝阻，毕竟这片土地与她融合得太多。临走时，村里人照例全部为我们送行，他们塞的东西几乎胀破了我们的行囊。不知为何，我的心情有些沉重，却并不仅仅因为此时的别离。那一天的天色很暗淡，全然没有来时的爽朗，我记得是外婆挤在了送别人群的最前面，泪流满面地向我们挥着手。

——刊发于2001年5月30日（第525期）

湘地话秦腔

王　芳

有人说音乐是世界上一种超越时空且不为时空所消磨的最伟大不朽的艺术。不懂得音乐的人生，是残缺不全的人生。我不敢妄言懂贝多芬，懂理查德·克莱德曼，但，我懂秦腔。不知道它算不算真正意义上的音乐，但我认定秦腔就是我的音乐。

在这湘地，在这山畔水泽，甚至在这不眠的黑夜里，我的心头脑际萦绕的依然是秦腔，那秦之声，秦之乐！仿佛脱身为白素贞，站立于断桥上，幽然吟出“西湖山水还依旧，憔悴难对满眼秋……”

秦腔是那个曾诞生过始皇帝的秦地民间地方戏。黄蒙蒙的土地，黄灿灿的麦穗，哺育出的生龙活虎粗犷豪放的三秦儿女们，用那与生俱来的气力吼唱出一个接一个激情洋溢流芳百世的秦腔。秦腔就是秦地经久不衰的神曲，是秦人们的离骚。

秦腔，秦之腔调也。从感情上，我认为它就是我们秦地陕西独有的声乐，然有些身份的专家学者们直言不讳地指出：秦腔，由陕西甘肃一带民歌发展而成，为梆子腔的一种，流行于西北各省的地方戏种。当然无能力再证实秦腔是秦人之专利，但仍偏执地认定秦腔只能秦人唱，那韵那味只有秦人独有，别的人是没有的。

秦腔不是搔首弄姿招摇过市的流行歌，追求感官刺激；秦腔不是雍容典雅珠光宝气的交响乐，倨傲地站在时代的精神峰巅；秦腔只是秦人们的宠儿，但它却又那样生动精彩地被三秦赤子们演绎着。拂去浓厚的岁月尘埃，穿越深长的历史隧道，黄土地上的人儿换了一茬又一茬，不曾泯灭的是秦声，意味弥笃的是秦韵。从父辈手中，我接过它，如捧十世单传的圣婴，我们又将怀怎样的心情把它放到我们后辈手中？秦腔，在这古与今、生与死甚至落后与文明的传承中，包容了多少的故事和故人！感觉中，它如同古希腊的游吟诗人，走近生命的边缘地带，走近秦人的心灵。虽没有《阳春白雪》的高贵，但秦人们在这里，得到了耕耘的激情与火热的爱。从此，秦人与秦腔不离不弃生生相息。

秦腔不是矫揉造作的时令软语，嗲声嗲气令人作呕；它也没有小桥流水人家的高远冲淡，可望而不可及。它干脆就是碗油泼臊子面，量足价廉，柔软筋道，一碗下肚辣味方兴，这才知此“面”的深藏不露，直咂舌头却想再来一碗。秦腔从不做深沉状，该喊就喊，辽阔宏远，不怕高声将扰天上人，性之所至，不拘古典，不怕学者当面来诘碓。尽管如此，它确实是秦地嫡传正根的后裔。它歌古颂今，刺恶扬善，鸣不白之冤，扬世间之正气。用场面上说法，很有些“人道主义”。你且听，凄婉处如幽谷鸟啼，含血独悲，声泪俱下，台上台下如潮侵袭浸湿一片；激越时似春雷乍响，喷火射弹，如珠似玉，干净爽利痛快至哉，听者唱者从丹田到浑身上下无处不舒畅通达熨帖受用。与其说秦人唱秦腔，不如说秦腔秦人互融。秦人的一生，伴着秦腔出生听着秦腔离世，热乎乎的血肉身躯冷了、僵了、安乐入土了，盘旋于孤冢之上的仍是不绝的秦腔。唯有秦腔，会陪着那个飘忽的灵魂徘徊游荡，寻找新的脱生。对于秦腔，秦人是痴迷，平常如吃饭睡觉，又像皈依佛教的僧者怀着对佛经的无限尊崇与迷信。看，那八十老翁颤巍巍如欲倾残壁却要拚力吼出红脸张飞的“呼喊一声绑帐外”的凶悍；三岁小儿奶气未脱咿呀着“祖籍陕西韩城市”。我便深信，秦腔是泰地上的天籁之音，是有着原始野气的三秦儿女们的图腾。

秦腔曾像闯关东的大汉左冲右突纵横捭阖驰至关外，与南腔相应和，奏出了中华民族的绝响。秦人先知的前辈，也曾开曲艺救国之先河，以“补助社会教育，移风易俗”为号，成立第一个戏剧团——易俗社。而今，古老而悠久的易俗社还在，鲁迅先生的“古凋独弹”的题匾还在，我们这些秦腔的后继者却沉默了吗?

虽然耳边是绵软的湘音，但心中流淌的是秦腔，是伴我不离不弃的秦声。

——刊发于 2002 年 3 月 30 日（第 544 期）

守望那片梯田

杨丽莎

小时候的我，恋上了婆婆家后的那一大片梯田，它高高的，绿绿的，一层一层的，美极了！每次放学回家我总会到那去玩，去田间闻一闻油菜花的香味，去听一下青蛙的叫声，追着蝴蝶玩的同时，又不忘欣赏农民叔叔阿姨们辛苦劳动的身影，再感受一下自己的幸福。

由于父母的工作调动，我便随着他们离开了那个宁静而秀丽的小村庄，来到了一个比我想象中更繁荣、美丽的大城市。在高楼林立中，在现代潮流中，在同学的高谈阔论中，我慢慢将那绿绿的梯田、秀丽的村庄、农民们的身影渐渐遗忘掉了，取而代之的是大都市一切的一切。

六年时间很快过去了，我在父母的要求下，情非得已地离开了我已生活惯了的大城市，回到那个小村庄去，去探望一下婆婆、亲戚们。经过五六个小时的车程，终于回到了婆婆家，和大人们一番寒暄之后，突然，我记起了屋后的那片梯田，不由自主地向那走去。

这时的梯田，依旧那么绿，油菜花依旧那么香，人们勤劳的身影依旧活跃在田间，小小花蝴蝶的飞舞，突然唤醒了我心中那久违的宁静。我慢慢地拿开耳塞，顿时，耳中、心中少了一份城市的繁华、急越的感觉，乡村独有的宁静和悠闲让我释然。

在这里，一切凡俗的琐事，都洒落在这片宁静中，把思想放纵成一匹野马，让它恣意驰骋，跃过那片繁华和喧闹，跃入蓝天碧野，让它融入纯净思想的领域中。

在放纵思想之时，我又发现唯有这片梯田才带给我如此飞一般的感觉。是它本身如此，还是在无意中我触摸到了宁静的生命，而后它又激发了我内心的情感。在它的感应下，我选择了后者，我开始确信它有生命，便用一颗赤诚的心去和它融合，去保持对它一生的守望，去体会大自然独有的气息。

宁静的生活一转眼就过去了，回到家，我再也忘不了那片梯田，那份独有的感觉。当夜深人静时，那种感觉从心里一涌而出，使我忘记一切烦恼，深入到它的生命里，沉醉于大自然的美丽中。

——刊发于2002年12月20日（第566期）

野菊花你何时开

王简兮

就好像有人把她眼睛后面的百叶窗台上了，外婆的眼睛没有了光泽，浑浊的眼球如阴霾笼罩，显得空洞而又暗淡，使我感到陌生而又茫然。自从外公去世后，外婆便变得少言寡语，没事时呆呆地坐着，手里常常捧着一张照片，那张照片上，外婆扎着两条麻花辫儿，站在外公身边温柔地笑着，那笑容灿若桃花。

那年，外婆十七岁。

我是外婆带大的，记得那个时候，外婆总喜欢带我到老屋的院子里乘凉，然后，我就会在外婆眼光的爱抚下，在她唱不完的歌谣中沉沉地睡去。

外婆的屋后，是一座很高的山。外婆无论是去山上砍柴、摘菜还是去采蘑菇，都带着我去。我印象最深的是那年秋天，山上开满了野菊花，漫山遍野的菊花像铺了一地的金子。外婆笑呵呵地带着我去摘，她和我比赛，看谁摘的菊花多，我一个劲地摘啊摘啊，她却故意落在我的身后，比赛的结果自然是我赢了。我捧着大把野菊花，笑得特开心，外婆似乎比我更开心，我当时不明白为什么外婆输了还那么高兴，渐渐长大的我才明白，不只是外婆，所有的亲人都高兴看我赢！

外婆灿烂的笑容和美丽的野菊花早已定格在我的童年，无数次的怀想、思念，我多么想再一次和外婆比赛摘菊花，多么想再一次在秋夜里沐浴星星的光芒，听外婆唱那美丽动人的歌谣，然而……

这次回到外婆家，已没有了儿时的亲切。这种感觉就像多年之后，与你的旧时老友相见，却没有了往日的情谊，模糊得恍如隔世。老屋更显荒凉，好似一个从战场回来的老兵，身上千疮百孔，经过岁月的浸洗，格外苍老。穿过我熟悉的院子，在里屋房间，我见到了久违的外婆。外婆的神情有些恍惚，见到我，她脸上虽现出一丝欣喜，但那温柔的眉眼、微笑的唇角已不复存在，虽然也慈爱地摸了摸我的头，但那张我格外依赖、格外熟悉的面孔呢？那如春风般和煦的笑容呢？难道都已丢在了我的童年，丢在了那片野菊花中，再也找不回来了？

来到后山，没有了当年的灿烂，野菊花早已颓败，难道它们也随着外婆那清澈的笑容弥散，埋葬了千年的精致，只留下瞬间的芳华？我明白了：外婆的笑是那些花儿的魂，魂丢了，容颜哪有不憔悴的呢。

山间宁静得没有鸟鸣，老屋宁静得没有狗叫，就连我们开着进村的车留下的印痕也没有扬起往日的尘土，难道你们都不想告诉我，所有这一切的变化都是因为我的外婆失去了她相濡以沫几十年的伴侣？望了一眼远处山上那一座坟茔，我在想，我的外公已不会再回来，可是野菊花，我想问你：你何时可以再开？

——刊发于2003年12月31日（第591期）

农家寄语

张　蓉

农家的白天是忙碌的，也是充实的。在我的记忆中，外婆虽然年过七旬，两鬓染霜，但身子骨也还算硬朗，常常下地干活。盛夏，热辣辣的太阳在头顶上焦烤着，双脚也接受着来自土地的热度，而汗水就像自来水一样在她的背上，手上流淌着，外婆却照样跟个没事人一般在地里锄草，施肥，收稻。五光十色的日子在她长满老茧的双手中渐渐褪去，只留下一片丰收时的金黄。

农家的傍晚是欢快的，亦是热闹的。池塘中青蛙此起彼伏的欢唱，树干上的蝉儿声声相接的颤鸣，院子里鸡鸭们你来我往的咯咯嘎嘎，外婆的一句“细仔子们开饭喽，回家吃饭啦!”，此情此景，一种只属于乡村的生活情味荡漾在我儿时温暖的记忆里，亦停驻于我成长后迷惘的思绪中。

农家的夜晚是寂静的，也是喧闹的。青蛙的浅唱低吟和鸣蝉的歌唱依旧在夜色中上演着歌唱比赛般的激情表演，刚开始听着或许还觉得有些心烦，但是日子一久也就习惯成自然了，反倒觉着有些韵律感呢。月夜是诡魅的，亦是动人的。调皮的小星星一颗伴着一颗在深黑的夜幕中列队集合，宛如一颗颗晶莹璀璨的钻石坠落在黑色的天鹅绒上。这个时候，外婆总喜欢跟我们讲起从前的事，说起她们小的时候吃的黄饽饽，谈论她们喝的野菜熬成的稀粥，以及她们为了在人前显富贵而把猪油抹在嘴上，其实一点荤也没有沾上的趣事。我们几个小鬼早已经可以她的故事倒背如流，但奇怪的是外婆每次都能保持着第一次讲故事时的激情，因为妈妈之前已经交代过我们不要打断她的讲述，所以我们几个还是乖乖地听着，只不过，心早就已经飞到九霄云外去了。

农家的生活，简单中不失简约。也许生活在乡野间，无法像都市人一般每天接触到日益发达的科技成果，不能坐在现代化的办公室里吹着冷气用电脑写字，不能躺在舒适的沙发上看最新的时尚杂志。然而，生活在乡村之中，可以每天在鸡鸣的欢畅中慢悠悠地醒来，可以每天呼吸着在都市中呼吸不到的新鲜空气，可以在夏夜的月光中追寻萤火虫的痕迹，可以在广阔的田野间捕捉飞舞的蝴蝶，可以光着脚丫子任意地在地里嬉戏玩闹。在农家，你还可以尝到在城市里几乎已经绝迹的土鸡美味，有机会的话去打个野味也不会有人来管。这样的生活，够自然，够随性，也够惬意。外婆常说，住在城市的女儿家里，地板太滑，走路像做贼一样小心，高新电器太多了，她一下子掌握不了又生怕弄坏，反而不省心。令她最不能忍受的是，城里的家家户户不是跟农家一样，会随意地敞着门串门拉家常，而是把铁门一锁，人影儿都瞧不见。她过不惯这样的生活，觉着还是搬回老家住着舒服。

农家的孩子，在与泥土的嬉戏中成长，在繁忙的农作中长大，在稻麦金黄的收获中渐渐变老。他们中的有些人长大后成了大学生走出了农村，而更多的则是留在了这片黄土地上，继续着他们生命的乐章。也许我们不能用诸如伟大和高尚的字句去评价他们，也无法找到很多可歌可泣的事迹去赞扬他们，然而，他们却始终以他们对劳动的执着，对同伴的淳朴，对生命的景仰，谱写着只属于他们的曲谱。那其中没有高雅和华丽的凝重，也没有色彩斑斓的绚烂，但是，却写满了纯洁的白，简约的绿，质朴的黄。

——刊发于2006年9月20日（第653期）

乡间月

何美霖

只为除夕夜的一顿饭，人们也许要准备上好几天。高楼间的月已经开始躲躲藏藏起来，光也是拐了几个弯，才照进落地窗，兴许，窗帘还是合上的呢。我清楚，楼，已经让我们拒绝了“床前明月光”的诗歌韵律，连同拒绝人的眼睛一起埋葬在夜的黑暗里。心灵已经没有能让光照进的缝隙了，偶尔抬眼望望头顶的月，在急匆匆赶回家的脚步声里。

很欣喜，这晚，我回到了乡间。

走在田埂上，有一种久违的感觉，我和姥姥到菜园里拔了水灵灵的青菜。青菜叶子，出挑得很，很窝心。看着孩子在青色的菜隙间跑来跑去，恍惚是自己的影子，岁月如梭，心情如昨。夕阳晚照，锦辉铺地，路边牛羊归栏，想起了《诗经》里的歌，“鸡栖于埘，日之夕矣，羊牛下来”。农耕时期定格的画面在今日乡间仍然延续着，歌声从遥远的空间穿越而来，在乡间的原野里更显苍凉孤独。

从菜园回来的路上，遇见了好多村里人。其实我叫不出他们的名字，也不知道该怎么尊称，但都会热情地打招呼，大声说笑，无所顾忌，朴实、真诚让你无法拒绝他们篮子里的一捧花生，或是一把青菜。一句善意的玩笑是说，我们不干重活，看着比实际年龄要年轻。其实无法跟他们说，我们的重负在心里，心里的苍老已经超过实际的年龄。我说，那我们换换吧。他们大笑说，我们乡下的活计你能做，可你的活计我们大老粗做不来的。笑声中，他们荷锄提篮走了，后面跟着几只羊。

晚饭过后，天色渐渐暗了下来，浓厚的亲情，氤氲在村子的上空。灯光从各家的院子里发出，橘黄，光照不远，圆圆的笼住院子的空间。月还没有出来，几声犬吠似嘹亮的号声，冲撞着乡间的宁静。

我和姥姥散步到村外，等着月的玉步来临。田野的风啊，清新透明，带着庄稼归仓后遗留的成熟气息，令人怦然心动。渐渐看到东方的地平线微亮，似微黄的灯晕慢慢扩散开来。转眼间，又薄云藏月，“犹抱琵琶半遮面”，露水从树叶间滴落，打在脸上，凉凉的。没注意的时候，月撩开面纱，倦黛娇眉的样子，让人心生爱怜，但见她玉步轻移，倚门回首，欲笑还羞。光并不明媚，四周昏沉，像是包裹在一个未破的昏黄的梦里。等到低矮的村庄，凌过高高的树梢，她已经大梦初醒，踩着碎步，翩翩起舞了，清辉四溢，浩渺如水，纯洁如凝脂。

夜深了，月清瘦了，典雅风致，含韵多姿，窈窕纯清，淡薄旷远。难怪李白会举杯相邀，“对影成三人”。想象一下吧，人于月，月于影，影和人，“我歌月徘徊，我舞影零乱”。酒歌相承，酣畅淋漓，人舞月随，月解人意。“我醉欲眠卿且去，是夜不再与君会。”自己醉卧花荫，明月重上九天。这想象的意境是何等浪漫呀，也只有李白能做到了。诗人余光中曾这样评价他：“酒入豪肠，七分酿成了月光，余下的三分啸成剑气，绣口一吐，就是半个盛唐”，月光和酒成就了李白的豪迈与浪漫，也成就了苏轼的亲情，“但愿人长久，千里共婵娟”。是呀，普天之下，还有多少人不能团聚，还有多少人要在下一刻分离？都把这美好祝愿寄托于明月吧。

四周很静，偶尔听到树叶落地的声响，啪，清脆，这是叶子耗干了春夏的思念，完成了对根的依恋。有清风拂来时，它们没有径直下落，而是飘旋着，在如水的月光里，像游动的鱼。竹林摇动，飒飒作响，古人说，“竹风摇月影”，一点也不错。我对姥姥说，如果此地有石桌石凳，我们再沏壶茶，那就不是“竹风摇月影”，而是“月下品茶，茶烟起于月影下；竹边邀月，月影落于竹香间”了。姥姥笑而不语，我知道一定是笑我的不切实际，她每次都是像牵手一样把我的思绪牵回现实。

我们回去的时候，夜已经很深了，天色如黛，月上中天。这乡间月的韵味是在高楼大厦间体会不到的，顾首再望，地凝清霜，天似明水，恋恋不舍呀，乡间月。

——刊发于2007年3月30日（第666期）

纸上的故乡

吴　金

我的故乡在纸上。

当一本薄薄的《山南水北》摆在我面前时，我蓦然觉得相伴我多年的故乡就这样躺在了韩少功那些冷峻清醒、奇诡温厚的文字里。没有形体、篇章结构约束的文字像极了故乡那些随意流淌的溪流和随处都可安身立命的野花野草。而文字下覆盖着的理性、智慧和直指内心深处的追问却如故乡的群山一样巍峨、震撼人心。

7 年前，韩少功在一片质疑声中放下海南省作协主席的工作携着家眷来到我故乡那片依山傍水的空地。在此之前，韩少功的许多转折与作为文坛话题地抛出仿佛都与我故乡的这片土地有关。从最初使《人民文学》编辑感动的《月兰》到备受争议的《马桥字典》、再从《暗示》到这本《山南水北》都是以作者的那段知青经历和故乡作为环境背景来创作的。也许真如人说的那样，伟大作家的作品都离不开他创造的精神故乡。比如鲁迅的绍兴、沈从文的湘西以及贾平凹魂牵梦萦的商州等等。那么 7 年前当韩少功在一片质疑声中和故乡村民异样目光打量下来到故乡那个依山傍水的空地上时，他是否就认定了这里是他理想的宿地、精神的皈依之处呢？他是否会想到 7 年后他会捧出《山南水北》这样一本书来回答当初的争议和那些疑惑的目光呢？

我想《山南水北》的意义远远超过于此，作为一部体现自主意识的生态文学作品，韩少功仍沿用了他写作《马桥字典》和《暗示》时独特的写作方式。散文式的篇章看似随意组合、凌乱无序但作为一个整体显示出来时却除了给人原生态的审美享受外，更多的是给人思考。长久以来，人们把目光过多地关注城市、关注不断被复制的“时尚”话题，韩少功却转向乡村，以心灵贴近淳朴的农民，对山野自然和民间底层进行深入体察，反思着现代人的种种弊病。《山南水北》里面的许多篇章，看起来像一些闲笔，像一幅简约、恬静的国画，但蕴藏在这些背后的却是韩少功对当代社会诸多问题的深刻追问。作为智者的韩少功，他的澄明、敏感与悟性都是鲜有人能及的。除了这些，就是韩少功独特的语言艺术。他那些或长或短、凌厉而温厚的语言，有时是一些长长的复句以磅礴的气势铺陈开来；有时是在不断譬喻与旁证中的深刻思辨；有时只是一些平淡无奇却能复苏我们对生活的基本感知的俚语、方言，伴着这种语言所带来的阅读快感让我痴迷不已。我认为，韩少功对于文学的意义不仅仅是他的作品。他的生存方式、写作习惯、思维方式对当代文学而言都是革命性的。从“寻根”到“回乡”，有评论家说韩少功三十年的写作史本身，就构成了一部小小的文学史。

当然，我读《山南水北》除了读这些文字背后的东西以外，更多的是以与作者对那片土地、那些人物共有的体验和记忆来感受乡情的恣意流淌。《山南水北》里到处都是我故乡那些熟悉的景象。“扑进画框”时那片清清亮亮的湖水；“窗前一轴山水”那些像山水画、水墨画一样的风景；一株我上学时常路过的树；一块颓然屹立多年却经常被我视而不见的残碑；一弯少年时我扑腾过的溪水；一阵被“鱼咬了脚”的痒痛都能把我的记忆唤醒，把我渐渐与故乡疏远、隔膜的心境扯回。还有那些熟悉得不能再熟悉的人，“贤爹”“庆爹”“龙老师”“有根”这些像庄稼一样朴实的农人原来有太多被我忽视的机敏和精彩。一个人读着书的时候，常常会忍不住笑出声来，太多的段落闪烁着机智和幽默。寥寥数语，一个个活灵活现的乡间人物跃然纸上，也许这些人我熟悉他们的面孔、熟悉他们的声音、熟悉他们的生活方式甚至熟悉他们的那一声干咳、那一阵来去匆匆的脚步。但只从韩少功的文字里看到了他们像诗一样的生存方式、像相声一样幽默的“语言艺术”、像所有平凡人一样但却是独具风味的精明、狡黠和智慧。

这个时代也不乏有人经常怀着矫情的乡村感情，把乡村想象成纯粹"闲云野鹤"的诗意境地，经常去"乡间听雨"去"荒村看云"、但往往新鲜感过后就逃遁得无影无踪。真正像韩少功偏爱乡村而且能全身心地融入乡村的人应该不多。在我初中母校对面的那幢二层的红砖房子里，韩少功一住就是七年。据村里人讲韩少功经常布衣轻履两脚泥，与朴素农人无异。也时常荷锄担水、挑粪泼菜，侍弄他的那些豆角、瓜菜。他没有一天到晚待在书斋里钻"故纸堆"、作"应景文"，更多的时候走进田间地头或随意走进某家某户的堂屋里、阶檐下，与上了年纪的老人讨论关于白菜、丝瓜、茄子之类的话题；或是听那些能"扯白"的人谈狐说鬼、讲述山村里的悠悠往事。他养猫、养狗也养一大群鸡，当然不是城里人对待宠物的心情。他有时也爱独处，甩掉跟在身后的小狗一个人独自出门，或是踯躅在知青时的路上，或是对着一件旧家具发呆、要不就干脆待在园子里与那些花草絮絮叨叨，听它们窃窃私语。更让人觉得费解的是他对劳动的着迷程度，这从他《开荒第一天》里这些像誓言一样的文字可见一斑，"我要恢复手足的强壮和灵巧，恢复手心中的茧皮和面颊上的盐粉，恢复自己大口喘气浑身酸痛以及在阳光下目光迷离的能力"。我想或许就是因为韩少功的这份独特才成就了他，如果他没有对生命的自然顺应，对众生万物的平等相待以及那份潜入民间底层对待自然、对待乡村执着体察的态度，他就不可能写活故乡那些人和事，也不会创作出今天的经典。

薄薄的一本《山南水北》有人读出了作者的心境、有人读出了大地与自然的美学意蕴、有人读出了当代城乡、社会心理等诸多现实问题。有人在书中追问、有人在书中反思、有人却只是在阅读时笑出了声。我想《山南水北》带给人们的这种种认识和感受都应是正确的，我就只执着地在书中寻找故乡的模样，回应来自故乡与心相通的问候与呼唤，抚慰那一片毫无来兆遍地疯长的乡情。在没有乡音的城市里，我沿着韩少功的文字顺着薄薄的纸片返回故乡。“没有故乡的人背后一无所有”。读完《山南水北》时我想韩少功笔下的八溪洞（本应为：八景洞）已不只是地域上的生我养我的故乡概念了，她同样也应是濡养我精神的家园和故土。

——刊发于2007年10月30日（第680期）

南音

陈书扬

我老家坐落在戴云山下的一个小山村，巍峨起伏的山岭把整个山村四面环绕，断绝了与喧嚣城市的路径。若是要坐车径取直入，显然是不可能实现的。因此，这座僻静的小城自然也就隔绝了城市里独有的声音，比如车笛，比如劲乐，比如叫卖。

越是僻静的地方保留的文化越传统。这看起来有点像是强词夺理的说辞，但我自身并不会反对。在老家的村里，目前还保留着南音、高甲戏、木偶戏、露天电影等一些独有的传统活动。前日路过南音社，不觉唤起了儿时印象中的一些浅淡的影像，顿时觉得亲切而温暖。

村里的南音社是 2004 年成立的，地点设在村部老年活动中心。在社里活动的都是一群年过六旬的老人，也算是一群革命年代的老战友。南音社并无大型的演出活动，顶多只是固定一个时间在社里统一演奏。时下流行的大都是组织华丽的文艺汇演活动，像南音社这样的团体以及南音自身这样的民间艺术不受欢迎也是情理之中的事情。

我家通往小学的路有两条。一条是曲曲折折的山路，路边野草丛生，行走极不方便，然而却应了鲁迅那句世上本无路的话，如此大家也图个省时；另一条是新开的石子路，路面说是宽敞了，那狰狞的石子却更让人觉得可怕，自然我们也是少走了的。南音社在每周五傍晚都会组织一次演奏，若是想真切领略一回南音的艺术，就只能走第二条路了。虽然对南音艺术一窍不通，但是出于南音独有的音乐格调，我甚是喜欢。

偶尔听社里的老人讲述南音文化，我总有一种不自觉受其感染的情怀。南音汇集了盛唐以来中原雅乐之精华，后来又吸取了元曲、弋阳腔的特长，并与闽南的民间音乐融会一体而逐渐成为词曲清丽柔曼、旋律缠绵深沉的美妙乐种，尤其长于抒发乡人思亲，游子怀乡的真挚情怀。那如怨如慕如丝如缕的声音，犹如南国夏夜的玉兰花香，一阵阵沁人心脾，令人陶醉其中，不愿醒来。据学者研究考证，从南音的曲牌名称、格调韵味和所用乐器的制造特点、演奏姿势等方面看，都足以说明南音与唐宋大曲、法曲、宋词、元散曲有着密切关系，“是一部立体的中国古代音乐史”。它保留着唐宋古典曲牌，有浓厚的中原古乐遗风，间或融入某种异域情调。

由于南音富有独特的民族风格和乡土气息，往往唤起了游子的强烈情怀，虽不至于成为知音，但也是温暖如初。在异国他乡，偶尔在网上搜寻一段南音细细垂听，都是别有一番滋味的事情。

我始终认为，体会了就是一种收获。到现在为止，我也不晓得“宫商角徵羽”如何区分，至于对“‘指’‘谱’‘曲’”的了解，那更是谬不可谈了。但所幸的是，我还记得几首曲名，比较深刻的有《四时景》《梅花操》《八骏马》《百鸟归巢》《阳关三叠》《长相思》等等，那种余音袅袅不绝如缕的意境至今仍历历在目，仿佛昨日。就拿《八骏马》来说，史载：“八骏为周穆王之良马，乘以周行天下”。它以八骏为题材，古朴的音调，鲜明的节奏，把骏马的各种动态刻画得惟妙惟肖，音乐形象尤为生动。

已经多年不再听得到南音社的老人们演奏南音了，而今路过南音社，对于南音的独有情怀也只能放在心里作为一种对古老艺术的怀想。我相信，僻静的山村里，虽然那些老人渐来渐少，但是南音的韵味并不会因此而消减，它会像老人们追求南音艺术的魅力那样，执着永存，散发芬芳，成长为这山村里独有的一道声音。

——刊发于2014年5月15日（第841期）

故乡没有秋

何文双

故乡的确是没有秋，只有冬与夏，那个秋永远与爷爷联系在一起。

——题记

爷爷种下的核桃树到了今年秋天还是没有几个果子。

每到夏季快过完了，爷爷总说要去山上打柴，可是他从来没有爬过那样高的山，打过那样笨重的柴。他终究只是想去看看漫山遍野的黄叶，他说那是他少年时梦中的秋，就是故乡梦中的那个样子。可是现在只有夏与冬，秋的时间已经没有了。

没有《三峡》中所谓的“巴东三峡巫峡长，猿鸣三声泪沾裳”，爷爷常说起他年少时经常去的那条河沟。那里的水夏末时节早已干涸，有的只是黄叶满沟。初秋的时候，他与小伙伴把树叶堆成一堆，像极了北方的雪人。有时，几个打柴人从黄叶中窜出来，黝黑的脖子显出朴实而勤劳的样子。通常他们身边还有一条黄狗，黄狗总是吐着舌头，摇着蓬松的尾巴在他们周围晃荡。他们累了，就望着从西到东的漫天云霞，看着它由紫到红渐次变化，有时又是一种梦幻蓝的样子。

树林的尽头与西边连在一起，仿佛坠入一片金灿的大堂。每当这时，爷爷就会拾起一片精致的叶子，粗糙的手与这小巧的叶子不相称，他仰起头，似乎要脱口而出一句诗，但转瞬又掉回心中。末了，他低下头，看着地面。那树上没有掉下所谓金灿的果子，有的只是难以发现的地瓜可以解渴。这时，那狗早已爬到对面的山坡上，藏在林中，召唤着打柴人去找它。爷爷他们打完了一些柴，便随着那打柴人往家的方向走去。

爷爷每回说到这里都已到深夜，他想继续往下说，然而那夜的宁静他也不忍心打破。窗外除了虫鸣，还有三三两两人的叫唤，他们提着电筒，在田里上下忙碌着。听他们说要去抓黄鳝，其实我也想去，但爷爷说他被蛇咬过，怕极了那像蛇一样的“滑水管子”。正说着的时候，几个汉子从门前路过，爷爷便招呼他们进来喝一碗“岩水茶”。岩水茶的红色与甘甜正如这个季节的气氛。

汉子们倚在门前，一边喝着，一边看着天上的北斗七星，还有牛郎、织女星，爷爷说起了他初遇奶奶的情景，也是在这个季节。星星是那个季节的“特产”，夜晚的天清得极明亮，没有城里的各种光。可以是二颗三颗四颗连成一线，也可以是珍珠满玉盘。天空仿佛是弯的大顶，盖住无际的大地。故事说到这里，爷爷就抬头看一看天，仿佛那里就可以看到当时的情景。

故事的最终，爷爷还是走了。爷爷走的时候，父亲把他埋在了他最想去的地方，就是小时候打柴的地方。那天黄叶落了，黄狗也来了，还有红霞也降落下来接走他。

故乡没有秋，自从爷爷走后就是这样。

——刊发于2016年9月25日（第896期）

摇桂花

王治欢

八九月的光景，正是桂花盛开最旺的时节，“虽无艳态惊群目，却有清香压九秋”；独在异乡，校园漫步，忽然嗅到那沁人心脾而又熟悉的清香，我不禁贪婪地深吸了一口，任由它把我的思绪带到了远方。

“桂子月中落，天香云外飘”，故乡就是这么一个地方，每到这个时节，美得如同世外桃源。千株晚桂徐吐清芬，沁入肺腑贪馋的深处，一缕幽香，一丝秋风，我们总是轻易地陶醉。

儿时有关秋天的记忆总是离不开这可爱的花儿，中秋前后是桂花开得最繁茂的时候，这也是大人们开始摇桂花的时候。残月还在枝头，天边才露出黎明的第一缕曙光，我们就小跑着跟着大人们开始一年中最期待我们的摇桂花征程。为了避免这可爱的花儿沾上污浊，我们快速地铺好了席子，这样这场属于我们男女老少狂欢的盛会才算是正式开始了。父亲和叔叔总是能轻巧地爬上桂树，自由地走在繁茂的枝丫间，用竹竿轻轻地一碰丫条，漫天就下起了桂子雨，我总是喜欢置身其中，沾有雨露的桂子更有一种空灵奇妙的清香。“下雨了，下雨了”，我又蹦又跳，发出比银铃还清脆的笑声。爸爸和叔叔在树上忙来忙去，母亲和奶奶在树下也没有闲着，她们也拿起竹竿轻轻一碰，又是一场如梦如幻的仙境。看着她们乐在其中的样子，我们小孩子也不甘示弱，笨拙地拿起长长的竹竿晃了那么几下，一阵“沙沙”的声音，我们赶快跑过去，捧上一捧尽情地亲吻它的芬芳，然后激动地跑到母亲面前，骄傲地说：“妈妈，你看我摇的。”妈妈一脸宠溺地摸着我的头，微笑着说：“真乖!”

薄雾散去，太阳露出了羞涩的光芒，点点光斑，照亮了每一丝空气，每一缕芬芳，大人们把摇好的桂花装进背篓里，桂瓣纷纷落下，落了我们满头；背着满满的背篓，觅着晨曦的余韵，我们回家了。摇好的桂花总会被大人们卖掉一部分，再精细地挑选一部分留下自己享用。

母亲和奶奶的手很巧，这些可爱的花儿总会在她们的巧手下成为美味可口的佳肴；爷爷喜欢喝茶，他总是会挑最明媚的阳光，把它们晒到最合适的程度，在某个闲情逸致的午后泡上一壶，高山流水，这些花儿犹如精灵般和着清澈的水声，在爷爷的大瓷缸里尽情地舞着，一盏花茶，一阵清香，谁又再迷恋酒香呢！每到中秋，我们总会搬上一大张桌子到院子里，满满地摆上那些桂花做的佳肴陈酿，大家欢聚一堂。仰头，清风皓月，桂影扶疏，月色无边，桂香满院；低头，至亲至爱，谈笑风生，共享天伦。

照常母亲又打来电话询问中秋是否回家，我也照常哽咽地告诉母亲我又不能回了，母亲照常叹口气，健康开心最重要，别让自己太累，我照常趁我情绪失控前挂断了电话。我已记不清这是第几个独在异乡的中秋节了，少年时总觉得那些文人墨客太过矫情，如今却是感同身受。慢慢地我们长大了，我们的成长伴随着父母与故土一次又一次地目送。但愿人长久，千里共婵娟，我在思念你，故乡的月，你又是否如我思念你一般地思念着我？

摇桂花，摇桂花，摇的是满满的回忆，落下的是点点的乡愁；桂树的花朵是星星一点火，桂梢的圆月是长风的一盏灯。愿我所有的思恋，能穿越万家灯火，回到那片令我魂牵梦萦的土地！

——刊发于 2019 年 9 月 15 日（第 961 期）

心灵感韵

观花不语

谢美航

在文科楼自习的闲暇，偶一瞥，在灯火辉煌的教室近处却赫然看见一树招摇的花。我不曾考究她的名字，只知道是一树木本的花。在风中摇曳，我不禁动容、动心。在如此的风夜中，如此美丽馨香的花在如此地摇曳。暗香浮动，抬头望望。天外之天，风外之花。

可惜月逢初朔，月若游丝，可怜风中的花只在独自咏觞久远的曲调。枝头花朵是粉红的，粉白加嫩红，整朵花浑然一体，出落如脱水芙蓉。我十分谨慎地疑心，这陆地上的木本之花何以如此的像水中的濯濯清莲呢？粉红的花朵和盘长在翠绿的萼上。可否于其中有漂亮的花仙子的轻歌曼舞：看吧，那种诱人的颜色只需一碰花枝就会滴下来的，我只恨无水晶般的银盘去承接水晶般的风韵中的花泪。是在蒹葭远古的年代吗？花，兀自飘零。

如此。在隔着玻璃尚且温暖着的房子里欣赏在风中飘摇的花，一种生命的张扬，岂不是生命的悲壮吗？

想想风尘中。自己把生命置身其中，何曾有人哪十白是隔窗观望过支离的舞步呢？一抹才知道自己早已泪流满面。为花吗？抑或为窗这边的自己？蓦然回首，却未曾寻觅到肯为自己垂泪的人，吾生可悲乎。

在无穷尽的黑夜落幕中，于无穷尽的芸芸众生里，除我外，又有谁肯为这窗外冷风中的花投去一瞥呢？而我这短暂的一生，又何足以来探索无从考究的诸如“风过而花为谁动”的疑问了。感怀往昔，风来之处，可曾亦有花？似乎还是先贤们驻足立神之处，还夹杂衣袂飘飘的清音。长铗陆离，我却玩弄长笔陆离的神话了。我喜矣，风住处，是何方？

问花，花不语。可我知道这窗外的花是知道答案的，要不她何以朝风往之处祈首？生命，就是如此矛盾着，有风，她就运动；无风，她兀自镇定。可谁知道。新陈代谢的体内勃发的生机又何尝不会催生出一枝瑰艳的花朵？

在花的夜晚，我感悟思想的滥觞。我问，今晚，是风为花起还是花为风香？今生，是思想因我而存在，还是我因思想而存在？笛卡儿与黑格丽两位存在论的先知可否知晓今晚会有关于风花雪月般浪漫无比的哲思故事呢？悲壮由是而凝结，而欣喜因此而解冻。风过后，花香依然。因花而香，花与香本是幽幽而又悠悠。天成之物绝对存在。要不世间花自何为花？只要有我，只要还称其为我。终将我自为我。

今宵风起，有谁肯为花观而不语。“微斯人”，范希文的感叹加上花香便成了涩涩的佐餐了，和杯豆浆，咽下去，自诩花自胸中萌发了。

——刊发于 2001 年 2 月 28 日（第 517 期）

三月的樱花

刘　臻

花期悄然而至。

清晨起来的时候，还闻得窗外竹林那边传来的一片蛙声。中午，忽然狂风大作，树枝摇摆，落叶满地。

雨点似精灵般轻敲玻璃窗，轻敲在我心上："也罢，去看看樱花。这么大的风，不知她们可好？"

撑一把柔绿的伞，走在密密的雨点里，坡上几个匆匆行人，急着住宿舍赶，无心流连于铺满黄灿灿落叶的幽幽小径。

"樱花！"一簇簇，稳稳地挂在刚翻出新叶的枝头。含苞的、盛开的，安然无恙，笑得那么灿烂，狂风反倒融化在她们的笑容里。

樱花树栽在坡上已有好几个春秋，略显清瘦的枝干生长在并不肥沃的土壤中。可是她们已舒展开了根茎，舒展开了嫩红的叶子，舒展开了生命的画卷，一点一点吸收着土地所能给予的一切。她们定是欢快的，不然，又怎会把最好的景致捎上最显眼的枝头？

打在雨伞上的精灵提醒着我它们的存在，旋即滑落，渗进土壤。"这些精怪！"我笑道，樱花也笑，樱花的笑容里又藏着好些精灵们灵动的笑靥。

忽而想起外语楼前也有几树樱花，此刻也该在风中摇摆吧。她们似乎担负着更明确而庄重的任务。她们的微笑与外语楼门口的日语相映成趣，让本土人对那浪漫的樱花之乡产生无尽遐想，她们的微笑更传递着本土人对异国朋友深厚诚挚的友情。

又闻得师院有一片蛮好的樱花林，长得很茂密，花开时，落英缤纷。

据说颇是个闲聊的好去处，我却独惜那片樱花林。

坡上这樱花不同。她们不承载什么，她们也不会以吸引多少专为赏花的闲人转而成为赏花者的陪衬。但她们属于任何一个路人。教授或学生走过她们，有心看一眼，她们便轻轻巧巧地生长在了看的人心中，无论秋冬，无论雨晴，总被人挂念。

良久，预备铃提醒我该去上课了。

没有依依不舍，因为樱花已在心中一方净土盛开。那里也有春夏秋冬，也经历雨雪风霜，可是樱花依旧在与春天的约定里，在生命中亲情友情的滋润下怒放，而阵阵袭来的狂风，只会让她们舞得更欢！

雨横风狂的中午，我来到樱花树旁，不知是我陪伴着她们，还是她们伴着我。

——刊发于 2002 年 4 月 10 日（第 545 期）

聆听长白

刘　峰

长白山脉绵亘于东北那片黑土地。

深冬早已将春花夏叶收回苍穹。这里没有千里冰封的壮阔，却有着一泻千里的巍峨；这里没有万树梨花的景致，却有着片片白桦林的肃穆，深冬的枯木久久地期待暖春的到来。

走进长白山，脚下踩着这片生于斯，长于斯的黑土地，耳边传来溪水汇流穿冰而过的轻响，这条条溪水宛如长白山的条条血脉，无论沧海桑田，只顾默默地流淌着，无声无息，永不停止。

银装素裹的大森林，涛声阵阵；无数溪水汇流而成的松花江一直吟唱着北方那支悠远的民歌，倾诉着迁徙游牧民族的血与泪。那是一段任何人都无法改变的金属相碰的事实，这是一支抵抗侵略的民族，一支大无畏的民族。他们将自己民族坚定的信念深藏于长白山，撒播于松花江，这片黑土地从此也就背负起了一段沉重的历史。

身后是两行深深的雪印，鞋上也早已粘着厚厚的积雪，这里的一切似乎都是如此的圣洁、单纯。它有别于雾凇玉树琼花般的华贵，有别于塞北万里雪飘的峥嵘，这里质朴、安宁、神圣，照耀着我们的灵魂。弯曲穿行，山腰的雪更厚，林更密，云雾萦绕，似乎可以感受到长白山沉重的呼吸。我停下脚步，抬眼望，同伴告诉我那巍巍山顶上的是终年积雪。我蓦然了，匆匆的岁月没有遗忘长白，这是她对长白山的馈赠，是对黑土地的关爱，她要用这永恒的圣洁告慰这里的一切生灵，告慰生命永驻的长白山。

返程下山，下山似乎比上山艰辛得多，一不留神，就会滑倒。神秘的长白山，却在心中平添了一股莫名的苍凉，深冬将尽，春的气息已悄悄送到每座城市的边缘，这里也将会改变，而我却无力挽留。然而，枯木逢春总会又让人欣喜，白桦林会换下银装，充满的生机和活力，融化的积雪也会为松花江注入新鲜的血液，恩泽两岸的生灵。

回望长白山，在那里我经历了一次精神洗礼，永恒的圣洁在记忆中无法抹去了；也就有了一份期待，期待会再来长白。

身在喧闹的城市，我面北远眺，聆听长白。

——刊发于 2003 年 3 月 20 日（第 569 期）

虚掩的门

谭彦博

想起自己第一次迈进校报编辑室的门，想起那日的阳光与喧闹。在门里亦是在门外，我忐忑地递过去一份稿件，靠在角落倚着窗，专注于阳光下翻滚的灰尘，只感觉在众多才华横溢的应聘者中，自己渺小得像一颗尘，飘浮着，找不到重心与位置。

那份稿件是我高中时创作的一篇科幻小说，原以为不会有太多的分量，不料它却引来了校报那边初试通过的电话，同时，我有了第一个写稿任务，事隔一年半，我还能清楚地记得那个讲座的时间、地点、主讲人与题目。然而，我的第一篇稿件并没被采纳，直到现在，翻阅那一期的报纸，看到他人赫然的名字与报道，都会让我很有自知之明地不说话。

第二次再迈进那个门，是极不情愿地被人领进去的。院里的学生干部拿着我的稿子请校报老师指点，于是校报老师在稿件上勾画增删，我只看到两个小时赶出来的“毛毛虫”般拙劣的文字正在迅速地蜕变，直到一只花蝴蝶的诞生，后来它终于不负众望地取得了一等奖。我依旧执着地认为，灰尘是凝不成一块坚实的叩门砖的，如果没有那样一块叩门砖，我没有胆量敲门。

第三次，稿子见报了；而我还是没有迈进那个门；其实门外亦是门里，我渐渐悟出了一些道理。我一直按照爸爸的要求写作，不为释放情绪而写，不为卖弄文笔而写，只为与大家分享一些收获引起一些共鸣。我努力地，执着地遵守着这些写作原则。真的，就有人读懂了我的用心，读懂了我的真诚，那一篇与我的“感悟”相应对的“再悟”，让我深深感动，并由此获得了力量。

当我早已不再害怕迈进那扇门时，我明白了：那扇门其实对任何人都是虚掩的，你的梦想与执着是最好的叩门砖，也许门外亦是门里，门里亦是门外，风吹稿纸，哗哗作响，纸上飞扬的笔迹，或许会凝成灰色的铅字，牵动曾经飞扬的思绪。

——刊发于2003年9月20日（第581期）

农村娃子

于　杰

不知为何，每当有人问我来自哪里，我总是不假思索，颇为自豪地说："我是安徽的，农村人。"时至今日，我还清晰地记得在入党积极分子演讲中发自肺腑的声音："我的祖祖辈辈都是农民，没有上过大学，更没有做过官，有的是吃苦耐劳的作风，有的是坚韧不拔的精神，有的是对祖国对人民的热爱"。

农村的娃子，习惯了狗吠鸡鸣，袅袅炊烟，习惯了田园风光。然而，在梦中对高楼大厦，也充满向往，只不过那时我还是一只"想怎么飞也飞不高"的小小鸟。

在充满幻想中，我努力拼搏，读完了高中，其间虽也充满小波小折，但对我来说也算不了什么。我学会了做饭、洗衣服、蒸馒头、擀面条、缝被子、和菜贩讨价还价、和房东和谐相处及许多有益的社会经验。记得那时为了省2元钱，我只身一人拉着大大的车子，冒着连狗都吐舌头的烈日，飞奔于煤球厂与住房之间，空气是平静的，却因我而躁动起风，叶子被风吹动起来，随风起舞。我一次次地冒汗，汗水一次次地被吹干。出去时，我脚步轻快，带着胜利的希望；回来时，我步伐稳健，载着丰硕的果实。回家时，邻居的小妹妹，小弟弟一个个活蹦乱跳地帮我搬煤球，看到他们天真的笑容，我由衷地高兴。胜利完工之后，我用黑乎乎的手抹去豆大的汗珠，前去照镜子，"哇"，我倒吸了一口凉气，镜子里出现的是一个全身都黑乎乎的人。"嗯，倒像包公"，我自我安慰道，是的，当我傻乎乎地对着镜子微笑时，幸福的感觉顿时涌上心头……

带着这股不向困难低头的韧劲，我这个农村娃子，从幼稚走向成熟，从知之甚少到知之较多。后来，到过一些地方，做过一些事情，这些丰富的阅历给我以深厚的理性知识积淀。为了实现更远的目标，我不断向前迈进，超越自己。那些曾经你追我赶的美好时光都已逐渐淡忘，而唯一让我刻骨铭心，伴我走过人生旅途的却是那面向困难永不低头的秉性！

满怀激情与渴望，我来到了梦寐以求的湘大。在这个高手如林，人才荟萃的高等学府，农村来的学子，他们带着农村人特有的勤奋、淳朴，全身心投入学业与追求之中，创造了不平凡的成绩。大树下，小路旁，草地上都留下了他们忙碌的身影，早上升起的第一缕晨曦，映射出他们坚定的步伐；夕阳落下的最后一缕霞光，凝聚在他们坚毅的脸庞；图书馆的最后一束灯光，定为他们而熄；报告厅的第一个座位，定为他们而准备！他们无疑为我树立了生动具体的榜样，激起了我满腔的奋斗热情。

记得我刚进湘大时，一个破提包，一身旧衣服，这是我全部的家当。为了能填饱肚子，我宁愿吃壹元钱的米饭五角钱的菜，也不愿颠倒过来。为了能及时完成学习任务，夜深人静时，透过微弱的灯光，总有我拼搏的身影。如今，经过一学期的努力，我不再一无所有，我的双手不仅仅紧握沉甸甸的荣誉证书，还有丰富的实践经验。

我来自农村，生活给予我磨难和艰辛的同时，也给予我坚韧和顽强，面对生活，我将始终高昂起头。

——刊发于 2004 年 3 月 20 日（第 595 期）

诗性的精神栖居地

汤　浩

这一年我在校报任学生编辑，在一片文字的海洋里遥望湘大的天空，在一条修长的思想河流里做一次长途旅行，就像一名祈望五谷丰登的农夫。

谁在大学里繁衍“独立之精神，自由之思想”？在副刊版，我总是看到那些优秀的稿子：雄浑而不苍白，一篇读后感，读到的尽是深邃如鹰的双眼，读到的尽是他自己。记得一位致力于俄罗斯诗歌研究的教授在一首短诗中写道：满树生命的绿针/丛丛簇簇地灿丽着/让严寒那刺目的苍白/黯然失色。这位教授用青松来赞誉一名优秀的大学老师，写得入木三分。校报是一座精神休憩的家园，湘大人在这里谈论马尔克斯，品味沈从文，惊叹余秋雨那千古一叹对文化的关怀；在这里师生都倾吐对生活的热爱对人性的思考……在这里，每个春天都有寒风遮去阳光，有露骨的思想纯粹地裸赤在天地间闪现光芒；每个冬天都有春风拂面，有感情真挚的文字。

除了这些，在“湘大情结”栏目，曾凝结了多少湘大人的情结在这里都一一打开；而“校园诗廊”里，那些简洁如练的句子，诗意着余香；在“青春物语”里，学子们喃喃呓语，像雨燕在空中的飞翔，在“青梅煮酒”里，他们的笔锋露着麦芒，探讨古今风流人物，谁说儒家“内圣外王”才是心性之本？下一期副刊版永远是他们的阵营……

我总是痴痴地看着那些栏目标题，“湘大情结”“生活感悟”“人在旅途”“沧海长风”“青梅煮酒”“至爱亲情”“青春物语”“成长履痕”“生活随笔”“校园诗廊”……每个美丽的标题下都有一个平凡的故事，抑或一段真挚的感情；总有一种让人泪流满面的力量，一些感人至深的句子，不时攫取了我们的心。

一年来，在校报编辑老师们的帮助下，我学会了什么叫编辑，编辑并不是发自己喜欢的文章，而是要发最好和最合适的文章。譬如，有些文章较好但由于各种原因并不一定能发，有些文章稍稍有些缺点但有新意也能够见报。编稿要考虑到各种体裁的杂糅相间，要考虑到各种年龄及群体的共存，总之编辑有时要违背初衷，编辑不是作者。后来，我想其实我们生活中本来就有许多违背自己意愿的事，但我们还是要把它做好。于是，在排版及校对中我学会了怎样去善待每一个文字每一个标点，去善待每个能折射生活阳光的细节。

作为一个年轻人对文学的挚爱，作为一个大学生对激情的挥洒，我始终在寻找一片诗意的精神栖居地，一种宁静致远的境界，在校报副刊的这些日子里，我感到很安静。

——刊发于2004年4月30日（第600期）

心灯

黄立志

很久没去图书馆自习了，今晚从图书馆出来心境异常踏实。月光很美，轻轻地吻着我们素雅的面容，凉风轻轻拂过脸角。远处，飘来一声声朋友清脆的笑声。微淡的灯光烘托着这祥和宁静的气氛，夜，竟是这样的美，而我也竟这样舒适惬意地活着。感叹中，思绪不觉弥漫开来。

一年前的晚上，我也能在这样温馨的灯光里看见母亲慈祥的面庞，也能在这祥和温馨的灯光里感受到博大深沉的母爱。那时候正值高三，学校要求每个学生都必须上晚自习。每到下课的时候，班里大部分同学都会高兴地挽着父母的手回家，但我只能心情忐忑地与路灯下拉长的身影做伴。隔家很远的时候就能看到门口那一团橘黄的灯光，那是母亲为我点的一盏照明灯。它的光虽弱，但却能让我踏实，舒缓我因高考而紧张压抑的心情。到家时，门总是咔嚓一声就开了，微淡的灯光下，母亲探出头，疲倦的面容显得有点兴奋："孩子，累了吧，妈为你做了些吃的，来，快进屋！"每每此时，我总是很感动，眼睛微潮地走进房间去……在这夜深人静的晚上，门灯见证了我和母亲的一切！

接到录取通知书时已是酷夏，母亲灿烂的笑容衬着骄阳绽放，但岁月刻在她脸上深深的皱纹不经意间刺疼了我的心。母亲老了！而我……

离开家的时候，我拒绝了母亲送我去学校的要求。因为我深知，儿女是小鸟，长出翅膀后总会远飞，而父母是一棵树，永远只会站在同一个地方，不断地长出虬枝，把肩上的担子压得更重！

如今在大学已快一年了，可是对那一抹橘黄的眷恋始终未曾改变。每每学习到深夜，我总是习惯性地开着小台灯，只因它那柔和的光线如此像我家门口那盏照了我十几年的门灯。每天伴着它，我总是能在翻开书之后很快地沉下心来，兴致盎然地去品味书中的无限乐趣；靠着它，我总能尽情地在日记本里吐露积蓄的情感，在绝望中看到希望，在希望中重新振作起来！这是一盏希望之灯，透过它点点昏黄的光芒，我仿佛看到了母亲忙碌的身影，仿佛听到了母亲咔嚓的开门声和轻轻的唤儿声。记忆里母亲那灿烂的笑容，坚定的眼神，粗糙却有力的手又浮现在了眼前。

记得有位名人说过："人类不能没有憧憬和幻想，人不能一生下来就直奔死亡。"如果不是生活给我们新的感受，生与死又有什么两样？因为有着梦想和追求，我必须发奋在单薄的青春岁月里舞出生命的动感与美丽，而不能做一根盘依母亲身边的藤。但无论怎样，我总记得在心中点一盏灯，就好像母亲当初为我点的一样。

夜渐渐深了，月光透过几净的玻璃洒在我的脸上，我躺在床头，望着小台灯，眼睛模糊了许久，许久。

——刊发于 2004 年 9 月 20 日（第 607 期）

听白先勇讲昆曲

宋德发

南开大学为庆祝百年诞辰，特举办“百位名人讲座”。我不是南开人，但好在天津师大和南开近在咫尺，可以去领略百年名校的大气。

到南开开讲的都是有头有脸的人物，北京大学法学院院长朱苏力讲过《安提戈涅》中的法律和神律问题，文化部原部长王蒙也来讲过《〈红楼梦〉中的政治》。对于这些讲座，许多人不是冲着内容去的，应该说是名人的背景、身世、地位名望、气质和不同寻常的人生吸引了大家。

王蒙刚走没一段时间，白先勇又来了。白先勇凭借《游园惊梦》和《台北人》等小说，赢得了在文学史上非同一般的位置，他和王蒙等人被推崇为中国当代文学史上最重要的三位作家。当然，他是白崇禧的儿子，这又增加了一份神秘色彩，白崇禧在我的心目中好像是好几万年前的人，所以，能见到他的儿子，不仅是亲睹历史，更是亲近传奇了。

白先勇是作家，大学时在台湾大学专攻西洋文学，后在美国待了二十多年，教授中国古典文化。他来南开大学，是叶嘉莹女士领来的。叶女士是南开的特聘教授，南开为庆祝她老人家的八十大寿，正在举办轰轰烈烈的国际词学大会。白先勇是叶女士在台大的学生，老师之命自然不可怠慢。

白先勇没有讲自己的小说创作，也没有讲自己的父亲，虽然这些都可以吸引观众的眼球，他讲起了我们大多数年轻人都不太熟悉的昆曲。好几年前，昆曲被联合国教科文组织列入世界精神文化遗产，且位居第一。白先勇想，昆曲可以借此东风，好好风光一下，它的技艺和精神都可大张旗鼓地传承下去。只是等了好几年，等到的都是官员们在开会讨论的消息，白先勇终于等不下去了，他害怕这种民族艺术会在开会声中，从星球上渐渐地而又彻底地消失了。

白先勇九岁时，在上海大剧院听过复出后的梅兰芳先生唱过四天的昆曲（梅兰芳因拒绝为日本人唱戏，八年没吊嗓子，一下子唱不起京剧，暂时改唱平缓的昆曲）。虽然他那时似懂非懂，但这一艺术品种却渗入他的灵魂且随着岁月的流逝，慢慢散进体内，影响了他一辈子。

梅兰芳当年唱的是《牡丹亭》中的“游园惊梦”，白先勇也因此和《牡丹亭》结下了缘分。他根据戏曲写成的小说《游园惊梦》成了当代文学史上的经典之作。而且，他一直有个梦想：把一部完整的“牡丹亭”搬上舞台，献给观众。在白先勇看来，昆曲是一门纯粹美的艺术，它融音乐、舞蹈、戏曲、文学甚至书法的线条等等为一体，昆曲是在把中国的抒情文学传统用舞蹈和歌唱的方式完美展现出来。

白先勇毕竟是受过多年西洋教育的人，因此他懂得尊重古典，但不因循古典；他又毕竟是中国传统文化熏陶出来的人，因此他知道运用现代，但不滥用现代。如何把古典和现代很恰当地交融在一起，是他在改编《牡丹亭》时深思熟虑的问题。最后，他把新版的、完整的《牡丹亭》定位在面向年轻观众上，这样便有了今天的二十七折的青春版《牡丹亭》，所谓“青春”，即用青春的演员来为青春的观众表演一个青春时期爱得死去活来的故事。青春版《牡丹亭》动用了最顶尖的昆曲艺术大师、导演、服装师以及年轻却但充满创意的舞台设计和男女演员，历经一年的磨炼，终于在台北国家大剧院首演，效果是场场爆满，以及观众十几分钟不息的“拍手”（白先勇语）。接下来在杭州、北京的演出，也是同样地让人兴奋。北京的报纸上惊呼：“青春版《牡丹亭》让观众的年龄降下来三十岁”。

白先勇只是昆曲艺术的爱好者，但凭借着一股“痴”情（《文艺报》发表文章，标题就是《“昆痴”白先勇》），做出了专业人士和政府官员做不来的事业。他的精神赢得了我们不言自明的敬重。

白先勇的终极目标不是复兴昆曲这一门古老的艺术，或者圆自己一个多年的梦，而是表达对民族传统文化的一种态度。昆曲只是他表态的一个中介，他希望借发掘古老昆曲的新的生命力，来呼吁我们崇敬、欣赏和亲近自己的民族文化。在他看来，一个不了解自己的民族很难说能真正了解异域。

白先勇下午离开了南开，带走了一段传奇，以后能否再见到他，我不得而知，其实也并不重要。重要的是，南开的讲座还在不断地举行下去，名家和大家们也会不断地到来。我的感慨自然简单：大学的真正魅力不在于有大楼，而在于有大师。南开的建筑算是很土气的，但我依然能感觉到他的大气所在。这种大气是无形的，但又无处不在。这种大气来自哪里?来自朱苏力、王蒙还有白先勇等等诸位。

——刊发于2004年11月10日（第611期）

我的脚步

关红儒

我家在农村，我脚步的起点在楚地的山水田园之间。

发源于家乡的那条小河，不及我幸运，因为它只能在匆匆地回望一眼故乡之后就奔流而去，永不回来。而我无论走多远，都能回到最初，深吻曾经养育了我的一方水土，一方人。

八九岁时的我，帮家里放牛，漫步在田间我有一种清新与愉悦之感。看着牛专心吃草，便忘记玩伴们约我钓鱼的事。待晚风一吹，便找个田埂骑上牛背，跟着炊烟回家了。

岁月如梭，乡亲都告诉我要好好读书，闯出穷乡僻壤。后来我考上了林伯渠曾学习过的道水书院。进校那天，我独上高处，观望四周的街市和山水，那是一片希望的田野。在那里，我的脚步居然脱离了肉体，穿过了时光。我分明参与了三皇五帝征服自然，开创文明源头的壮举；“始皇奋六世余烈，执敲扑鞭笞天下”的伟业；唐宗宋祖的文治武功燃起我的凌云壮志；而秦桧、魏忠贤之流的奸佞却令我顿生鄙夷，唾而远之。佛祖释迦牟尼从王子到圣人的不朽经历令人深思人生的价值；太史公子承父职，忍辱著书的千古精神，让我明白了什么叫不懈追求；而我骨髓中顶天立地的刚毅之气则源于诗仙其“安能摧眉折腰事权贵”的不屈傲骨……

在希望的田野上尽是财富。我如饥似渴。三年岁月如梭，弹指一挥间，三年前的新鞋早已不堪重负。而不远处恰好就有一片新大陆向我招手。我挥泪拜别故乡山水亲人，朝着心中的方向，追寻梦想。

伟人故乡，别有洞天，春兰秋菊，百花争芳斗艳，你方未罢我登场，各处风景令人流连。我不停地驻足，几乎忘了赶路，太阳升起时，我未能抚晨露，因而愈加愚钝，风吹不醒我，雨浇不醒我，烟雾从眼前腾起，酒精的麻醉作用总不彻底。走上湘江大桥，观南北人潮，看东西水流，全无家乡小桥流水的味道，在十字路口，我不知何去何从。

我停下脚步，不愿在黑暗中乱闯。我不得不闭上双眼，希望我的心能识别来去之路。在我面前有三种抉择：坠入下流为我不齿；行中庸之道，明哲保身不失为高明之举，但何以体会“九天揽月，五洋捉鳖”的壮志豪情和扶摇直上九万里的淋漓快意？历史的书卷一页页在眼前翻过，我心似狂潮，“天将降大任于斯人也，必先苦其心志，劳其筋骨，饿其体肤，空乏其身，行拂乱其所为，增益其所不能……”

我毅然决定，濯缨濯足，沿着漫漫荆棘之路，上下求索！

——刊发于 2004 年 12 月 10 日（第 614 期）

我的校园民谣时代

齐　虹

也许只有真正干净纯澈的东西才能抵挡住时间的流逝。我开始接触校园民谣时已经远远地过了校园民谣的全盛期。只是无意中从音响店杂乱的货架上翻到沉积灰尘的磁带——黑得沉静的封套上脆弱的花朵凛冽绽放，诠释着直白到心灵的主题：青春无悔，青春无悔。

我是个校园情结浓郁的人，也和很多人一样在校园里行走时爱插上耳机听音乐。很多时候我都在听校园民谣，音乐晃晃荡荡，眼前现实中的场景凝固成一幕幕正在流淌的画面，宛如电影胶片般。我看到三五成群在球场挥汗如雨后猛灌罐装饮料的男生和一簇簇叽叽喳喳笑颜灿烂的女生——声线纯净的叶蓓正和着《B 小调雨后》那跳动明快的旋律唱："西风老树下人家池塘边落落野花"，一道阳光在鼻尖上大大地亮了一下，于是我终于毫无理由地开心起来。

我很喜欢享受一个人的安静，常在柔软的草地上摆一个舒服的姿势，听着《恋恋风尘》听着《月亮》听着《青春》，对照着大学生活是否真像歌里唱到的那样，有漂亮的女生，白发的先生，只借半块橡皮的《同桌的你》，老猜不透手里硬币的《睡在我上铺的兄弟》，而那许许多多在书签上抄满小诗的少年或许已从白衣飘飘的年代里隐去。也许再也没有哪个地方会比 90 年代初的大学校园更热烈地推崇诗歌，更充满才思和风情。高晓松写下《白衣飘飘的年代》是为了纪念一位死去的诗人，他依然选择诗化的语言挖掘诗人美丽的内心——当我们听到时也依然感到诗意的温柔：当秋风停在了你的发梢，在红红的夕阳肩上。你注视着树叶清晰的脉搏，她翩翩地应声而落。温暖的民谣里找不到死亡的阴影，最残酷的句子也不过

“你转过了身，锁上了门，再无人相问”。

很多人把90年代初校园民谣最繁盛的时期称为：白衣飘飘的年代，或许是因为那首歌的广为传唱，或许因为那个年代白衣胜雪的少年们掀起的诗歌浪潮。我开始和歌里唱到的那些孩子一样读起了海子和顾城，灯光下或微笑或流泪将诗歌认真抄成小条，夹在课本中最容易被翻到的位置。

真正的民谣时代应该只属于大学校园。军训的某个夜晚全班同学围坐在草地上学唱军歌。忽然来了个背着吉他的校园歌手，弹唱起我在心中已经默唱过百遍的《模范情书》：“我是你独坐窗前的那棵橡树，我是你初次流泪时手边的书”。那一刻我被震撼了，吉他弦声中一股校园特有的纯净气息扑面而来，仿佛向我证明民谣中歌唱着纯真感情和美丽梦想此时全围绕在我身旁。素来沉默的我居然有勇气走上前与那位歌手合唱。那夜我们合了三遍，尽量喊出每一个高音——我们的声音一定能传到很远的地方，而一定又有谁，听到如此亲切而直入心灵的歌，微微一愣，内心涌起一股小感动继而迅速泛滥开来。

之后每每班上有聚会，同学们都会要求我唱《模范情书》。我想无论时光流转，校园民谣带来的那份感动却永不改变。它就像在为我们陈述一个又一个相遇相知相处的校园故事：“轻轻的风轻轻的梦轻轻地晨晨昏昏，淡淡的云淡淡的泪淡淡的年年岁岁”，有些忧伤又略带甜美；我们听着别人的故事猛然间发现故事说的好像也是我们自己——这些故事通常都不会太长，因为年轻的时光总是短暂的。

每个经历大学四年的人都一定会或多或少地体会着爱情，友情，苦痛，成长。当有一天他们中的一个说“今天我们要走了”，那些点点滴滴的快乐和忧伤，那些纷纷扰扰的心事和感动，那些梦了又梦的，那些失落在记忆中的，必然如汹涌的潮水翻滚起内心所有的情感。最初听校园民谣的人已经长大了，还没长大的我们继续听着这些来自心灵的歌。有些情怀是那样相似，如《青春无悔》里唱到的“总会有人不断重演我们的事”；有些回忆无法忘却，比如这样的画面总会珍存在脑海：“那天黄昏，天空飘起了白雪，忧伤开满山岗，等青春散场。午夜的电影，写满古老的恋情，在黑暗中为年轻歌唱。”

我想，哪天，等我们学会了一切，穿着制服坐在办公室里繁密地批改文件或是开车经过灯火辉煌的路口，忽然一曲校园民谣传来，如一股来自旷野的清新的风——我们想起了大学时的一切。然后，一首又一首歌流淌过耳际，霎时间忧伤落满了南山。

——刊发于2005年6月10日（第625期）

与清晨一同开启阳光

行　浪

一、秀山与清晨

清晨，起雾了。闪着霞光的露珠，告诉你黎明的到来。

天穹像个大浴帐，不知从哪里无声无息地沸腾出许多乳白色的水汽，泼泼洒洒地弥漫开来。越来越浓，把整个校园的清晨熏香。

每天，每天，我骑着自行车从校园泛白的曙光到淡蓝的清晨。清新如水般的感觉颇好。

清晨的秀山，不时从山墙、树木之间，轻轻地滑过一阵阵流动的空气，乳白色的雾便像柳絮一般缓缓飘动起来。我恍恍惚惚，觉得自己也飘飘然地罩在了云絮里，走进树林，竟有了住在天街的幻觉。

清风、露水、鸟语，在整个校园里，我只能在秀山的林间才能找到这些纯纯的东西了。伴着雾气，从松涛村教师公寓推车穿过树林，路两旁松树的树叶一年四季都在落，难免有些触景生情。晨风中夹带着鸟儿的欢快，花草的暗香，迈着轻快的脚步与清晨同歌……

每个石阶上和休闲的石凳上，大多数是拿着英语书朗诵的同学，偶尔会听到一些夸张的英语语调。

树上有鸟语声，树间有英语声。一道莫名的光分割开悠闲与激情，一种内心莫名的惭愧，直涌胸口。

二、牛奶瓶与清晨

雾水散了，清晨消瘦了，颠簸着如血的朝阳升了上来。我感受到了一次优雅：那天，照例做完兼职，骑车经过冒着早餐水汽浓香的北苑女生食堂门口，主干道旁边有一个垃圾桶，于是把手中刚喝完牛奶的一个空瓶，来了个短距离目标射击，可惜牛奶瓶不争气，硬是没有投进垃圾桶，如同中国于世界杯上那个在门柱上被撞出去的球，落在了球门外。

当时，出乎我最纯粹意料的是，也出乎我人生经验总结意料的是，对面一个背着书包的女同学，走向那个牛奶瓶，弯腰，伸手，捡起，轻盈地把那个容量225ML的牛奶瓶放入垃圾桶。现在回想起来，那个早晨的失礼，我保证那种感觉一辈子都不敢忘却。事实上那种感觉像梦一样咽住了我，追杀我逃遍整个纷繁芜杂的校园。

也许，只有心灵震动的瞬间，才会闪烁明眸，才能释放出心底里原始的寂寞。在校园里寻找一个真诚的空间，在思想和学识里锻造一个坚强的自己。车子行驶在盛德路上，斩碎五月飘洒的雨，凝固在六月的清晨。

三、诗集与清晨

又到毕业学期接近尾声的午后，一排排书，磁带，CD……一地“文房四宝”，在宿舍和食堂的道路边上处理，低价出售。每年此时，大四要毕业的学长学姐总要给5、6月这个季节增添一道独特的风景，把道路幻化成一个奇妙的书上街市。

一天早晨，看到一个坐在宿舍门口道路上设摊卖生活用品和书籍的大四学长。于是靠了过去。

带上那本从学长那里买来的诗集，心想，那位学长也许正在默读着《再别康桥》。作别他刚刚卖给我的诗集，以及这座校园和一切校园里曾经留过的痕迹。

忽然间，一些短促的念头积聚在脑海闪现：当我们要离开学校的时候，或许会轻轻地思索校园的终极含义是什么？以及那教学楼，图书馆，宿舍，食堂，草坪，还有那驰骋过的运动场。当这个安静、活泼、祥和的整座庄园，你要离它而去，到外面的世界去挑战。会不会心痛？抑或伤感?

回到宿舍，一个人，静静地靠在阳台上，仰望着清晨满天的雾气，寻找刚刚离去的那颗星星，望着迷离的天空。风轻轻地吹着，把远处的榆絮和近处的花草香一齐送到鼻尖。它温柔地拂过身体。室友电脑的低分贝音响，柔柔地唱出 Savage Garden 的那首《never want to fly》。寄托着虚无情感的音乐，和着曲子，听着调子，慢慢地靠近这段时间企盼的一个小小梦想。

又一个天色破晓前，再次经过秀山仰望星辰，向天空诉求时间的静止，向大地渴求梦想的永恒，让骄傲和痛苦与我一同打造永远。我紧闭双眼听从灵魂的指挥，在无数明星的召唤中跨过银河，黑夜给我黑色的眼睛，风缓缓地掠过清晨，我要用它去找寻光明。

叩开清晨的第一束光，天亮了，晨晖撒在心头上，思考当这学期结束后，我便拍拍身上的尘土，想想怎么开始新的旅途。有一些情愫在淡蓝的天边忧伤，有一些眼神散落在孤单的背影里。幻想和童话凝结成玻璃窗上亮丽的霜花，在阳光的注视下越走越远，最终飘成天空中的一片云。

听人说，天的尽头是一个晶莹的雪夜，白茫茫，白皑皑。闭上双眼，旅途上想象中的白房子，正向我使劲地挥手。

——刊发于 2005 年 6 月 20 日（第 626 期）

空谷幽兰

陈湘杰

很多年后，我还是会想到在山中遇见的那株兰花。

外祖母精通医术，每隔一段时间就会到山上采摘草药。小时候，由于新鲜和好奇，常央求跟着外祖母去山里采药。印象中我们会爬很多的山，而一路上，外祖母也总是紧紧地抓住我的手，生怕我乱跑。在采药的时候，她总会告诉我这些药材的功效，而她脸上的微笑始终是那么的温暖。可是小孩子对这些怎么会感兴趣，倒是对山里的花草有几分眷恋。

记得在一次采药的过程中，我们被一阵清香所吸引，外祖母一下就辨别出来："是兰花!"她拉着我走到陡峭的山坡处，在一棵树下，我们看到那株兰花。翠绿细长的叶子中间，几朵白色的花朵优雅地绽开，一阵微风徐徐拂来，散发着沁人心脾的芬芳。它们就像久居深山中的少女，裙裳起舞，伫立风中。我迫不及待地伸手去摘，外祖母阻止了我。"不要摘。"外祖母摇了摇头。我很诧异地望着她，"她应该在这里。"在我们离开的时候，我回望着那株兰花，她还是那么香，宛若风中的微笑。

一直不懂外祖母说的那句话，直到后来在《论语》中看到孔子说过的这么一句话："芝兰生于幽谷，不以无人而不芳，君子修道立德，不以穷困而变节。"才知道"她应该在这里"这句话的含义。空谷幽兰，在天地之间悠然绽放，不为世俗，不畏权贵。她即使没有看客，仍然独享自己的那份快乐与幸福。于丹说的"独与天地精神往来"，大抵就是这个意思吧!而那株兰花，她的存在，本身就是一种高尚的风格。就如外祖母一生救死扶伤，并没有获得许多的钱财，但是，她的悲悯之心与高尚医德，却像兰花一样散发芳香。

在生命的长河里，人再怎样伟大或是崇高，都不过是天地之蜉蝣，沧海之一粟。但是我们却依然故我地存在着。其原因究竟是什么呢？

有人说，如果想感悟生命或是反省自我，那么就到墓地走走吧！在那些墓碑面前，你也许会知道生命存在的意义。我没有专门去过墓地，但司汤达的墓志铭却深深地震撼了我：活过，爱过，写过。这位伟大的作家用三个简短的词语概括了自己的一生——然而他做到了，而且很完美。无独有偶，简帧也有句格外发人深省的话："人生如果欣赏过一回痛苦淋漓的风景，写过一篇杜鹃滴血的文章，与一个赏心悦目的人错肩，也就够了。"

有时候在想，其实每个人都有存在的意义，都有自己的幸福与快乐。存在的意义不在于获得的名利，而在于自己独立的精神，"真正的仁人志士不怕生活的贫困，而在于精神的潦倒。"于丹在《〈庄子〉心得》里如是说。而王尔德也曾说过："生活的目的在于发展，充分实现自己的天性——这是我们来到世间的目的。"永恒是一个相对的概念，它不在于唯物的时间长度，而在于人们精神的延续。我们不欲名垂史册，但求无愧于心，活得光明磊落。《百年孤独》的作者马克尔斯说："人生就是一个圆，我们只是偶然出现在我们注定要消失的地方。"这个圆，从某种意义上说，就是一场即兴表演，任何人都没有彩排的机会，任何人都是相对平等的。

生命也许平淡无奇，而自己也许就只是空谷中一朵兰花，所谓的幸福和快乐都是如此的卑微。但是日复一日，年复一年，无数的卑微，最后总会在时间的照耀下扩大，像一个圆满的句号。人生也许就是如此吧！

空谷中一株幽兰尚且都做到了，更何况我们呢？

——刊发于 2008 年 12 月 10 日（第 709 期）

棋禅一味

何云波　李　松

记者在不同场合拍到韩国棋手李昌镐的照片，无论是下棋，还是出席各种应酬，他的脸上都是一种表情：没表情。喜怒不形于色，棋上的胜负，棋外的荣辱，仿佛都已跟他没有关系，人送外号："石佛"。八风不动，心静如水。"不以物喜，不以己悲"。正所谓棋中自有禅意。有道是：菩提本无树，明镜亦非台。本来无一物，何处惹尘埃。

自心是佛，自性清静，体会了这一点，便得真"空"。不识字的慧能反而把握了禅的精髓。

禅宗谓"平常心是道"。一般棋手，面对事关重大的棋赛，往往容易因为名利的羁绊，患得患失，技术走形。李昌镐却相反，越是关键的比赛，越有稳定的发挥。这就是人们所说的平常心吧！有了平常心，方可体味禅的"自然"两字。依心行动，适意自然，行走坐卧，皆是道场，人生自可渐入佳境，正所谓行到水穷处，坐看云起时。

围棋亦然。高川格有流水不争先之说。武宫正树亦认为，与其把他的棋叫宇宙流，不如叫自然流。在他看来，他的棋不过是顺应自然，就像流水一般，依山而行，借势取径。

李昌镐的棋，似乎也深得自然之味，大智之后返归平淡，其棋看似朴实无华，难见石破天惊的绝妙之招，但蕴含着极大的内力，足以摧毁任何对手。正所谓无招胜有招，无为而无不为！

"车千乘，马千匹，强弩千张，统百万雄师指麾如意；酒一斗，茶一瓯，围棋一局，约二三知己畅叙幽情。"北戴河沈园的这一楹联，典型地体现了中国传统文人士大夫的生存状态。大丈夫一方面当自强不息，以求立言立德立功；另一方面，社会的昏乱，又常常使他们空有抱负不得施展，只好退隐山林，寄情于山水泉石、诗酒琴棋，作精神的逍遥之游。围棋，正好契合了士大夫的精神需求。如果说他们大多选择的是亦仕亦隐，还有一批人，则彻底领悟的是一个“空”字。于是，佛寺的钟声敲起来，黑白子的丁丁声也响了起来。

在唐代，在江南山水的寺庙间，就曾留下过一批著名的棋僧、诗僧的身影，佛门一派的围棋，一直绵延不绝，构成了一道独特的景观。

山僧对棋坐，局上竹阴清。映竹无人见，时闻下子声。

佛门多清闲，一天到晚诵经念佛，未免太过单调，棋则成了最好的打发光阴之物，如果还能从中参禅悟道，岂不是一举两得。弈棋台上，松风流水中，松子每随棋子落，柳丝常伴钓丝悬，自有一种幽深清远的林下风流。禅宗追求一种自然、适意、清静、淡泊的人生，而在审美情趣上，则趋向于清、幽、寒、静，它影响到中国士大夫的人生哲学、艺术情趣，也影响到围棋的境界与意趣。

琴令人寂，棋令人闲，闲更重要的还是一种心境。棋的胜负倒不是第一位的了，关键是能否从棋中品出别样的滋味。茶有“茶道”，棋有“棋道”“茶炉烟起知高兴，棋子声疏识苦心”，棋之道，也正在于清幽淡雅中一解尘俗烦忧，喝茶下棋之间，便有了多少深意。

“共藏多少意，不语两相知。”禅宗把人生的烦恼与解悟，都放在一个“心”字上，以平常之心，看世事纷纭，人生如此，棋何尝不是这样。

古代的许多寺庙道观，都曾留下过围棋的踪迹。其中最为有名的当数浙江的天台山。天台山被称为佛国仙山，也是全国知名的“围棋之乡”，浙东“围棋三连星”马晓春、陈临新、俞斌，他们的家乡嵊州、临海、天台，以天台山为中心，三足鼎立。

天台山为佛教天台宗的发祥地，禅宗也颇为兴盛，素有“东土灵山”和“教源”之誉。国清寺就是一座著名的佛寺。明代，国清寺出过一棋艺高超的佛僧，名野雪，俗语姓郑，人称“郑头陀”。野雪以棋悟道，“蕉团坐隐静皈依，十九行中喻法微。”于蕉团中坐“隐”，如同归心向佛，十九路棋盘中自有微妙法门。

“棋信无声乐，偏宜境寂寥。”佛门清静，山水亦佳，于寂寥的境界中自有无声之乐。

仙界一日内，人间千载穷。双棋未偏局，万物皆为空。樵客返归路，斧柯烂从风。唯余石桥在，犹自凌丹虹。——孟郊这“石桥”，被指认就是石梁飞瀑上的这座天然石桥。晋代樵夫王质上山砍柴，看仙人下棋，一局未终，斧柄已烂，回来时，已无复当时之人。一般认为，故事的发生地是在衢州的烂柯山，不过许多地方都有类似的传说，包括天台山。

其实，故事发生的地点并不重要，倒是其中反映的“遇仙”情结，值得人回味。人一方面要依托于现实，另一方面又感到现实关系的种种束缚与桎梏，有着种种的痛苦和烦恼。围棋作为精神游戏和艺术，便为人提供了一个由凡俗走向人生自由之境的途径。黑白世界是一个虚拟的世界，又是一个可以供你自由挥洒的世界。在这里，你可以体验到如神仙一般的快乐。于是，烂柯传说作为一种超现实想象，构成了中国人的一个永远的桃源梦。

——刊发于2009年2月28日（第712期）

松韵荡长空

冯芳芳

走在故乡的山区中，常常被一种生命的景象所打动，那就是随处可见的棵棵苍翠挺拔的松树。青松，是湘南贫瘠的红土地上永不褪色的衣裳。青松，是保卫家乡的忠诚卫士。

湘南的青松，是一种随处可见的景观，更是一条条与山区人家同在的生命。每一棵松树，都拥有着坚韧不拔的气质，任凭风雨吹打、霜雪欺压而不屈的筋骨和颜色不改、根底不移的性格。每一棵松树，都有对家园的挚爱，它们坚守故土，不为疾风流云、暴雨洪水而动，保卫着家乡的土地和人们。

以前我的家乡每到六、七月份，就会受到洪水的侵袭。猛烈的洪水常常倾泻而下，在植被稀疏的红土地山上冲出一条条“洪道”，就好像是一道道血口子。那汩汩的“鲜血”流在山上，流在乡亲们用汗水浇灌出来的本该充满希望的田野上，也流在了乡亲们的心上。但自从种上松树后，洪水灾害就减轻了许多。以后随着松树的逐年长大，洪水灾害也越来越轻了。

松树的根系很发达，那些生长在山坡上的松树的根，很少裸露在外，它剑一样地往地的深处扎。也正因为这样，松树的生命力十分旺盛，能适应各种恶劣的生存环境。它在风霜雨雪中可以生存，在贫瘠荒凉的土地上可以生存，甚至在岩石的缝隙中也可以蓬勃地生长着。每一棵青松，都是威武不屈的英雄，富贵不淫的丈夫，贫贱不移的君子，它们忠贞其志，不改其节。

青翠的松树，没有杨柳的妩媚与多姿，也没有桃李的芬芳与灿烂，素面朝天，朴实昂然于天地之间。青松，它是一种清雅的生命，是山区一道最亮丽的风景。有了青松，莽莽山岭就不会荒芜；有了青松，宁静的村舍就多了希望的生气。

山风拂过，青松摇曳着，就仿佛是在湘南的山区里扬起来的生命的旗帜。

苍翠欲滴、昂扬挺拔的松树，曾使多少人咏叹不已。唐代诗人杜荀鹤就在《小松》中写道："自小刺头深草里，而今渐觉出蓬蒿。时人不识凌云木，直待凌云始道高。"不畏严寒、傲视霜雪的松树，曾使多少人豪情万丈，顿生英雄气概。

"大雪压青松，青松挺且直"的壮美景象，就使得陈毅为之感动不已，他从"挺且直"的松树身上，获得了勇气和力量，更加坚定了献身革命事业的意志。"咬定青山不放松，任尔东西南北风"，从家乡随处可见的青松身上，人们也学会了生命的不屈与坚强，乐观与旷达。

青松，是坚韧而灵动的生命，它根植于天地之间，韵味荡满长空。

——刊发于2009年4月20日（第717期）

九月九的酒

康　煊

“九月九的酒，重阳节难聚首，思想的人儿，漂流在外头……”一首经典的老歌，一只难忘的曲调，一丝不老的情意，一股浓浓的愁绪。

重阳佳节又至，我等游子仍在异乡，好在没有王维的孤独，但思乡的念头却未见少几许。

秋夜漫长秋意浓，山菊花开不惧霜。重阳登顶聚首，酌酒赏菊，这是古人的一番诗韵情调。身在异乡漂泊的王维，没有电话手机，更没有网络视频，一封家书也得走个把月。重阳时至，一番乡愁无处化解，只有执杯遥敬远方的亲人，一切的愁绪融入诗句之中“独在异乡为异客，每逢佳节倍思亲。遥知兄弟登高处，遍插茱萸少一人。”可惜现代人，整日里为着生活、为着事业而忙碌，忙得都忘了九九重阳节，更谈不上登高、赏菊。漂流在外的人儿，思乡的愁意慢慢溶解于整日的忙碌之中，最多打个电话回家报个平安，只有那菊花依旧盛开，可惜无人赏。

说到重阳节，菊花是不能不重点说道一番的。重阳赏菊是重阳节不可缺少的一部分，秋天到来，北国的寒风带着秋霜席卷了大地上的一切绿色，恶劣的天气压迫了百花的盛开，一切归于沉寂，而独有菊花逆流而上，绽放于北风之中。菊花的傲立使我想起唐末农民起义领袖黄巢的一首诗《菊花》:“待到秋来九月八，我花开后百花杀。冲天香阵透长安，满城尽带黄金甲。”何等的豪壮，何等的霸气，一改陶渊明婉转舒缓的情调。菊花是个性鲜明的花，寒风无法冻结她的热情，秋霜无法遮盖她的容颜。难怪如此受古往今来的诗词人的追捧，唐代大诗人元稹曾写道：“秋丝绕舍似陶家，遍绕篱边日渐斜。不是花中偏爱菊，此花开尽更无花。”

有花有酒喜登临，无花无酒重人情。重阳登高插茱萸，菊花美酒合团聚。团聚是每个人的愿望，中国人骨子里就有一个团聚的愿望，逢年过节，尤其是中秋、重阳、春节等更加希望团聚，每一年的春节，中国人都创造着世界上最大的移民潮流。但是而今，九九时至，重阳难聚。身在异乡，心系故乡。登高望远，乡路漫长。满酌杯酒，遥敬吾意。父老昆弟，勿忘游子。

端起九月九的酒，一股浓情在玉杯，让乡愁在浓浓的酒香中稀释、消融，异乡的兄弟朋友将扫尽你的孤独寂寞。

端起九月九的酒，遥敬逝去的诗人，希望他们在另一片天地里摆脱孤寂，九九登顶，酌酒赏菊，家人团聚，其乐融融。

——刊发于 2009 年 10 月 30 日（第 732 期）

神奇的西宁

方　仪

如果你爱他，就和他一起去高原，那里是神的寓所，美好事物的集结地；如果你恨他，就独自去高原，神可以抚平你的伤痛，排遣纷扰，为你指明未来的道路。

在中国的青藏高原边缘，有一座美得如莲花般的城市——西宁。这座宁静的小城是神的夏宫，在最美丽的时节，神灵会踏着五彩云，手捧青莲，悄然降临在西宁东南的五座山峰之间。于是，数以万计的朝圣者从四面八方涌向这儿，供奉他们心中至高无上的佛。

去西宁的时间是九月，正值江南秋老虎作威作福的时日，西北的西宁已是草黄马肥的秋天了。秋阳正好，不逼眼还很暖和。坐在车中的我四下张望，不肯错过一处稀罕的景物，对一个初访西北的南方人来说，道边的一棵酸枣树都是有趣的。

汽车一路向西，起初，窗外还是沟壑交纵的黄土高原，路过湟水峡谷，广袤的高原景观进入眼帘，那是道奇景：路边高耸的白杨稀拉的叶子在阳光下灼灼闪光。不远处黄绿色的草甸深一道、浅一道地缀在广阔的原野上，极目下的山峰是少女的银冠，璀璨耀眼。还有羊群，肥大的绵羊毫无顾忌地徜徉在公路上，后边跟着同样慵懒的牧羊人，他们手头的皮鞭从不扬起，那羊似乎通得人性，顺从地走在回家的路上。这就是西宁给我的第一印象——一幅高原田园画，几近传奇。

远处的大桥就如嵌入大地的一颗钢钉，哨兵的身影在猎猎的晨风中岿然不动，他皮肤黝黑，脸庞通红，眼睛眯缝直视远方。从肩上的杠花可看出是个老兵了。离他不足十步，有一块似界碑的地标，我想那恐怕是标识海拔的。值得注意的是一位红衣喇嘛正挨着这块石墩坐着。兴许是累得很，他将头低垂，睡着了还是心念佛祖？他的红袍显得旧，自然还很邋遢。出家人是不避讳衣食的，这倒和孔子的“一瓢水，一石食”相似，清心寡欲、物我两忘是很高的境界。假若有摄影师，我想这哨卡、战士、地标和僧侣就是上得镜的形象了，色彩的一绿一红，站立和沉睡、守卫与寻找，更重要的是信仰和否定。

西宁，这块神奇的土地，如果没有了神会变得怎样？我想，起码就看不到这身披红袍神秘的布道者和衣衫褴褛的信教人了，因为他们使这块土地焕发神秘色彩。

到了西宁，才知道什么是五体投地。这是佛教的仪式，信徒将整个身子贴着地面来表达对佛祖的无上崇拜。很多朝圣者在一年中的某一天，掐着手指计算着从家到西宁的路程，他们要在神灵驾凌塔尔寺之前赶到几百公里之外的西宁。朝圣的路是神圣和艰辛的，这里边充满饥饿、疾病，甚至死亡。但从没有退缩、放弃、背叛。他们迈出一步，就曲身、下跪、磕头、扑倒，用整个身体丈量大地。重复的动作，单调的行程，循环往复，不曾想象他们一天能走多远，在很多非宗教人们的眼里他们是荒蛮、愚昧的奴隶，但我认为，正是宗教、信仰才能显示出他们强有力的意志和生命力。

我怀着敬畏来到西宁最圣洁的地方，塔尔寺。空气中弥漫着酥油味儿，和着干冷的风在四周旋舞，也许那是神的鼻息。想必众神已经歆享了牲礼和香烟，冥冥中舒畅地吐露圣谕，赐福此地的生灵！

——刊发于2010年4月20日（第744期）

与“书信”有关的日子

雪 词

在我的书柜上，摆放着一个小木盒，里面存放着我对书信的所有记忆和情感。

一沓沓信封，我始终舍不得扔弃，舍不得扔掉那些记忆。一封封，都镌刻着我与朋友来往的点点滴滴；一页页，字迹不同，但轻轻翻开，墨香依旧。

每一个熟悉的字迹，一旦触目，都能扯动我内心敏感的神经，储藏的往事一下子喷薄而出。每当闲暇之时，我总喜欢一个人在灯下重读那些文字，脑海中立马浮现出寄信人的音容笑貌，努力寻回曾经的那份情怀。

我细心地将这一切收藏，犹如收藏自己的生命。我猜想，莫过些年月，纸张就因岁月侵蚀已经泛黄。我不知，那时，我还能辨认出那些字迹吗?

哦，不！我确定，我能辨认出的。因为那些用心写下的文字与记忆，已经烙在心头，稳稳地盘踞在脑海里，风雨不侵了。有时，旋转的时光改变了我们的沟通方式，但旧时书信的墨香却未随风飘散。

人生的第一封信，是写给父亲的。我记得，那年我初二。在我的生活里，父亲似乎是一个略带“冰冷”而“疏远”的名词。我多想自己就是一团烈火，可以靠近他，可以像同龄的孩子一样，依偎在父亲的怀里，撒娇，听故事，甚至拨弄父亲的胡须。

可这一切对于我而言，似乎是遥不可及的梦，只能搁浅在想象的海洋里。

那段时间，父亲和母亲一直处于冷战状态。每当看到母亲一个人在屋子里默默哭泣，我的心就疼痛不止。年幼的我，开始偷窥着这个女人坚强外表下的脆弱和无助。她心里的苦，只有拭泪的纸巾可以略略拂拭一些。

我害怕，我害怕从此就不再拥有一个完整的家。这种恐惧感，就如野生的藤蔓在我心底疯狂滋长，纠缠得让我几乎窒息。思索再三，我决定写封信给我的父亲。

“爸爸，请你以后不要和妈妈吵架了，不要和妈妈离婚，我希望我们的家永远是完整的……”当我写完最后那段话时，滴落的泪水已经将信纸打湿了一大片。写完后，我偷偷将信塞在了父亲的枕头下。那一晚，我彻夜难眠。寂静夜空里那轮忽明忽暗的弯月，陪伴我熬过了那忐忑不安的一夜。

到现在，我不知道父亲是否看到了那封信。一直没有勇气去问他，或许没有看到；或许看完后，只是深深地叹息了几声，笑言一句：“大人的事，小孩不懂!”

我想，这一切，已经不那么重要了，重要的是那几页薄薄的纸，竟也承载着一个孩子对家庭和睦的理想，对亲情无尽的渴望。

“欲寄彩笺兼尺素，山长水阔知何处?”上高中时，写信成了我周末最大的消遣。周末，在校园里，找一方干净的石桌，取出精心准备的信纸，开始提笔给“恒念声”回信。那时的情感，青涩又甜美。恒念声，一个笔友的名字，素未谋面。

之所以给他写信，是因为这个名字深深吸引了我。“恒念声：你好，我的笔名是雪词。不知你日日夜夜恒久念叨的那个声音是什么……”在信中，我们交流学习的感受，分享自己的快乐，或是简单地寄一张卡片，写上祝福和鼓励的话。

高中时期，大学一直是激励我们前进的梦想高地。那个年纪，偏爱为赋新词强说愁，偶尔会感慨未来的路没有方向。

“念声：这次的模拟考试我的排名又下降了，我真担心我考不上梦想的大学……”

“雪词：对于考试，不要担心，要调整好心态，相信自己……”

正是那一封封或长或短的信，给了我一个倾诉和交流的平台。而在那些简简单单的文字里，我总能寻觅到一种向上的力量。

在信里，我和一个熟悉的“陌生人”用文字勾勒着青春的线条，虽然粗犷，但细细忆来，别是一番滋味。也许，这就是一种成长的收获。而那些文字将成长模糊地记录，我循着这些印记，总能找到属于我的那个青春。

写信的人，是幸福的，因为可以用文字叙述自己的情感。而收信的人，是幸运的，因为在这个世界上，还会有人惦记着你。

我不知道，世间的女子收到情书该是怎样一种心情，是正投其意，心中暗喜；或是不与理会，欲应还休。高中时，当我翻开那封“情书”时，心里很是感激，感激这个男孩。但对于爱情，我始终相信：我们只有恰逢在那时、那地遇上那人，才会有真爱。

我整理好自己的思绪和情感，认真地回了一封信。“……每一个人对于爱情的期待是不同的。有人，整日背对大海，面朝古墙，盼望着爱的来临；有人的爱，很含蓄，只是赠你一张白纸，希望在独处时，你会涂上她的名字；也有的人，渴望爱情轰轰烈烈。但现在的我，只想在爱情的海洋里，暂时做个寂寞的船长……”我想，他会明白的。

现在，朋友间的问候只是一个简单的电话，很少还有人会记起“书信”。但我还是偏爱用文字记录下我的生活和感情。书信，记录的是一段时光，一段成长，更是一段可以保存的记忆。

那些与“书信”有关的日子，真的远去了吗？

——刊发于2010年11月30日（第760期）

最美的风景

黄雪姣

总有人将生命比作一次旅行，而旅行的意义在于遇见各异的风景，体味不同的人生，从而借此来追寻最好的自己。

我是喜爱这个比喻的，借“旅行”之名来解释生命中那些来来往往的情感、分分离离的缘分，真是恰到好处。

在这个灿烂的九月，我循着旅程中安排的轨迹，像一个小主人，敞开胸怀，伸出双臂，迎接一群来自四面八方、天南地北的人进入我的生命。与他们相遇、相识，继而相知。遇见他们，我的生命中多了一抹痕迹，不重也不轻；回首望去，他们俨然已经成了我旅程中一道最亮丽的风景。

此刻的我，一个刚刚结束短暂旅行归来的游者。内心的喜悦与满足，早已消散了肉体的疲乏与劳累。累，也许只是停留在行路时的某个瞬间，但却从来没有落入心里。这是一次累并快乐着的旅行，而我也明白，这场旅行才开始。

九月，迎新，迷茫，中秋，团聚……这一切与他们相关的名词，都深深地烙在我的记忆里，剪辑成一段黑白影像，不停地播放。

九月，对于一群刚刚经受高考洗礼的人而言，有着不同的色彩。在这场千军万马争渡独木桥的高考战役里，他们的人生已经翻开了新的一页。此刻，他们心里憧憬的，是崭新的大学生活，是挣脱父母保护的双翼，自由飞翔的梦想。

拖着重重的行李，怀揣满满的理想，他们远离家乡和亲人，来到了湘大。往后，湘大的一草一木，将陪伴他们度过难忘的四年；在这里，他们将结识知己、培植梦想、耕耘未来。

在迎新的三天里，我见证着父辈们目光中回转的爱意与期望，也感受着每一个新生内心里的喜悦与激动。我总能从他们身上隐约看到自己的影子，回想起二年来，稚气的我如何一路莽莽撞撞，学会成长。那一刻，直感叹时间是个神奇的魔幻师。

每次安顿好新生，看到家长脸上露出舒心的笑容时，我的心里总不禁漫过一丝欣慰与自豪。我理解并尊重每一个父母对孩子无私的关爱，我所能够做的便是让家长们放心。这样做，是为了让这世界上最爱他们的人，安心地放手让他们在这里自由成长、生活。尽管我知道，远行的人，不管走多远，心那头总有一根亲情的线在牵引。

离开父母，他们便要学会独立。每次下寝，我都会努力记住他们每一个的名字、容貌、家乡，了解他们最新的动态。在交流中，发现他们的独特与个性。我遇见的这群人，大多自信、积极，对未来充满勇气。几个胆怯、害羞的孩子，也在学着慢慢敞开心扉，融入新的生活。

有时，他们中也会有人思考，甚至疑惑大学的意义。但是，请记住我们每个人都是自己人生的领导者，那些统领万马千军的人，未必能够带领好自己。易卜生就曾说过一句话："你最大的责任就是把你这块材料铸造成器。"这也是我对他们的回答。

路漫漫其修远兮，吾将上下而求索。我们永远敬重那些锲而不舍的奋斗者，奋斗而不等待，奋进而不畏缩。我记得在第一次见面会上，我对他们的祝福："永远不停止前进的步伐!"在生命的河流里，有一群人永远竭力地游向那片梦想的栖息地，即便撞得头破血流，破碎不堪，还是依旧倔强地沿着最初的那一束梦，执着而坚定，冲破时间的枷锁。这样的一群人，才是生命的勇者。看到他们迷茫的神情、愁苦的短信，我总希望他们能够有一天拥有"不求成功，但求成长"的乐观心态，希望他们能在失败中渐渐学会成长。

9 月 12 日，中秋节。在三教 308 的"旅程中秋"班级晚会上，这群在异乡团聚的人又带给我诸多感动。自排自演的节目，精心准备的礼物，共同放飞的孔明灯……那晚的明月，因他们的真诚、团结而倾泻一地，皎洁明亮。在短短半个月的时光里，他们学会了团结，懂得珍惜相聚的缘分，会为集体的荣誉而一起努力奋斗。

在这短暂的旅程里，我与他们相遇，遇见了这一道最美的风景。

——刊发于 2011 年 9 月 15 日（第 778 期）

那一抹色彩

罗艳青

上善若水，盎然不息，奔腾致远，一望无际，山谷中有你，江河中有你，大世界纵横着你的足迹。

上善若水，盎然不息，奔腾致远，一望无际，温柔中有你，惬意中有你，天地人分享着你的情义。

湘江印象，在邂逅后意味深长。

一弯清澈得可以映射出鹅卵石好看模样的小溪，一口承载了无数新鲜和清凉的水井，一片碧波荡漾无限生意的水域，家的轮廓在这里开始慢慢辐射，直至有了心中的模样。我的家乡在湖南一个被寓意了贫穷却独自孕育美丽和安静的小山区里，这里的空气是清凉鲜润的，这里的人们是纯洁干净的，这里的水像故事里描绘的天池水，盈盈泛着晶莹的微光，纯粹得就像初生的婴儿刚刚经历的时光。后来，我离开家乡求学，时常萦绕心头的还是那梦里水乡，那一抹鲜润的嫩绿。

忘记了最初听说湘江这个名词的准确时刻，只是记住了她的很有特色的名字和她的身份——湖南人的母亲河。母亲是多么美好而让人感动的称呼，一声“母亲”呼唤出多少人心底深沉却日日思盼的向往。在湘潭的很多个日子里，我会很认真地想：湘江就在我身边，是不是该开始一场邂逅了，去圆了心中的那份牵挂？

那是社团里组织的一次去湘江边游玩的活动，带着欢愉的心情，我和一大队人奔赴一场旅行。所有的心情和感受在遇见湘江的那一刻改变了很多。印象里，蜿蜒千里的湘江水会静静流淌，哺育着艰苦创业、开拓奉献的两岸儿女，孕育着厚重与灿烂的湖湘文化。长沙、株洲、湘潭、衡阳，邵阳……这些城市会像一串璀璨的明珠镶嵌在湘江之滨，湘江水哺育着一座座历史悠久的城市，母亲河见证着中华民族的壮大与辉煌。可是，依然不能改变的是那一份本色的纯净和自然，她会有故乡水域的清凉和那一抹像是孕育了生命的色彩……然而随着城镇的发展，工矿企业的增加，重金属超标的工业废水和城市污水排放量逐年增加，湘江已经不堪重负。她竭力想挽留自己的那一份本真和纯粹，却在商业化的大潮下被剥夺了信念，那些挣扎和拼搏留下的痕迹是她继续坚持的勇气。我明白的，她一定有自己的傲骨。

水为万物之源，人们赖以生存的生命之水被严重污染，作为大学生的我常怀忧虑之情，我要呼吁人们保护母亲河，保护水资源。保护我心中的那一抹色彩。

我记得洗涤过米粒后的水可以清除蔬菜上的农药，我觉得雨水可以被收集起来冲洗街道，我认为用滴灌技术可以更环保……我知道每个人心里都会有很多关于保护水资源的思考，只是，也许很多时候，我们会忽略了这种思考。

一直以来，支撑我们继续下去的是我们心中的那份信念，那种被同样感觉唤起的激情。保护水资源，我们需要一种精神寄托的宣扬，让我们明白自己真正只是在为自己的生活和愿景执着，再把所有的信念聚集起来成为日复一日，年复一年的行动，把行动变成习惯，变成我们生活中不可缺少的一部分。这样，我们才会有不竭的动力。

铭记久旱逢甘霖的畅快，就不会抱怨雨水多发的季节；铭记饥渴难耐时水的滋润，就不会把杯中余下的大半杯水随意泼洒；铭记多日停水后，拧开水龙头后发现有了那水流的激动，就不会让水龙头在那么多个日子里流着伤心的眼泪……很多问题，就是需要我们多想想，仔细做做，坚持一下。

爱是一种传承，爱我湘江，保护生命之水，我们要一直在路上！

我期望有一天，那一抹感动我的色彩会在每一个被需要的地方散发着生命的光彩，而我爱恋的风向有不朽的阳光，母亲河守卫了一生的美好时光。

我所有的感动只为曾经与你相遇！

忘不了那一抹色彩。

——刊发于 2011 年 11 月 15 日（第 783 期）

静心

曹运波

心惟静则不外弛，心惟静则和，心惟静则清。——庄子。

父亲很喜欢散步，这是我小时候对爸爸最深的印象，因为爸爸总是在傍晚牵着我的小手去散步，给我讲各种好玩的故事，现在他依然坚持着，而我却不再经常陪他了，仿佛每次回家都有忙不完的事。无知的我时常对父亲喜欢散步的原因做各种假设，开始我以为那是父亲与母亲浪漫邂逅的记忆使然，后来被妈妈否定，当我追问时，妈妈摸着我的头说："长大后你就知道了。"也曾认为是因为爸爸喜欢锻炼，但一细想忙了一整天的爸爸应该没那体力和精力为了锻炼去散步，而且这也达不到太大的效果。这个问题始终以个大问号的形式存在在我心里。直到那天晚上，从实习中"解脱"的我，匆匆忙赶回家里，想抓住暑假的尾巴好好在家休养生息。只有一个礼拜的时间在家，所以我从一回家就保持着最好的状态，天天开开心心，不想让父母操心。但是那天内心的浮躁出卖了我……

回家的第三天，我约了两个高中同学来家里玩，本来想分享大学里的趣事，但聊着聊着就开始讨论自己的压力，随之而来的是轮番吐苦水。下午等同学回去之后，自己一直处在烦恼中，但还是尽力克制着。的确，进入大三的我们突然对进入社会有一种莫名恐惧，不知自己该以怎样的姿态去面对社会的挑战。吃晚饭时，班里一位还在实习的同学打电话给我，诉说了许多委屈，安慰完了之后，我的心情更加沉重，觉得自己要去学的东西、要去努力的东西太多了。不经意间，连"唉"了几声。只听见父亲说"待会儿陪我散散步。"不想让父亲失望，我答应了。

与父亲散步本是件再熟悉不过的事了，然而这次却出乎意料地收获颇多。那天傍晚陪着父亲散步，起初他一句话也没用说只是向前走，而我也因为自己的烦恼而懒于开口，所以只是默默地向前走。走了二十来分钟，天黑了，没想到父亲从兜里拿出一个小手电筒，似乎早有准备。他说：“去桥上休息会儿。”

已经走累了的我两手趴在桥的栏杆上，回看父亲双眼合着好像在想什么事情，我也低着头闭了双眼。瞬间，周围一片寂静，只听见流水哗哗的响声，那节奏似乎是在专门为我办音乐会，旋律格外好听，身子好像随着那“乐曲”慢慢沉浸在水里，感觉很凉爽、很轻松。

许久，我睁开眼睛，抬起头一看，呵，满天的繁星，闪闪发光，像是在无垠的星空里肆意地嬉戏。我笑了，发自内心地笑了。正想回头跟爸爸说，没想到他正在对着我笑。父亲点点头说：“开心就好，长大不可避免会遇到烦恼，但要学会让自己静下来，把不高兴的东西都移走。散步散步，有益的不仅是身体嘛，心也要抖抖包袱、轻松轻松。”我得意地说：“可不吗？欧阳修还要寄情于山水呢！我们也可以效仿效仿。”

回到家里，母亲悄悄地问我，现在你知道了你爸喜欢散步的原因了吧？我会意地点了点头。的确，我二十年的光阴见证了父亲从当初风华正茂的俊朗到如今天命之年的苍老；二十几年幸福的家庭生活也诠释了父亲在身体力行地告诉我：生活有压力，懂得承受、学会承受才是顶天立地的好男儿。

父亲的文化水平并不高，却知道如何静下来，转移身上的烦恼与重压。而一直令他引以为豪的我，却在烦恼面前手足无措，变得浮躁——一种作为病态的社会心理和社会现象而存在的顽疾。幸好父亲及时给了我“解药”，那一晚我睡得特别香甜。

古希腊哲学家毕达哥拉斯就曾说过：“美在和谐”。不可否认，长大的我是“急”的，不知从何时开始忘却了“静”的效用，也暂失了使用“静”的力量；忧虑扰乱了我的理智，重压摧残着我的精神。“和谐”渐行渐远，而美也不知在何方。现在，每次遇到烦心忧虑或不知所措，我都会静下来，寻找那一夜的“和谐”。或是傍晚散步，或是静听水声，或是夜观星空，或是馆内看书……所思所想尽是：静心，身心之美。

——刊发于2012年10月25日（第804期）

春隙碎笔

张胜航

一声雷惊动了满城的杜鹃花，一滴雨唤醒了雪藏一冬的嫩芽。阳光定格在透过树隙的瞬间，和煦的风悄然把春天吹成童话。蛰伏的汛期潜藏着桃花的暗涌，一声鹃啼，春天便开始倾巢而动。所有最美的断章都在惊蛰之后成诗：云很淡，阳光很软，草在吐他的绿，风在酿她的香，我们站着，不说话，就十分美好。

三月，是在杨柳风起时开始的。每一株柳都在志南和尚的诗中醒来，在寒意微醺中迎接伊春的第一缕阳光；穿越井水词的烟柳画桥，所有的温情都在三变的笔下一圈圈荡漾。每一片绿都是柳的分号，一条条，一树树便写就了春最美的诗行。绿得小鸟依人，也绿得风姿绰约，让人安静，也让人遐想。和那柳眉目传情的是汀岸的石桥，还有粼粼波光。斑驳的岁月都在他厚实的怀抱里化为柔软，讲述着从春到冬的故事。有烟雨，有阳光，有落英，有冬霜。缝隙里那些不知名的小花娇羞地探出头，一朵朵，一丛丛。湖的两岸或许是最近的遥远，却要等一个季节的蛰伏，才能攻陷端己的花间词中写满碧色的柳堤，换来重逢的跫音。若是在烂漫晴日，就可见波光积翠；此时，等风起，定会摇曳出一首清丽的素颜韵脚。

春天，是从乐天小园的红樱开始芬芳的。翩跹而来的粉定是上天赐给春最娇柔的色彩。一树树微粉，或渐白，兴致勃勃地开。每一瓣都拥向中心的花蕊，像举着阳光的信徒，把春作为最神圣的祭奠。若要对此加个比喻，一定是一首格律严谨的十四行。伴着樱雪盛开的还有翻飞的蝶，在经历一冬的破土准备之后，终于迎来了春天的色彩和暖阳。在晴空里，以最美的姿态，飞入谢逸的词里，于是便有了“狂随柳絮有时见，舞入梨花何处寻”的曼妙身姿。抑或在微雨后，薄翅腻烟光，悄悄闯入欧阳修的《望江南》。那些破茧而出的坚韧，要经历多少苦厄，才能迎来今春的瑰丽。只待到零落成泥，又要一一谢幕。周而复始，昙花一现的美好仍然值得涅槃，那些温柔的坚持也成就了春的史诗。

岁始，所有的准备也是从现在启程的。在春暖花开的季节，对理想的追求和对生活的渴望也开始日渐丰满，纷纷长出透明的羽翼。我们依旧在路上，在学海无涯的路上。如果是一棵树，经过二十年的时间和阳光的积累，站在路边肯定是一种挺拔、伟岸的姿态和风景。

又是一年春天，以后也会有许许多多这样的春天。那个时候的我们是否开出一树繁花，为经过的人们带来一路芬芳？不如把未来留给时间吧，让自己去萌芽，去饱满，去绽放，去飘摇，去沉淀，去挥发。

——刊发于 2015 年 3 月 25 日（第 860 期）

满地翻黄银杏叶

林　敏

此时，秋风一扫，阳光便如同刚酿好的蜂蜜，开始浸入银杏干裂的褐色树干，它沿着主干朝树梢流动，最后在银杏叶上喷发出耀眼的金黄，完全覆盖之前的绿色。整棵银杏树，披着金色立在寒风中，那么英姿飒爽，仿佛大地将阳光的温暖和热情都输进了它的枝干中。

渴望成为一只蚂蚁，在离树根几步远的叶堆上匍匐前进。触角每碰到一次银杏叶，空中就传来一次摩擦声，鼻尖就会嗅到炸得金黄酥脆的薯片味道。脚下的路艰难起来，朝圣的信念却更坚定。越靠近树根，杏叶堆便越厚。落下的叶虽层层叠叠，但叶与叶之间留有缝隙，接纳初冬寒气。只要人在上面踩一下，叶堆发出的声音就足以使冷寂的人觉察到世界的充实和内心的刹那欣喜。

几十年的风雨在银杏树干上抽打出数不尽的裂痕，且再也无法愈合。伸手去触摸，树皮又干又皱，与多年未雨的旱地一样干涸。如果让树讲一个故事，应该和蚌将沙孕育成珍珠一样撕心裂肺。四季轮回刻入了树的年轮，雨雪雷电历练树的肌肤，银杏从容地面对，缓缓生长，不去和别的树攀比生长速度，它只是深深扎根。根越是深入黑暗的泥土中，树冠越靠近天空。它花费百年成就最辉煌的灿烂。

站在树下仰望到的，是初冬灰冷的天空碎片。分割天空的重重枝丫，被杏叶严实包裹。一树金黄在秋天虽常见，但扇形树叶却难求。银杏靠这几分自然的青睐，吸引了无数人前来拍照。因为世上没有两片相同的树叶，每一片杏叶在镜头前都是风姿独特的模特。每个相机“咔嚓”的那刻，都是拍摄者的眼睛寻找到了面前这片叶的故事，是拍摄者的心境与叶的契合。银杏叶的颜色同成熟麦粒相似，希望看见杏叶的人，能闻到麦子的味道，能想起小行星上的小王子。

也有不少人呼朋唤友前来和银杏树合照，它是秋天公认的靓丽背景。已经超过三层楼高的银杏树，呈金字塔样式，笔直如剑，剑指苍天。加之镀金杏叶，从周围的常绿树中脱颖而出。它所生根的时节，是名副其实的“金”秋。

两场雨后，银杏旁的水泥道路积水了。散落一地的杏叶褪了铅华，低头细看，竟如一池残荷，静静漂浮在水面。落地的杏叶边缘已经开始枯黄，同枯败的荷叶一样，不过生前的气韵尚存一丝，依旧以宁静淡然的面孔出现在镜头前。

可惜我并没有亲眼看到银杏叶是如何坠落的。是叶梗还是叶面先着地？是在风中旋转了几次才肯不舍地落下？为了弥补这份遗憾，我揣走了几片还没来得及枯萎的杏叶，备做书签。那种窃喜，仿佛我偷走的不是叶子，而是烘托夕阳的晚霞。从此我的书中，不止生长着银杏，还有在夕阳余晖中摇曳的小麦。

再过些时日，银杏只剩光秃秃的枝干。无论风怎么撼动，寒气如何侵蚀，树都坚守在土地上。只是更凄清些，无叶的银杏树几乎无人观赏，它在沉默。深入地下的根从未停止汲取力量。所有落叶，尽管会枯萎腐烂，但最终化成根部的养分，等待时日在枝丫上再次吐绿绽金。

——刊发于 2015 年 12 月 5 日（第 878 期）

潇湘居里潇湘客

刘文华

来到一个地方，不需要任何理由，因为在抵达时，我便相信了缘分的说法。就像三毛会因为一张撒哈拉沙漠的照片而感应到前世的乡愁，不顾父母的反对，坚定地奔赴她心中的故乡。我的心里也有一个地方，是杏花烟雨的江南，还有一些春风墨绿的温柔故事。

也许，是因为从一开始就知道要在这片土地上度过四年最青翠的光阴，所以湘潭，在初次相逢时，就让我觉得是久别多年的故土；或许，是因为她还有着另一个美妙动听的名字——莲城，让我这个深爱菡萏芙蓉的过客莫名地生出一种“我心安处是故乡”的情怀，所以我便相信，以后的四年时光一定能静静地盛放成一朵莲花。

第一次认识莲城，是在唐朝诗人王建的《送严大夫赴桂州》一诗中，里面有一句：“岭头分界候，一半属湘潭。”如此磅礴的诗句让我觉得历史的天空，留下过莲城或深或浅的符号，能使人想起莲城在古时的许多旧事，想起诗圣杜甫在黄花亭上留下的千古名句：“岸花飞送客，樯燕语留人。”碧水回澜，两岸飞花，东风送丽，樯燕留人，这该是怎样一种美妙的意境。我常想，莲城在千年前是怎样的繁花似锦，文风昌盛，才引得诗圣杜甫留下传世的诗句？然而莲城过往，莲城自知。我们只需静静领略，莫多惊扰就好。

想来，在这片新土地上，我已经度过三百七十多个日夜了，尽管这里没有我想象中江南应有的粉墙黛瓦，飞檐翘角，但这里的流水落花，烟笼人家依然成就了我人生中一份最美的遇见。一年有余的时光，其间许多明净如水的记忆顺着笔尖划过的脉络一一浮现……记得初来这里时，正值初秋，说是初秋，却分明还有着盛夏的温度。天空晴朗湛蓝，风儿正吹满篷帆，我穿着一身短装，背上是装着梦想的行囊，以一个学生的身份来到这座城市，憧憬着我的大学，我四年的莲城光阴。后来，在一年的时光里，我真的爱上了这里，爱上这儿多情的雨季，爱上这里的孤独与寂寞，爱上坐落在这座城市的湘大。因为这里的日子，让我在漂泊的岁月里，心有所依。

印象中，莲城是个多雨的城市，要么小雨淅沥，要么大雨滂沱，放晴的时候很少，时间久了，我恍惚间觉得莫不是太虚幻境就在莲城这片天上，潇湘妃子魂归离恨天，还原成绛株仙草时应该是被种在了这里吧，不然莲城的天空怎么会有流不尽的眼泪呢？很多人都喜欢莲城的雨，因为稍稍一场雨，就能勾起许多笔尖的柔情与伤感，让人将许多藏在心里的故事写成一段佳话。而我喜欢这里的雨，更是因为在这多情的雨季，多情的城市，总有多情的故事打动我，后来在某个安静的时刻，凝成一种斑驳的思绪，在我心底荡气回肠。所以，莲城的雨水是蕴含着许多刻骨铭心的情愫，有着很多柔软多情的故事，她能将过往的点滴打成泥泞，也能温柔地抚摸曾经疼过的伤口。这就是莲城，连雨也多情。

莲城之于我，有着许多妙不可言的情感，因为这座城市承载了我成长的梦想，见证过我在这里走过的每一寸时光。在这片土地上，我知道莲城的绿色是怎样妩媚温柔，莲城的花儿是多么宁静沉香，莲城的四季是如何风姿万种。不过，最值得我去怀想的还是这里雨季时的清寂低回，落红成阵，落叶成殇，正应了自己那多愁善感的性情。

莲城的冬天很冷，风也很大，有时候能将这凉意吹进心里，尤其是一个人走在二环线上，只一阵微风，一片落叶，耳边似是母亲从远方传来的轻声问候，就能使自己泪流满面，思绪满怀。然而，这是我的孤独，不是莲城的孤独，或许她早已看透了古往今来人们的烟火故事，悲欢喜乐。她知道很多人之于这里，都只是一个过客，几载抑或几十载，春华秋实，来去匆匆，到最后都只留下擦肩而过的记忆……我在莲城，确切说，我在湘大。因为在这里，不用奔波于三点一线，匆忙地找寻生活，不用每天沉浸在公式里和数字打交道，不用一整天埋在如山的书本里做作业。在这里，没课的时候可以捧一本书去泽园的马尾松下安静地坐上一下午；周末可以参加部门活动，和几个朋友一起谈谈兴趣，聊聊人生；节日可以和室友去联建饱餐一顿；假期可以和几个朋友一起出去旅游，看看世界；有机会还可以参加支教参加走访，洗涤灵魂，找寻感动……我喜欢湘大，以一个学生的身份静静地欢喜着；我喜欢莲城，以一个过客的身份静静欢喜着。

“一湖荷韵一湖秋，缈缈淡香明月楼。菡萏三分天性美，七分姿色出潭州。”此岸，是如诗如画的莲城荷韵，而彼岸，莲城的光阴，早已在每一个人间六月绽放如莲。

——刊发于2016年1月16日（第882期）

我心中的嘎玛日吉

郝俊涛

“拉萨乱雪”的梵唱还在耳边萦绕，千年积雪覆在那离天堂最近的地方。在那安静的圣地，听着经幡在风中猎猎作响，听着檐下雪落的声音。虔诚的朝圣者三步一跪地，千里迢迢地许下一个愿。存于藏民心中的玛吉阿米在圣洁的雪山之巅守护着这片净土。

传说很久以前，草原上的名医宇托·云旦贡布，被藏王请去做了御医。但宇托依旧心系百姓，有一年瘟疫肆虐，他不辞辛劳，极力挽救濒临死亡的牧民。后来人们尊称他为药王。他去世以后，草原上又遭到了可怕的瘟疫，生命垂危的牧民只好跪在地上，向苍天祈祷，希望天国保佑。

一天晚上，一个被病魔折磨得痛不欲生的妇女，突然做了一个梦，梦中宇托医生对她说：“明天晚上，当东南天空出现一颗明亮的星星，你可以下到吉曲河里去洗澡，病就会好起来。”果然，这个妇女在吉曲河中洗澡以后，疾病立刻消除了。这件事传开后，所有的病人都来到河中洗澡，凡是洗澡的病人，都消除了疾病，恢复了健康。

人们说，这颗奇特的星就是宇托医生变的。宇托医生在天国看到草原人民遭受瘟疫，他又不能来到人间来给人民治病，于是把自己化作一颗星星，借星光把河水变成药水，让人们在河水中洗澡以去除疾病。因为天帝只给宇托七天时间，这颗星星也就只出现七天。从此，藏族人民就把这七天定为沐浴节。此后每年藏历七月上旬，在拉萨河畔，都有这样一个群众性的沐浴活动。

阳光是西藏永远的主题，这里是被阳光剥夺了阴影的世界。七月上旬，雨季刚过，流水生香。阳光将一个辽阔的青藏高原，照射得丝毫不朦胧，没有暗角，唯有亮堂、清晰。勤劳质朴的藏族人民成群结队，扶老携幼，纷纷前往河水之滨，洗刷一年的风尘。

人们早晨出来，带月而归。这种洗澡活动，到七月弃山星出现时进入高潮；弃山星隐没，洗澡活动结束，历时一周。大家尽兴地接受着雪山的馈赠，雪水在流进河流之前经受了山坡上野生药材的浸润，成为天然浴液。江河湖泊容纳了聚集的人群，把他们从头到脚冲洗得干干净净，心灵也在这晶莹透彻的雪水中除尽一切杂念，得到净化。沐浴结束后人们点起火堆，烧热酥油茶，谈古论今，吟唱醉人的酒歌。

黄昏之时，西藏的夕阳衬出寺庙与经幡的剪影，云海中厚重的山峰静静地在天边打坐。嬉戏玩闹过后的牧女恢复了安静的模样，梳着长发，把从小佩戴的西藏天珠重新挂回脖子上。清澈的眸子映出玛吉阿米精致的容颜，然后将自己年轻健康的身体融进藏服的古老、沧桑里。古朴、粗犷而有着神秘气韵的五彩藏饰蕴含着先辈们美好的祝福，让他们安然地行走在这片大地上。

“沐浴节”叩响了雪域风情的神秘之门，雪山是西藏的心，河水是西藏的魂。圣洁的雪山给子民带来清冽的雪水，让人感觉到如此亲和。雪山的馈赠让高原上的子民生生不息。河流在人们心中已不是简单的生活依靠，而是心中的图腾，梦中的信仰。

玛吉阿米，是雪山子民的信仰；嘎玛日吉，是雪山圣母的赐福。我喜欢嘎玛日吉，喜欢那一尘不染的圣地……注释：嘎玛日吉是藏语中的沐浴节，玛吉阿米是藏语中的雪山女神，也泛指心中的女神。

——刊发于 2017 年 12 月 15 日（第 926 期）

跟秋天撞个满怀

罗　娜

闻到桂花香，忍不住打了个喷嚏："爱秋！"

那个晌朗朗的晴日下午，秋天就从四面八方渗进来了。先是一阵凉风，逡巡在夏的尾巴后面偶有试探，不着痕迹，而后再鼓鼓劲儿，一口气吹散了这夏日的郁蒸。

晓色中寒露爬上草尖，等到日色瞳瞳，就奋力叫嚣着："该成熟啦我的稻谷啊我的麦子！"稻谷、麦子还有那么多那么多的果林，应声而起，伸展着双臂，挥舞着果浪，直到沉甸甸地挥不动了，才弯着腰喘会儿气。秋酿了一镬漫山遍野的酒，醇香供天地万物享用，他们一定每年都背着我们在庆祝一场盛大的秋之节日秋之狂欢。你要是不相信那群家伙在野外干了些什么，就看那树，那住在我们身边的树。比如银杏，看她站在路边亭亭静静的模样，其实枝丫上的叶子早已赶趟似的赶紧黄赶紧落。比如枫树，此时尚且褐赭，全是为了蓄力，哪天夜里趁大家都睡了，整棵树全红个透，然后在清晨昂起胸膛迎接路过的人们不绝地惊叹：真是成千成万片叶子都红了吗？济济楚楚，一无遗漏。还有萝藦这孩子，从《诗经》里蹦出来生长到现在，却一点也没架子，鼓起肚子在路边摇头晃脑，叶子绿着绿着变成金色，果子青着青着变成黄色，秋日晴光一晒，萕葖果儿爆裂开来种子就飞起来了。还有芦苇，还有山楂，还有海棠，还有鸭跖草……都来奔赴这场秋日的庆典。人在雾中，看秋色如焚。

秋风再吹，就该凉凉瑟瑟了。北国的鸟儿傻愣愣地被裹挟而至，停在树枝上左顾右盼地打量着这不大熟悉的一切，等到辨认清楚这就是去年一起过冬的伙伴，去年住过的树，就开心了起来。叽叽喳喳，喳喳叽叽，询问着对方的近况，诉说着一路的劳顿。树上蓄满了鸟鸣，是另一番生机了。

此时的蝉都被人一股脑叫作了寒蝉，都说“寒蝉凄切”，凄切却只是人自赋之。声音减弱，趋于低沉，其实更活跃更丰富的全潜藏在灌丛深处，这时倒正是昆虫们的世界。民国绿的纺织娘，紫朱色的蟋蟀，柴烧褐的蚱蜢，孔雀蓝的金龟子，黑得发亮的金钟……忙忙碌碌左右飞舞地正兴呢！作诗的人不知道但小孩们都知道。

低头看虫儿累了，抬头松松头颈，那雁群把天空抬得高高的，放牛的牧童把地平线拉得更辽远了，复远的青空一碧如洗，舒舒郎朗，一切喧而弥静。仰起头来深深呼吸，好像把云也吸进了肚子，清爽的空气盈入肺叶，而后全身心被秋洗涤了一遍，自然而然也能体会到十足的秋之况味。你说秋日没有云？我也不知道，不过我早起的时候分明看见了大片大片的云，白天就看不到了。我猜是日头升起晒蓝了天，浸在蓝天里的云被染成了同样的颜色，云与天的界限便模糊难明。看不见秋云，但我们知道它就在那儿。

还有说不完道不尽的秋迹，恣意而浪漫，自由而开阔。它来得浩浩荡荡，来得悄无声息，你要稍不小心，就能跟这秋天撞个满怀。

——刊发于 2019 年 10 月 25 日（第 964 期）

后　记

湘大，以她独特的质朴，成为了湘大人永远情牵梦绕的精神故乡。复校初期的湘大，在连绵起伏的小山丘中，远离尘嚣却充盈着无尽的智慧与激情。在这里，湘大的创业者们荒山建校，埋头苦干，倾尽心血。无数意气风发的湘大学子在最美好的青春年华来到了这里，和秀山、泉山、慧山上的树木一起自由生长。湘大自此桃李天下，生生不息。在这片纯粹而又厚重的原野之地，多情的湘大学子写下了诸多激扬文字，或浅吟低唱、缠绵悠长、豪情四溢，或赞美生活、歌唱青春、感悟人生。那些源自心灵深处的情感随着细腻的笔尖款款流出，勾人情思。

2018 年，在纪念毛泽东主席题写校名并指示“一定要把湘潭大学办好”暨建校 60 周年之时，学校从《湘潭大学报》（1980—1999 年）文艺副刊中辑选部分校友发表的散文作品整理成书，出版了《回眸——校友散文选集》（上、下集）。2024 年，湘潭大学迎来了复校 50 周年华诞。值此之际，学校再次从《湘潭大学报》（2000—2020 年）文艺副刊中辑选部分校友发表的散文作品，出版了《回眸（二）——校友散文选集》。我们相信，这本源自于千禧年后第一个 20 年的青春记忆，必将带着我们再次回到那段难忘的青春岁月，再次抵达那个渐行渐远却早已扎根心底的精神故乡。

一朝踏入三拱门，此生都是湘大人。湘大，是每一个湘大人灵魂的栖息地，这里的一人一事、一砖一瓦、一草一木都承载着湘大人无限的青春回忆。有人说，文字代表着一种精神的传承。这本散文集的文字激荡着真情实感，讲述着湘大的人、湘大的事，讲述着勤人坡的爱情、羊牯塘的青春，如一首首清澈淳朴的歌，吟唱着青春岁月里的酸甜苦辣，个中的细腻情思值得细细品读，慢慢回味。

青春的过往，让我们一起怀念……

《回眸（二）——校友散文选集》编写组